JETTE MARTENS

Gut Schwansee

Uns kann niemand trennen

ROMAN

PENGUIN VERLAG

MIX
Papier aus verantwortungsvollen Quellen
FSC
www.fsc.org
FSC® C014496

Klimaneutral*
Druckprodukt
ClimatePartner.com/14044-1912-1001

Penguin Random House Verlagsgruppe FSC® N001967

1. Auflage 2021

in der Penguin Random House Verlagsgruppe GmbH,
Neumarkter Straße 28, 81673 München.
Dieses Werk wurde vermittelt von Dorothee Schmidt,
Literaturagentur Hille & Schmidt.
Das Zitat auf S. 334 f. stammt aus: Rainer Maria Rilke, Fünfzig Gedichte,
ausgewählt von Dietrich Bode. Reclam-Verlag 2020.
Umschlag: Favoritbüro
Umschlagmotiv: © Image Source, © Mykhailo Lukashuk/Getty Images,
© mauritius images/Shangara Singh/Alamy, © Andrew Mayovskyy,
© LilKar,© Vik Y, © satit sewtiw, © Eva Seelye, © vectorlight,
© Oleh Svetiukha/Shutterstock
Redaktion: Hanne Reinhardt
Satz: Uhl + Massopust, Aalen
Druck und Bindung: GGP Media GmbH, Pößneck
Printed in Germany
ISBN 978-3-328-10552-7
www.penguin-verlag.de

1

Die Zweige der Weide raschelten leise im Wind. Eine Böe wirbelte Laub zu ihren Füßen auf und trieb es zu der Grabstätte, die von kniehohen Buchsbäumchen eingefasst war. Neben dem moosbewachsenen Stein wachte ein bronzefarbener Engel über die letzte Ruhestätte einer Familie. Mona hörte die Stimme des Pastors, der vor dem Grab auf der anderen Seite des sauber geharkten Sandweges für ihren Partner sprach. Die Trauergemeinde hatte sich im Halbkreis um die offene Aushebung versammelt. Mona erkannte aus der Ferne Judith, Gustavs Frau, und die beiden Kinder Frederik und Elena. Schulter an Schulter standen sie alle schwarz gekleidet in ihrem Schmerz über den Verlust ihres Familienoberhauptes zusammen. Für den außenstehenden Beobachter wirkte es jedenfalls so, aber Mona wusste, dass dies nur der schöne Schein war.

Gustav, ihr Dozent an der Hochschule für Bildende Künste in Hamburg, hatte sie von Beginn an fasziniert. Zunächst hatte sie ihn nur als Lehrer bewundert und war später, nachdem sie ihren Master absolviert hatte, sogar seine Meisterschülerin geworden. Die Kunst hatte sie verbunden, aber an einem Abend in seinem Atelier hatten sie sich ineinander verliebt. Schon damals lebte Gustav nicht mehr in der Familienvilla in Hamburg-Blankenese, sondern in der gemütlichen Altbauwohnung in Winterhude, in die sie, nachdem sie beide ein Liebespaar geworden waren, ebenfalls eingezogen war.

Mona steckte die Hände in die Taschen ihrer Jacke. Eine zierliche Frau mit einem breitkrempigen Hut trat nach vorne, und ihre klare, schöne Sopran-Stimme erfüllte die Stille:

»And now, the end is near
And so I face the final curtain
My friends, I'll say it clear
I'll state my case of which I'm certain
I've lived a life that's full
I traveled each and every highway
But more, much more than this
I did it my way …«

My Way von Frank Sinatra – das war Gustavs Lieblingslied gewesen. Mona spürte, wie sich ihre Kehle zuschnürte. Was würde sie darum geben, ihn noch einmal in den Armen zu halten? Sie konnte es immer noch nicht fassen, dass sie ihn niemals wiedersehen würde und er von einem Moment auf den anderen durch einen Herzinfarkt unwiderruflich aus ihrem Leben verschwunden war. Als der Song zu Ende war, ließen zwei Männer den Sarg, der mit roten Rosen bedeckt war, hinab ins Grab gleiten.

Judith und die Kinder stellten sich jetzt in einer Reihe auf. Die Anwesenden kondolierten, nahmen die kleine Schaufel in die Hand, ließen Sand in das Grab rieseln und verließen nacheinander den Ort der Trauer. Manche von ihnen mit schnellen Schritten. Bestimmt waren sie froh, den Friedhof Ohlsdorf als Lebende wieder verlassen zu dürfen. Mona konnte es ihnen nachfühlen. Gerade jetzt, Ende Dezember, wirkte alles trostlos. Im Frühjahr und Sommer war der größte Parkfriedhof Europas ein Naturparadies. Sie war dort schon oft spazieren gegangen, auch mit Gustav, und besonders gern Anfang Juni, wenn die Rhododendren blühten.

Wenig später machten sich auch die engsten Familienmitglieder auf den Weg. Es fiel Mona schwer, sich fortzubewegen, es fühlte sich an, als seien ihre Füße auf dem Rasen festgefroren. Sie musste sich beeilen, denn sie wollte auf gar keinen Fall mit Gustavs Familie zusammentreffen. Sie würde an einem anderen Tag von ihrem Geliebten Abschied nehmen.

Noch ein letzter Blick in Richtung des Grabes, dann drehte sie sich abrupt um und kehrte auf den Weg zurück, der, in einiger Entfernung zum Hauptweg, zum Tor des Friedhofes führte. Kurz bevor sie ihr Ziel erreicht hatte, kamen die Trauernden unerwartet um die Ecke, und Mona blieb erschrocken stehen. Judith stieß ihrem Begleiter den Ellenbogen in die Seite und deutete mit dem Kinn auf sie.

»Wie können Sie es wagen!«, zischte Gustavs Witwe ihr entgegen, und für einen Moment schien es Mona, als wolle die Frau sich auf sie stürzen. Der Mann, der Judith fast um zwei Köpfe überragte, sah sie unverwandt an, und Mona fühlte, wie ihr ein kalter Schauder über den Rücken lief. Seine schwarzen Haare waren vom Wind zerzaust, und er trug einen eleganten Mantel. Mona ließ ihren Blick über das markante Kinn und die leicht gebogene Nase gleiten. Attraktiv, dachte sie und schämte sich zugleich für den in dieser Situation vollkommen unangebrachten Gedanken. Der Mann legte beschwichtigend die Hand auf Judiths Unterarm und schob sie in Richtung Ausgang. Die Kinder folgten ihrer Mutter, ohne sie auch nur eines Blickes zu würdigen. Erst als die Trauergemeinde aus ihrem Blickfeld verschwunden war, verließ auch sie in Windeseile den Friedhof.

Ein riesiges Containerschiff fuhr gerade vorbei, als Erik zum Fenster hinaussah. Er liebte das Hotel Louis C. Jacob in Hamburg-Nienstedten, das direkt an der Elbe lag. Judith hatte für das Kaffeetrinken nach dem Begräbnis ihres Ehemannes einen der kleineren Räume des Traditionshauses gewählt, denn nur die Familie und der engste

Freundeskreis waren eingeladen. Erik saß zur rechten Seite der Witwe, gegenüber waren die beiden erwachsenen Kinder Frederik und Elena in ein leises Gespräch vertieft. Sie wirkten etwas verloren in ihrer Trauerkleidung, stellte Erik fest. Er nahm sich vor, nachher noch ein paar Worte mit ihnen zu wechseln, denn er hatte ihnen noch gar nicht in aller Form sein Beileid ausgesprochen.

Fahles Licht drang durch die hohen Seitenfenster in den Raum mit stuckverzierten cremefarbenen Wänden, und zwei Kronleuchter an der Decke sorgten für eine gemütliche Atmosphäre. Die Trauergäste hatten an einem langen, weiß eingedeckten Tisch auf den mit Hussen bezogenen Stühlen Platz genommen. Zwei Kellner servierten diskret und zuvorkommend Kaffee, Tee, Sandwiches und Gebäck.

Erik war seit vielen Jahren mit der Familie befreundet, vor allem mit Judith, die eine enge Vertraute seiner Mutter war. Seit er sich als Rechtsanwalt in Eckernförde niedergelassen hatte, betreute er sie auch in juristischen Fragen. Kurz nach der Testamentseröffnung hatte sie ihn angerufen, weil sie den Letzten Willen ihres Mannes anfechten wollte. Es könne doch wohl nicht rechtens sein, dass »diese Frau« das Haus auf Sylt erbe und sie noch dazu verpflichtet werde, ihr monatlich tausend Euro zu überweisen. Erik hatte dazu erst einmal nicht viel gesagt, sondern Judith nur versichert, dass er das Mandat sehr gern annehme. Er war zwar kein Fachanwalt für Erb-

und Familienrecht, aber er würde sich schnell in die Thematik und Rechtsprechung dazu einarbeiten können. Auf jeden Fall würde er beweisen müssen, dass Mona Linau – so hieß die junge Frau – es nur auf Gustavs Geld abgesehen hatte, und das würde bestimmt nicht einfach werden. Als habe sie seine Gedanken erraten, hob Judith die Hand und deutete zur Tür. »Ich muss mit dir reden.« Sie strich einen unsichtbaren Fussel vom Revers des perfekt sitzenden dunkelblauen Blazers, zu dem sie trotz der winterlichen Temperaturen einen knielangen Rock und Pumps trug. Dann fügte sie hinzu: »Draußen.«

Sie erhoben sich von den Stühlen und verließen mit einem Kopfnicken zu beiden Seiten die Trauergesellschaft. In der Garderobe half Erik der Witwe in den Mantel, bevor er seinen vom Haken nahm. In solchen Situationen war er immer froh, dass er als zukünftiger Erbe des Familiengutes der von Bardelows in Waabs von seinen Eltern schon früh in alle Regeln der Etikette eingewiesen worden war, auch wenn er das als Kind und Jugendlicher natürlich in jeder Hinsicht verabscheut hatte. Eine kalte Windböe schlug ihnen entgegen, als er die Tür zur berühmten Lindenterrasse öffnete, deren gerade im Sommer außergewöhnlich schöne Atmosphäre Max Liebermann zu zwei seiner bekanntesten Werke inspiriert hatte.

Hier, unter den im Frühling und Sommer dicht bewachsenen Bäumen, ließ es sich wunderbar frühstücken, aber auch jetzt im Winter war die Aussicht auf die träge fließende, graue Elbe einmalig.

Judith drehte sich in seine Richtung und kam gleich zur Sache. Ihre zierliche Figur täuschte darüber hinweg, dass sie eine knallharte Geschäftsfrau war, stellte Erik wieder einmal fest.

»Ich erwarte, dass du dein Bestes gibst«, sagte sie mit Nachdruck und strich sich eine Strähne aus dem schmalen Gesicht. »Jahrelang haben wir auf Sylt Urlaub gemacht, vor allem, als die Kinder noch klein waren, und jetzt soll diese *Person* alles bekommen.« Sie zog die Augenbrauen hoch. »Das musst du um jeden Preis verhindern.«

Erik reagierte zunächst nicht. Sie befanden sich auf der Trauerfeier für Gustav, und er konnte beim besten Willen nicht verstehen, warum sie nicht ein paar Tage hatte warten können, bevor sie wieder mit diesem Thema anfing. Doch er war professionell genug, um sich auf seine Rolle als Rechtsanwalt zu besinnen.

»Das ist keine einfache Angelegenheit«, erwiderte er schließlich. »Wenn Männer eine Geliebte als Erbin einsetzen, ist eine Anfechtung nur möglich, wenn sich eine Sittenwidrigkeit nachweisen lässt…«

»Was soll das hier denn sonst sein?«, unterbrach ihn Judith unwirsch. »Eine Studentin, die sich an einen verheirateten Mann heranmacht? Ich bitte dich…« Sie presste den Mund zu einer schmalen Linie zusammen. »Das ist doch ein Skandal.«

Erik hob beschwichtigend die Hand. »Ich kann verstehen, dass du verletzt bist, Judith. Trotzdem müssten wir nachweisen, dass Gustav Frau Linau nur als Erbin eingesetzt hat, um sie für ihr sexuelles Entgegenkommen zu belohnen – eine Hergabe für die Hingabe sozusagen.«

Judith wedelte mit der Hand, als verscheuche sie ein paar lästige Fliegen. »Das ist deine Aufgabe, mein Lieber, ich verlasse mich auf dich!« Damit war für sie das Gespräch beendet. Sie reichte ihm den Ellenbogen. »Begleitest du mich zurück?«

Auf dem Weg zur Trauergesellschaft musste Erik trotz der bedrückenden Stimmung innerlich schmunzeln. Das Thema »Mätressen-Testament« hatte während seines Jurastudiums in Kiel unter seinen Mitstudenten immer wieder für Kalauer gesorgt. Allerdings zweifelte er erheblich daran, den Letzten Willen Gustavs auf diese Weise aus den Angeln heben zu können. Dennoch würde er alle Register ziehen, denn das war er seinem Selbstverständnis als Rechtsanwalt schuldig.

Als sich eine Stunde später die Gesellschaft auflöste, versprach er Judith, sich um alles zu kümmern. Sie bedankte sich mit einem Kuss auf die Wange. »Bitte grüß deine Eltern von mir. Schade, dass die beiden nicht kommen konnten, wünsch ihnen von mir aber noch schöne Tage auf Teneriffa.«

Erik nickte ihr zum Abschied zu, dann machte er sich auf den Weg in die Tiefgarage, wo sein Mercedes stand. Als er sich aufgrund des Verkehrs in der Innenstadt nach einer gefühlten Ewigkeit endlich auf der Autobahn in Richtung Flensburg befand, atmete er erleichtert auf. Beerdigungen deprimierten ihn immer, und er war froh darüber, dass er noch nicht an sehr vielen hatte teilnehmen müssen. Er erreichte eine Baustelle, drosselte das Tempo und setzte den Blinker. Kaum war er auf der rechten Fahrspur angekommen, überholte ihn ein Fahrer im schwarzen BMW mit aufgeblendeten Scheinwerfern. Erik schätzte, dass er die zugelassene Geschwindigkeit von siebzig Stundenkilometern um mindestens dreißig überschritt. Nach dem aktuellen Bußgeldkatalog wären achtzig Euro fällig und dazu noch ein Monat Fahrverbot. Als junger Mann hatte auch er sich oftmals nicht an die Verkehrsvorschriften gehalten, aber seit er als Anwalt zugelassen war, achtete er penibel darauf, er wollte sich nichts zuschulden kommen lassen. Außerdem war er auf sein Auto angewiesen.

Erik konzentrierte sich wieder auf den Verkehr. Die kurze Begegnung mit Gustavs Geliebter auf dem Friedhof kam ihm in den Sinn. Wie sie ihn angestarrt hatte mit ihren großen Augen. *Sehr hübsch*, war sein erster Gedanke gewesen. Er hatte schon lange gewusst, dass Gustav eine Freundin hatte, und Mona Linau war auch nicht die erste Frau gewesen, die es neben seiner Ehe gegeben hatte. Seine Frauengeschichten waren auch der Grund dafür gewesen, dass Judith ihn vor ein paar Jahren aus der gemeinsamen Villa geschmissen hatte. Eine Scheidung war für sie allerdings nicht infrage gekommen. »Was sollen denn die Leute denken?«, hatte sie immer wieder gesagt.

Für Erik eine vollkommen unverständliche Reaktion. Wenn seine Partnerin ihn betrügen würde, käme für ihn nur eine sofortige Trennung in Betracht. Zurzeit war das aber ohnehin keine Frage, denn er lebte allein. Hin und wieder hatte er in den vergangenen Jahren kurze Beziehungen zu Frauen gehabt, doch sobald das Thema Zusammenziehen, Heiraten oder sogar Kinder aufs Tapet kamen, hatte er Reißaus genommen. Ihm gefiel sein Leben so, wie es war.

Es war eine gute Entscheidung gewesen, das Haus seiner Eltern zu verlassen und nach Eckernförde zu ziehen, wo er auch seine Kanzlei hatte. Sicher, der kleine Ort an der Ostsee war nicht gerade eine Metropole, aber er fühlte sich sehr wohl dort. Obwohl es Sonntag war, fuhr er direkt zu seinem Büro, das sich in einem Haus an der Hafenspitze befand. Eigentlich waren die Räumlichkeiten als Wohnung vorgesehen gewesen, aber der Bauherr war einer seiner Mandanten, und deshalb konnte er sie mieten und dort seine Kanzlei einrichten.

Als er endlich am Schreibtisch saß, atmete er erleichtert auf. Es war ein anstrengender Tag gewesen, aber er wollte trotzdem sofort alles zum Thema Sittenwidrigkeit eines Testaments recherchieren und vielleicht schon heute den ersten Entwurf der Klageschrift schreiben.

Mona Linau – der Name spukte die ganze Zeit in seinem Kopf herum. Noch einmal drängte sich das Bild vom Friedhof in sein Bewusstsein. Sie war sehr zierlich, wirkte aber trotzdem energiegeladen in dem etwas zu weiten Mantel und der Wollmütze, aus der dunkle Haare herauslugten. Dann ihre Augen, die ihn sofort in den Bann gezogen hatten. Ihr Anblick hatte etwas in ihm ausgelöst, das er nicht einordnen konnte – auf jeden Fall ließ sie ihn nicht mehr los.

Doch so attraktiv sie auch war, Erik konnte sich beim besten Willen nicht vorstellen, dass diese zarte Frau Gustav um den Verstand gebracht hatte. Sein Gefühl sagte ihm, dass er mit dem Vermächtnis in seinem Testament etwas Bestimmtes hatte bezwecken wollen. Oder Gustav hatte sie für den Fall seines Todes einfach nur absichern wollen. Dagegen sprach jedoch, dass er ihr nicht nur eine monatliche Summe zugedacht hatte, sondern auch das Haus auf Sylt vererbt hatte, das mit Sicherheit über eine Million Euro wert war, vielleicht sogar noch mehr, wenn man die kontinuierlich steigenden Immobilienpreise auf der Nordseeinsel betrachtete. Er strich sich nachdenklich über das Kinn. Andererseits hatte er Mona nicht als Alleinerbin eingesetzt, das wäre nämlich auch eine Möglichkeit gewesen, und dann hätten Judith, Elena und Frederik nur ihren Pflichtteil bekommen.

Erik ging in die kleine Küche, die sich neben dem Empfangstresen befand, und holte sich ein Bier aus dem Kühlschrank. Als er an den Schreibtisch zurückkehrte, dämmerte es draußen bereits. Er drehte den Stuhl zum Fenster und freute sich wie jeden Tag über den fantastischen Ausblick. Vor ihm breitete sich der Hafen aus, und dahinter lag die Ostsee, über der sich heute dunkle Wolken türmten. Um diese Zeit war nicht viel los, er sah nur zwei Spaziergänger, die in dicke Jacken gehüllt ihre Hunde entlang des Kais spazieren führten, an dem Traditionssegler und Fischkutter angetaut waren. Um diese Jahreszeit war es ruhig, aber im Sommer würden wieder viele Einheimische und ein paar Urlauber die Fußwege bevölkern.

Wenn man die Hafenspitze umrundet hatte, kam man zunächst zum Ostsee-Info-Center, und dahinter begann schon der breite, feinsandige Strand, der sich kilometerweit entlang der Küste in Richtung Schwedeneck zog. Wenn es heiß war, nahm Erik oft seine Badesachen mit, denn für ihn gab es nichts Schöneres, als nach einem anstrengenden Arbeitstag eine Runde in der Ostsee zu schwimmen.

Im Gegensatz zu den Stränden in und um Kiel war hier alles noch etwas provinzieller und weniger auf das Anlocken von Urlaubern ausgerichtet, sodass die Einheimischen selbst in der Hochsaison noch weitgehend unter sich blieben. Allerdings würde dies wohl nicht mehr lange so bleiben, denn der schöne Strand und das bei einer bestimmten Sonneneinstrahlung sogar türkis leuchtende Ostseewasser lockten immer mehr Besucher und Gäste an. Natürlich brachten diese Menschen auch Geld in die Kassen, und mittlerweile hatten sich die ersten Geschäfte und Modeläden auf den Besucheransturm eingestellt und ihr Sortiment dem Geschmack und den Bedürfnissen der Urlauber und Tagesgäste angepasst. Soweit Erik das überblicken konnte, gab es in dieser Hinsicht aber noch jede Menge Luft nach oben, und er befürchtete, dass es in ein paar Jahren mit der Ostseeidylle vorbei sein könnte.

Als Erik sein Bier ausgetrunken hatte, wandte er sich wieder seinem Rechner zu. Es würde nicht leicht werden, aber er würde einen Weg finden, Gustavs Testament anzufechten. Das hatte er Judith und den Kindern versprochen.

2

Zehn Monate später

Mona saß auf dem Sofa im Wohnzimmer der geräumigen Altbauwohnung. Überall standen gepackte Kisten, denn sie musste ihr ehemaliges gemeinsames Zuhause zum Ende des Monats verlassen. Gustav war der Alleinmieter gewesen, und der Eigentümer hatte Mona schon wenige Tage nach seinem Tod mitgeteilt, dass sie ausziehen müsse. Zum Glück hatte er ihr immerhin eine Frist von zehn Monaten eingeräumt, danach würde sein Neffe hier einziehen. Die Zeit hatte sie auch benötigt, um ihr Leben wenigstens halbwegs neu zu sortieren. Sie hatte sich hier in Hamburg auf verschiedene Stellenausschreibungen in den Bereichen Kunst und Kultur beworben, allerdings ohne Erfolg. Mona war nur ein einziges Mal zu einem Vorstellungsgespräch eingeladen worden. Danach hatte sie ein gutes Gefühl gehabt, aber bereits wenige Tage später eine Absage erhalten. Eine Freundin ihrer Mutter hatte ihr schließlich eine befristete Anstellung als Kunstlehrerin an einem Gymnasium in Eckernförde vermittelt, und darüber war sie unendlich dankbar, denn sie fühlte sich endlich bereit für einen Neuanfang. Schon im November würde sie dort ihren ersten Arbeitstag haben. Ein paar Kilometer entfernt, in Waabs, hatte sie auch eine Wohnung in einem kleinen Häuschen auf Gut Schwansee gefunden, das direkt an der Ostsee lag. Ihre Mutter hatte die Annonce für die Vermietung in der dortigen Tageszeitung entdeckt.

Mona war erstaunt darüber gewesen, dass sie nach einem kurzen Bewerbungsgespräch vor zwei Wochen direkt eingestellt worden war, als sogenannte Seiteneinsteigerin in einem auf zwei Jahre befristeten Beschäftigungsverhältnis. Im ersten Jahr sollte sie fünfzehn Stunden eigenverantwortlichen Unterricht geben, und im darauffolgenden Jahr konnte sie sogar auf eine halbe Stelle aufstocken. Während dieser Zeit würde sie an Qualifizierungsmaßnahmen teilnehmen und nach einer Prüfung »richtige« Lehrerin werden können, hatte der Schulleiter Peter Weimann ihr mitgeteilt.

Mona nippte an ihrem Tee und ließ den Blick über die Papiere gleiten, die verstreut auf dem Boden lagen. Sie nahm das Schriftstück zur Hand, das ihr nach Gustavs Tod vom Nachlassgericht zugeschickt worden war, denn Gustav hatte ihr einiges vererbt, womit sie nicht im Entferntesten gerechnet hatte. Sie hatten nie über das Thema Tod gesprochen, für sie beide drehte sich alles um das Leben und die Kunst. Gustav hatte verfügt, dass sie eine monatliche Summe von tausend Euro erhalten sollte, bis zu ihrem Lebensende. Vermächtnis nannte man so etwas. Mona hätte es nie für möglich gehalten, dass sie sich mit ihren dreißig Jahren bereits mit solchen Dingen auseinandersetzen musste. Außerdem hatte Gustav ihr sein Haus in Hörnum auf Sylt vererbt, in dem sie oft ein paar freie Tage und sehr viele schöne Stunden verbracht hatten. Es war kein besonders großes und schönes Domizil, bloß ein in den Sechzigerjahren erbautes Reihenhaus, also nicht mit den reetgedeckten Luxus-Immobilien in Kampen und List zu vergleichen. Trotzdem war es bestimmt viel wert, und wenn sie als Eigentümerin im Grundbuch eingetragen wäre, würde sie sich überlegen müssen, wie sie es in Zukunft nutzen wollte.

Zum wiederholten Mal las Mona das Schreiben des Nachlassgerichts. Judith und ihre Kinder hatten Gustavs Testament »teilweise« angefochten und ihrem Antrag auf Erteilung des Erbscheins widersprochen. Mithilfe eines Freundes, der Anwalt war, hatte sie darauf geantwortet, und wahrscheinlich würde nun ein Prozess vor dem Nachlassgericht auf sie zukommen. Bis dahin könne es allerdings noch dauern, denn die Gerichte seien überlastet, hatte man ihr mitgeteilt.

Seufzend stand sie auf und ging durch den langen Flur, an dessen Wänden immer noch ihre und Gustavs Bilder, Skizzen und Fotos hingen. Mona blieb vor einer Aufnahme stehen, die an einem Sommertag vor drei Jahren am Strand von Wenningstedt auf Sylt entstanden war, nachdem sie im Bistro am Meer den Tag bei einem Glas Wein hatten ausklingen lassen. Sie waren eng umschlungen und barfuß am Wasser entlanggegangen. In den Dünen hatten sie schließlich ein lauschiges Plätzchen gefunden und den Sonnenuntergang angeschaut. Die Härchen auf ihrem Unterarm richteten sich auf, als sie sich das Rauschen der Wellen und den Geschmack des Salzes auf den Lippen vergegenwärtigte. Plötzlich überfiel sie eine tiefe Traurigkeit. Die Erinnerungen an diese innigen Momente mit Gustav verblassten jeden Tag etwas mehr, und sie hatte Angst, dass sie alles, was sie miteinander erlebt hatten, irgendwann vergessen würde. Deshalb hatte Mona es auch noch immer nicht übers Herz gebracht, die Bilder einzupacken, zumal sie über den Verbleib von Gustavs Kunstwerken noch keine Entscheidung getroffen hatte. Sie war sich nicht sicher, ob Judith überhaupt von diesen Werken wusste. Ihr Partner war ein renommierter Künstler gewesen, und seine Gemälde erzielten auf Auktionen regelmäßig Höchstsummen.

Als sie die Tür zur Küche erreicht hatte, stockte ihr Herz für einen Moment. Noch immer fiel es ihr unendlich schwer, dieses Zimmer zu betreten, das für sie und Gustav eine so große Bedeutung gehabt hatte. Hier hatten sie stundenlang am Tisch gesessen, der das Zentrum des Raumes bildete. Sie hatten gemeinsam gegessen, gelacht und diskutiert, oft bis spät in die Nacht.

Mona überschritt die Schwelle mit einem tiefen Atemzug. Sie ließ sich auf einen Stuhl fallen und schlug die

Hände vor das Gesicht. Die Erinnerung an den bisher schlimmsten Tag ihres Lebens schob sich in ihr Bewusstsein. Sie waren beide um sechs Uhr morgens aufgestanden. Gustav hatte geduscht, während sie in der Küche ein kleines Frühstück vorbereitet hatte: Müsli, Toast, etwas Marmelade und Honig und – natürlich – eine große Kanne Kaffee. Als Gustav aus dem Bad gekommen war, hatte er etwas blass ausgesehen. Mona hatte gefragt, ob es ihm nicht gut ginge. Er hatte eine abwehrende Handbewegung gemacht und sie angelächelt. Sie hatte ihm daraufhin Kaffee in seinen Lieblingsbecher eingeschenkt. Plötzlich hatte er sich ans Herz gefasst, sie mit weit geöffneten Augen angeschaut und war dann leblos zusammengesackt. Mona hatte aufgeschrien, an ihm gerüttelt, sofort den Notarzt gerufen und mit einer Herzdruckmassage und Mund-zu-Mund-Beatmung begonnen, aber es war zu spät gewesen.

Drei wunderbare Jahre hatten sie miteinander verbracht, in denen Gustav der Mittelpunkt ihres Lebens gewesen war. Wie würde es nun weitergehen? In den vergangenen Monaten hatte sie von ihren Ersparnissen gelebt, die nun aber bis auf eine kleine Summe aufgebraucht waren. Und solange sie auf den Prozess wegen des Testaments wartete, würde auch kein Cent ihres Erbes fließen.

Mona hatte sich in der gemeinsamen Zeit mit Gustav keine Gedanken darüber machen müssen, woher das Geld kam. Er war ein großzügiger Mensch gewesen, er hatte alles selbstverständlich mit ihr geteilt. Er wollte nicht, dass sie arbeiten ging, sie sollte sich vollkommen ihrer Kunst widmen.

Aber nun sah alles anders aus. Selbst wenn ihr das Erbe irgendwann zugesprochen wurde, würde sie von nun an für sich selbst sorgen müssen. Tausend Euro im Monat würden nicht für ein Leben reichen. Außerdem brauchte sie eine Aufgabe, sonst würde sie langsam immer trübsinniger werden. Den ersten Schritt hatte sie immerhin getan.

Sie freute sich auf ihren neuen Job als Kunstlehrerin, aber sie hatte auch Angst davor, den Anforderungen womöglich nicht gerecht werden zu können. Außerdem musste sie Hamburg verlassen – die Stadt, die seit über zehn Jahren ihr Zuhause war – und nach Schleswig-Holstein zurückkehren. Gut Schwansee war bestimmt nicht der schlechteste Ort für einen Neubeginn, versuchte sie sich Mut zu machen. Außerdem würde sie ihre Mutter und Omi wieder häufiger besuchen können, die auf einem Hof in Dollerup lebten und sich schon oft darüber beschwert hatten, dass sie so selten vorbeikam. Auf diesem Hof hatte sie ihre Kindheit und Jugend verbracht, in einem »Weiberhaushalt«, wie ihre Omi Birte zu sagen pflegte. Schon damals hatte sie stundenlang an ihrem Schreibtisch im Kinderzimmer gesessen und gezeichnet – vor allem die vielen Tiere, die auf dem Hof lebten. Zwar war ihre Mutter, die als Hauswirtschafterin angestellt war, nicht gerade begeistert gewesen, dass ihre Tochter sich für die »brotlose Kunst« als Studienfach entschieden hatte, sie hatte sie letztendlich aber trotzdem immer unterstützt.

Nur die Beziehung zu Gustav war ihrer Mutter immer ein Dorn im Auge gewesen. »Der könnte doch dein Vater sein«, war ihr Standardkommentar gewesen. Damit berührte sie einen wunden Punkt in ihrem Herzen, denn sie erinnerte Mona daran, dass sie ihren »Erzeuger«, wie Omi Birte ihn nannte, niemals kennengelernt hatte. Es gab ihn nur als Leerstelle, als ein »Du bist wie dein Vater«, wenn sie zum Beispiel mit den Jungs vom Nachbarhof unterwegs gewesen und nicht rechtzeitig zum Abendessen nach Hause gekommen war. Und dann fragte Mona sich jedes Mal, was ihre Mutter und Omi damit gemeint haben könnten.

3

Als Mona zwei Wochen später ihren Renault in die Hofeinfahrt lenkte, breitete sich ein erwartungsvolles Kribbeln in ihrer Magengegend aus. Im Schritttempo fuhr sie auf den Innenhof und parkte das Auto vor einer runden, weiß umzäunten Wiese, auf der allerdings jetzt, Anfang November, nur noch spärlich grünbraunes Gras wuchs. Sie öffnete die Tür, stieg aus und holte erst einmal tief Luft. Es roch nach feuchter Erde und irgendwie salzig, was vielleicht daran lag, dass sich Gut Schwansee ganz in der Nähe der Ostsee befand. Wenn man mit dem Fahrrad durch die anliegenden Felder fuhr, war man in wenigen Minuten am Strand – das hatte sie von ihrer Mutter erfahren.

Ihre neue Wohnung lag hinter dem imposanten Herrenhaus, das zu ihrer Rechten aufragte. Das dreistöckige Backsteinhaus mit dem zweimal abgeknickten Dach war mit Sicherheit im Mittelalter erbaut worden, mutmaßte Mona. Eine kleine gemauerte Brücke führte vom Haupteingang über den Wassergaben, der das Bauwerk umgab. Der Innenhof wurde durch drei längliche Wirtschaftsgebäude eingerahmt. Neben dem Torhaus entdeckte sie den efeuumrankten Eingang zum Hofcafé, und ein paar Meter daneben befand sich ein Laden, vor dem ein großer Weidenkorb mit orangefarbenen Hokkaido-Kürbissen stand. Aus einem der halb geöffneten Fenster des Stalls, der sich gegenüber vom Herrenhaus befand, schaute ein dunkelbraunes Pferd heraus. In ihrem Kopf fügten sich die Eindrücke zu einer Skizze mit kräftigen Orange- und Ockertönen zusammen. Sie spürte ein zartes Pochen in den Fingerspitzen, und ein warmes Gefühl durchflutete sie. So etwas war ihr sehr lange nicht mehr passiert. Vielleicht würde sie hier doch endlich wieder malen können.

Als sie sich umdrehte, kam ein schlanker älterer Mann in grauer Arbeitshose und schlammverkrusteten Gummistiefeln auf sie zu. Er reichte ihr die Hand. »Sie müssen Frau Linau sein. Wir hatten miteinander telefoniert.« Er lächelte freundlich. »Ich bin Bernhard Cornelius, ihr Vermieter.« Er deutete mit dem Kopf auf ihr Auto. »Ist dort alles drin, was Sie mitgebracht haben?«

Lachend warf Mona den Kopf in den Nacken. »Nein, natürlich nicht, gleich müsste …« Sie unterbrach ihren Satz, denn genau in diesem Moment kam ein weißer Transporter durch die Einfahrt gerumpelt. »Dort ist alles drin.«

»Wunderbar«, entgegnete Herr Cornelius, ging auf den Wagen zu und klopfte energisch an das Seitenfenster des Fahrers. Mona beobachtete den kurzen Wortwechsel, dann kam ihr Vermieter zurück und deutete auf ihr Auto. »Wir fahren dann mal vor.«

Sie folgte den Anweisungen des Gutsbesitzers, der sich auf den Beifahrersitz geschwungen hatte, und lenkte ihr Auto an der rechten Seite des Herrenhauses vorbei auf einen Feldweg, der durch ein Wäldchen führte. Nach wenigen Metern durchquerten sie ein geöffnetes Tor und landeten in einem Park mit einer großen Rasenfläche, auf der sich das bunte Laub der Bäume verteilt hatte. Bernhard Cornelius deutete auf ein kleines Backsteinhaus mit spitzem Giebel, aus dessen Schornstein weiße Rauchwolken in den Himmel stiegen. »Das ist unser Theater, sie können einfach vor der Tür parken.«

Kaum hatte sie gebremst, war ihr Vermieter schon aus dem Auto gesprungen. Er winkte dem Fahrer des Transporters zu, der gerade ebenfalls um die Ecke kam. Dann kramte er einen Schlüsselbund aus der Arbeitshose. »Wir gehen schon mal rein«, sagte er, und Mona folgte ihm. Mit dem Ellenbogen stieß er die Eingangstür auf und ließ sie als Erste eintreten. »Bitte nach Ihnen.« Neugierig betrat sie ihr neues Zuhause, das sie bislang nur auf Fotos gesehen hatte. »Das ist aber gemütlich«, sagte sie, nachdem sie sich einen ersten Eindruck verschafft hatte.

Ihr Vermieter nickte. »Das freut mich, dass es Ihnen gefällt.«

»Warum heißt das Haus denn Theater?«, fragte sie, als er wieder vor ihr stand.

»Vor einigen Jahren hat hier mal ein Regisseur gewohnt, der im Wohnzimmer ein kleines Stubentheater aufbauen wollte.« Er zuckte mit den Schultern. »Da ist aber nie etwas draus geworden. Irgendwann hat er sich dann bei Nacht und Nebel aus dem Staub gemacht.« Er zwinkerte Mona schelmisch zu. »Seitdem nennen wir das Haus Theater.«

Monas Gedanken wanderten zu ihrer Mutter, die sich die Wohnung bereits für sie angesehen hatte. Sie war froh darüber, nun wieder in ihrer Nähe zu sein. Kurz nachdem Gustav gestorben war, hatte sie sich ins Auto gesetzt und war zu ihr gekommen. Die ersten Tage war sie einfach nur für Mona da gewesen, hatte ihr Tee gekocht und jeden Tag Pfannkuchen gebacken, ihr Lieblingsgericht. Sie hatte allerdings kaum etwas essen können, und auch an Schlaf war nicht zu denken gewesen. Doch nach einer Woche war es endlich etwas aufwärtsgegangen.

»Du musst dir eine neue Wohnung und am besten auch einen Job suchen«, hatte ihre Mutter gesagt, bevor sie zurück nach Dollerup gefahren war. Länger mochte sie ihre eigene Mutter, Omi Birte, nicht alleine lassen. Nur widerwillig hatte Mona sie ziehen lassen, und sie hatte noch einmal ein paar Tage gebraucht, um auch allein wieder einigermaßen im Leben anzukommen.

»Hier geht es ins Wohnzimmer«, sagte Bernhard Cornelius und riss Mona aus ihren Gedanken. Sie ließ den Blick durch den bestimmt drei Meter hohen Raum gleiten, in dessen Ecke ein alter Kachelofen stand. »Wie schön!«, entfuhr es ihr, doch beinahe sofort schob sich ein Bild von ihr und Gustav vor ihr inneres Auge. Im Haus auf Sylt gab es einen ähnlichen Ofen, den Gustav auf einer Auktion ersteigert hatte. Das war immer ihr Lieblingsplatz gewesen, wenn sie nach einem Spaziergang nach Hause gekommen waren, lange zusammen gemalt hatten, oder wenn die Leidenschaft sie übermannt hatte. Die Erinnerung an diese Stunden vor dem Ofen verursachte einen brennenden Schmerz in ihrer Kehle, und sie verscheuchte diese Gedanken, die ohnehin zu nichts führten.

»Holz ist hinterm Haus«, hörte sie Bernhard Cornelius sagen, der schon in der Tür zum angrenzenden Schlafzimmer war. Die Küche war ebenfalls sehr schön, die Fenster ließen einen wunderbaren Blick in den Garten zu. Die Einbauküche aus gebürstetem Stahl und massivem Buchenholz verbreitete eine gemütliche Atmosphäre.

»Strom müsste auch schon funktionieren«, fuhr ihr Vermieter fort und betätigte den Lichtschalter neben der Tür.

Der Fahrer des Transporters betrat die Küche. »Können wir abladen?«

»Na klar«, erwiderte Mona, und sie spürte, wie ihr die Röte in die Wangen schoss. Die beiden Männer im Auto hatte sie fast vergessen. Es waren zwar nicht viele Möbel und Umzugskartons, die sie mitgebracht hatte, aber Hilfe beim Hereintragen könnte sie schon gebrauchen. Sie wandte sich an ihren Vermieter. »Könnten Sie vielleicht …« Er schüttelte den Kopf: »Wir duzen uns hier alle, min Deern.« Dann grinste er. »Na klar, packe ich mit an.«

Mona lächelte zurück. »Super … Bernhard.«

Mit seiner Unterstützung waren sie in einer knappen Stunde mit allem fertig. Nachdem Bernhard ihr noch das Atelier gezeigt hatte, einen Raum mit hohen Seitenfenstern, den man nur von der Rückseite des Hauses betreten konnte, verabschiedete er sich mit dem freundlichen Hinweis, dass sie sich jederzeit an ihn wenden könne, wenn sie noch Fragen hätte. Sein Lächeln zeigte ihr, dass das keine leere Floskel war. Mona drückte den Männern vom Transportunternehmen schnell noch jeweils zwanzig Euro in die Hand. Dann war sie endlich allein.

Mona ließ sich im Wohnzimmer auf einen der Korbstühle sinken und betrachtete das Chaos um sie herum. Überall standen Kisten, Säcke mit Kleidern, Möbelteile, Stühle, Lampen und Tische. Mona ging ins Schlafzimmer und räumte dort in der Mitte einen Platz für die Matratze frei, die an der Wand lehnte. Sie hatte sich eine neue gekauft, denn sie wollte nicht die mitnehmen, auf der sie drei Jahre mit Gustav geschlafen hatte.

Als sie und Gustav ein Liebespaar geworden waren, war sie von einem Tag auf den anderen aus ihrem Zimmer in der WG im Karolinenviertel aus- und bei ihm eingezogen. Sie hatte nur ihr Bett, den Schreibtisch, zwei Stühle vom Flohmarkt, Geschirr, ihre Klamotten und Schuhe mitgenommen.

Mona holte sich ein Messer aus einer der Küchenkisten. Sie durchschnitt die dicke Folie und zog sie von der sperrigen Matratze ab. Schweiß rann ihr die Stirn hinunter, und sie wunderte sich wieder einmal, wie wenig Kondition sie hatte. Seit Gustav gestorben war, und das war jetzt schon elf Monate her, hatte sie sich kaum noch bewegt. Normalerweise war sie jede Woche mindestens zwei Mal um die Alster gejoggt und hatte ihre morgendlichen Yoga-Übungen absolviert, aber dazu fehlte ihr einfach die Kraft. Sie war wirklich ein Häufchen Elend, stellte sie frustriert fest. Erschöpft ließ sie sich auf die neue Matratze fallen. Es war still, sehr still. Ob es wirklich eine gute Idee gewesen war, sich hier einzumieten und den Job als Kunstlehrerin anzunehmen? Hätte sie nicht vielleicht doch lieber in eine kleinere Wohnung ziehen und sich ein Atelier in Hamburg suchen sollen, bis ihr der Durchbruch als Künstlerin gelang? Die Chancen waren in einer Großstadt allemal sehr viel besser als hier in der Provinz.

Mona sprang auf und schüttelte sich. Diese ganzen Zweifel zermürbten sie. Was würde Gustav nur von ihr denken, wenn er sie so sehen würde? Ihm war immer wichtig gewesen, dass sie ihr eigenes Ding machte, dass sie selbstständig war. Er hatte sich zwar auch als ihr Förderer gesehen, aber er hatte immer an ihr Talent geglaubt und daran, dass sie es aus eigener Kraft schaffen würde. Mona nahm den Schlüsselbund, den Bernhard ihr in die Hand gedrückt hatte. Sie zog sich einen dicken Pulli und eine Weste über und verließ das Haus.

Mittlerweile dämmerte es bereits. Die Luft war kalt und roch nach feuchter Erde und Gras, fast so wie in

Dollerup im Winter, stellte sie fest. Wehmütig dachte sie an die schönen Abende mit ihrer Mutter und ihrer Omi, wenn sie nach dem Essen in der Küche noch eine Runde *Mensch ärgere dich nicht* gespielt hatten. Sie seufzte tief. Nun würde sie zum ersten Mal ganz allein leben. Mit hochgezogenen Schultern lief sie bis zum Feldweg, wandte sich dann nach links und sprach sich selbst Mut zu. Bernhard wohnte mit seiner Frau Susanne im Herrenhaus, und außerdem lebten hier auch einige seiner Angestellten und weitere Familienmitglieder, es gab also keinen Grund, sich einsam zu fühlen. Sicherlich würde es etwas dauern, aber sie würde sich hier schon einleben. Als sie nach zwanzig Minuten ein Feld erreichte, war es fast dunkel geworden, und ihre Füße waren eiskalt, deshalb drehte sie lieber um. Sie hatte schließlich noch genügend Zeit, ihr neues Zuhause zu erkunden. Bernhards Worte kamen ihr in den Sinn. »Nun komm erst mal an, mien Deern!«, hatte er gesagt, und genau das war fürs Erste doch ein guter Plan.

Zurück in der Wohnung, fühlte sie sich schon viel besser. Gustav hätte nicht gewollt, dass sie in Trauer versank. Ihm war der große Altersunterschied sehr wohl bewusst gewesen. Wenn sie zu ungeduldig wurde und nicht zufrieden war mit ihrer Malerei, hatte er sie auf seine ganz eigene Weise angelächelt. »Du bist noch so jung, du hast doch noch dein ganzes Leben vor dir!« Das waren seine Worte gewesen, aber sie hatte den Satz immer mit einem Winken verscheucht.

Sie war so in Gedanken versunken, dass das Klingeln erst mit einiger Verzögerung und wie durch Watte in ihre Ohren drang. Doch langsam wurde ihr klar, was das zu bedeuten hatte: Es war jemand an der Tür. Vor ihr stand ein junger Mann mit runder Brille in einer viel zu großen Winterjacke. »Sind Sie Frau Linau?«

Sie zog erstaunt die Augenbrauen hoch. »Ja, die bin ich.«

Er hielt ihr einen Umschlag unter die Nase. »Das ist für Sie! Hat wohl wegen des Nachsendeantrags etwas länger gedauert.«

Der Bote drehte sich um und lief zurück zu seinem Auto. »Schönen Abend noch.«

Verdutzt blieb Mona stehen und schaute dem Fahrer nach, bis das Leuchten der Rücklichter verschwunden war. Sie las die Adresse aus Hamburg – ja, der Brief war eindeutig an sie gerichtet – und drehte das Kuvert um. Als sie den Namen des Absenders las, sank sie noch im Flur in sich zusammen.

Meine geliebte Mona – so begann der Brief von Gustav, der von einem Hamburger Notar an sie geschickt worden war. Er hatte das für den Fall seines Todes nach einer Frist von zehn Monaten angeordnet, wie sie dem Begleitschreiben entnahm.

Ihre Augen wanderten über die Worte, die fast eine Seite füllten. Seine Schrift war so schön wie seine Kunstwerke. Mit Sicherheit hatte er zum Schreiben seinen Montblanc-

Füller benutzt, den aus den Fünfzigerjahren mit der goldenen Feder. Mona folgte mit dem Zeigefinger den geschwungenen Linien, die ihren Namen bildeten. Sie hielt das cremefarbene Büttenpapier vor ihre Nase, registrierte einen sehr, sehr schwachen Hauch seines Aftershaves, das von einem befreundeten Parfumeur speziell für ihn kreiert worden war.

Sie saß noch immer auf dem Boden im Flur, hatte sich an die Wand gelehnt und versuchte sich innerlich zu wappnen, bevor sie weiterlas:

Meine geliebte Mona,

wenn du diesen Brief liest, bin ich schon einige Monate tot. Ich hoffe sehr, dass du nicht mehr traurig bist, denn dort, wo ich jetzt bin, geht es mir gut. Ich wusste schon lange, dass meine Lebenszeit begrenzt ist, aber ich wollte dich und unsere Liebe damit nicht belasten, sondern die gemeinsame Zeit einfach nur genießen. Ich hoffe aufrichtig, dass du mir verzeihen kannst. Am meisten quälte mich der Gedanke, dass du nach meinem Tod womöglich finanzielle Sorgen haben könntest, deshalb habe ich dir einiges vererbt. Keine Angst, Judith und die Kinder erhalten natürlich auch ihren Anteil …

Mona hielt einen Moment inne, denn ein heftiger Schmerz erfüllte ihre Brust. Gustav … Die Erinnerung an den Tag, als er in der Küche zusammengebrochen war, spulte sich wie ein unendlich trauriger Film in ihrem Kopf ab. Sie wischte sich mit dem Handrücken die Tränen aus dem Gesicht und holte sich ein Taschentuch. Als sie sich einigermaßen wieder gefangen hatte, las sie weiter. Gustav nannte in dem Brief die Gründe, aus denen er sie als Erbin eingesetzt hatte. Er wolle, dass sie sich auch in Zukunft ohne Geldsorgen um ihre Kunst kümmern könne. Zwar sei er absolut sicher, dass sie auch ohne seine Hilfe eine erfolgreiche Malerin werden würde, aber dennoch wolle er beitragen, was in seiner Macht stünde. Das Haus auf Sylt solle ihr Refugium werden oder was auch immer sie daraus machen wolle. Der Brief endete mit den Worten:

Liebe Mona, bleibe nicht allein, suche dir einen Gefährten, mit dem du dein Leben teilst – das wünsche ich mir wirklich aus ganzem Herzen. Ich liebe dich! Dein Gustav.

4

Er saß auf einem Bett und blickte hinaus auf einen See, über den Nebelschwaden hinwegzogen. Sein Herz brannte wie Feuer, weil er vollkommen allein war in dem großen Zimmer. Wo waren nur seine Eltern? Er hatte schrecklichen Durst, aber es gab nichts zu trinken. Niemand kümmerte sich um ihn. Etwas Dunkles war dort auf dem Wasser, das sich immer weiter von ihm entfernte. Das alles machte ihm fürchterliche Angst. Er wollte aufspringen und hinterherlaufen, konnte sich aber keinen Millimeter bewegen. Dann hatte er plötzlich das Gefühl, als ob sich die Welt um ihn herum immer mehr zusammenzog…

Erik schnappte nach Luft und strampelte die Decke von sich. Er war schweißgebadet. Er blickte auf die Digitalanzeige des Weckers, der neben seinem Bett auf einem kleinen Tisch stand. Vier Uhr morgens. Himmel aber auch. Erik verschränkte die Arme im Nacken und starrte in die Dunkelheit. Langsam lösten sich die Bilder des Albtraumes auf, der ihn in schöner Regelmäßigkeit immer wieder heimsuchte. An Schlaf war nicht mehr zu denken.

Es duftete nach Zitrone, als er drei Stunden später die kleine Küche seines Büros betrat. Alles sah blitzblank aus: der steingraue Linoleumboden, die Ablageflächen und die Spüle. Die neue Reinigungsfirma arbeitete wirklich hervorragend. Der Chef der Firma war überaus zuverlässig und zuvorkommend und sich nicht zu schade, selbst vor Ort mit anzupacken. Das hatte ihm sehr imponiert, deshalb waren sie sich auch schnell einig geworden. Zu Beginn hatte er die Reinigungskräfte immer zu seinem Feierabend hineingelassen, aber mittlerweile hatte Erik dem Chef einen Schlüssel zum Büro übergeben.

Erik holte sich einen Keramikbecher aus dem Hängeschrank und stellte ihn auf den Abstellrost des Kaffeevollautomaten. Er füllte den Wasserbehälter, setzte ihn wieder ein und drückte auf Café crème. Auf dem Weg in sein Büro nahm er den ersten Schluck und fühlte sich gleich etwas besser.

Während sein Laptop hochfuhr, kehrten die Bilder des Albtraumes aus der vergangenen Nacht zurück. Wie schon so oft fragte er sich, was dieser Traum zu bedeuten hatte. Erik hatte einmal gelesen, dass im Traum verdrängte Erlebnisse verarbeitet wurden, aber er konnte sich beim besten Willen an nichts erinnern, was mit diesen Bildern zu tun haben könnte.

Erik nippte an seiner Tasse und strich über das Muttermal, das sich unterhalb seines rechten Ohrläppchens befand. Schließlich schob er die Gedanken, die ohnehin zu nichts führten, beiseite und nahm sein Diktiergerät zur

Hand. Er zog sich das Headset über die Ohren, aktivierte die Diktierfunktion und sprach den Text für die Anfechtung des Testaments von Gustav Adomeit ins Mikrofon. Die ganze Angelegenheit hatte sich noch länger hingezogen, als er gedacht hatte. Mona Linau hatte auf den Widerspruch reagiert, aber seitdem hatte sich Judith um die Angelegenheit nicht mehr gekümmert, da sie erst einmal das sonstige Erbe ihres Mannes sortieren musste. Gestern hatte sie dann grünes Licht für die Klage vor dem Nachlassgericht gegeben.

Erik korrigierte kleine Fehler mit der Tastatur und speicherte das Dokument ab. Obwohl er die Spracherkennung schon seit Beginn seiner Selbstständigkeit nutzte, war er immer noch erstaunt darüber, dass das Programm fast fehlerfrei funktionierte. Die Zeitersparnis war wirklich immens. Seine Mitarbeiterin Regine Schuhmacher konnte sich deshalb wichtigeren Aufgaben widmen, als seine Diktate abzutippen. Solche Handlangerarbeiten waren seiner Ansicht nach ohnehin nicht mehr zeitgemäß.

Gerade als er diesen Gedanken beendet hatte, hörte er, dass die Tür zum Büro geöffnet wurde. »Einen wunderschönen guten Morgen«, begrüßte ihn seine einzige Angestellte, Frau Schuhmacher, schon im Flur, während sie ihren Mantel an die Garderobe hängte. Durch die halb geöffnete Tür beobachtete er, wie sie ihren Korb, in dem sie ihre Snacks transportierte, auf dem Schreibtisch abstellte und den Knoten ihres Schals löste. »Das war vielleicht mal wieder ein Verkehr!«, rief sie ihm zu. »Und dann noch die ganzen Baustellen.«

»Da sagen Sie etwas«, erwiderte er, während er den Text noch einmal überflog.

Er wartete, bis sie ihren PC hochgefahren hatte, dann betrat er ihren Arbeitsbereich.

»Haben Sie schon etwas für mich?«, fragte sie, als sie ihn erblickte. Erik lehnte sich mit der Schulter gegen den Türrahmen.

»Ja, eine Klageschrift an ein Nachlassgericht in Hamburg, ich habe Ihnen das Dokument in Ihren Ordner gelegt.«

»Sehr schön«, erwiderte sie und blickte ihn über den Rand ihrer runden Brille hinweg an. »Dann mache ich mich mal gleich ans Werk.« Sie zupfte an dem Kragen ihrer cremefarbenen Bluse, und über ihr rundes Gesicht huschte ein Lächeln. »Den Entwurf für den Gesellschaftervertrag habe ich gestern noch fertig gemacht – soll ich den ausdrucken?«

Erik nickte. »Ja, das wäre super.«

Als Erik wieder an seinen Schreibtisch saß, atmete er erleichtert aus. Seit er Frau Schuhmacher vor sechs Monaten angestellt hatte, konnte er sich sehr viel mehr auf seine wesentlichen Aufgaben konzentrieren. Zuvor war er oft seine eigene Sekretärin gewesen, und das hatte ihn zunehmend genervt. Als sie zum Vorstellungsgespräch bei ihm im Büro erschienen war, hatte er sich schon nach wenigen Minuten für sie entschieden. Sie war sechsundfünfzig Jahre alt, Mutter von zwei erwachsenen Kindern und lebte von ihrem Ehemann seit drei Jahren getrennt. Die genauen Hintergründe kannte er nicht, aber sie wirkte nicht übermäßig bedrückt. Zuvor hatte sie bei einem Kollegen gearbeitet, der in Rente gegangen war und ein ziemliches Scheusal gewesen sein musste. Trotzdem hatte sie es über zwanzig Jahre mit ihm ausgehalten, was für ihr Durchhaltevermögen sprach. Diese Eigenschaft schätzte Erik sehr. Er hatte den Eindruck, dass es bei vielen Menschen genau daran haperte. Sobald ihnen irgendetwas nicht passte, sei es nun privat oder beruflich, gaben sie auf und suchten sich etwas Neues, das vielversprechender war.

Nachdem Erik seine E-Mails gecheckt hatte, erhielt er die korrigierte Fassung der Klageschrift an das Nachlassgericht. Ihm war bewusst, dass es sehr schwierig werden würde, die Sittenwidrigkeit von Gustavs Testament mit Fakten zu untermauern. Würde er nachweisen können, dass Mona Linau dem Maler vollkommen den Kopf verdreht hatte? Dagegen sprach, dass Gustav sie nicht als Alleinerbin eingesetzt hatte. Judith und seine Kinder waren die Haupterben. Auch das Gericht würde es wohl so sehen, dass er seine junge Geliebte nur für die Zukunft absichern wollte – und Geld war schließlich genug da.

Gustav Adomeit galt als einer der erfolgreichsten Maler der Gegenwart. Seine Kunstwerke – großflächige Gemälde mit einer intensiven Farbigkeit – erzielten Höchstpreise. Die Ehe zwischen ihm und Judith, die ebenfalls von Hause aus vermögend war, galt schon lange als zerrüttet. Allerdings hatten die beiden nach außen hin immer den Schein gewahrt und weiter zusammen unter einem Dach gelebt, trotz Gustavs Eskapaden mit anderen, vor allem sehr viel jüngeren Frauen. Erst als er Mona kennengelernt hatte, bekam dieses Arrangement einen Riss. Er wurde häuslich, ernährte sich bewusster und trank Alkohol nur noch in Maßen. Das waren jedenfalls die Informationen, die er von Judith erhalten hatte. Wenn es zu einem Prozess kommen würde – und davon ging er aus –, musste er sich ein eigenes Bild von Mona Linau verschaffen, allerdings hatte er überhaupt keine Idee, wie er das anstellen sollte.

Gedankenverloren strich er erneut über das Muttermal unter seinem rechten Ohrläppchen – eine Angewohnheit, wenn er mit irgendetwas nicht weiterkam. Zu viel Zeit wollte er mit der Angelegenheit auch nicht verbringen, schließlich hatte er noch andere Mandanten. Andererseits ließen ihn die Gedanken an die schöne Erbin auch nicht los. Sie hatte etwas an sich, was ihn faszinierte und geradezu magisch anzog. Wieder einmal erinnerte er sich an die Begegnung auf dem Friedhof, obwohl es schon fast ein Jahr her war. Sie hatte ihn gefangen genommen mit ihrem Blick, und er hatte für einen kurzen Moment das Gefühl gehabt, als würde er an ihrer Angel zappeln.

Vielleicht war Mona wirklich eine Femme fatale, die jeden Mann in ihren Bann zog, um ihn zu manipulieren und schließlich ins Unglück zu stürzen? Ein Kribbeln durchlief ihn, als er diese Vorstellung weiterspann.

Hatte sie Gustav Adomeit tatsächlich verführt, um sich durch ihn Vorteile zu verschaffen? Sie war seine Studentin und Meisterschülerin gewesen, und mit Sicherheit hatte sie auch als Künstlerin davon profitiert. Vielleicht hatte sich die Liaison auch finanziell für sie gelohnt, zumindest durch das kostenlose Wohnen, Essen und Trinken, vielleicht auch Kleidung …

Erik drehte sich zum Fenster und blickte auf den Hafen. Er presste die Fingerspitzen aufeinander und beobachtete die Spaziergänger, die trotz des Regens unterwegs waren, mit hochgezogenen Kapuzen und leicht gegen den Wind gebeugt. Eine Böe riss einem Mann in gelber Jacke fast die Schirmmütze vom Kopf und den Regenschirm aus der Hand. Das Innere des Schirms stülpte sich nach außen und entwickelte dadurch eine heftige Zugkraft. Der Mann reagierte jedoch prompt und bändigte das Teil, indem er es einfach unter den Arm klemmte und stoisch weiterlief. Auf der anderen Seite schob eine junge Mutter einen Kinderwagen, über dessen Verdeck eine Regenplane gespannt war, die mit jedem Windstoß hin und her flatterte. Ein schwarzer Retriever trottete mit hängenden Ohren hinter ihr her, aber als sie stehen blieb und dem Hund etwas zurief, beschleunigte er schwanzwedelnd seine Schritte.

Widerwillig löste Erik sich von seinen Beobachtungen und wandte sich wieder dem Computer zu. Wie sollte er es anstellen, mehr über diese Mona zu erfahren? Plötzlich kam ihm eine Idee: Vielleicht sollte er Harry Steinfeld kontaktieren. Der Privatdetektiv aus Neumünster hatte ihm schon oft wertvolle Informationen geliefert. Er könnte sich in seinem Auftrag einmal an der Hochschule für Bildende Künste in Hamburg umhören. Vielleicht gab es dort jemanden, der auf Gustavs Geliebte schlecht zu sprechen war, vielleicht sogar eine andere Studentin, die es ebenfalls auf den erfolgreichen Professor abgesehen hatte. Das wäre auf jeden Fall schon einmal ein Anfang.

Als Erik das Büro verließ, war es fast 20 Uhr und bereits stockdunkel. Mittlerweile regnete es nicht mehr, und der Wind hatte sich gelegt. Trotzdem klappte er den Kragen seines Mantels nach oben, weil er noch ein Stück laufen wollte. Er hatte fast den ganzen Tag am Schreibtisch gesessen. Bewegung würde ihm guttun, und ein wenig frische Luft konnte ebenfalls nicht schaden. Er spazierte in Richtung Hafenspitze, folgte der Promenade, bis er das Ostsee-Info-Center erreichte. Das Meer lag im Dunkeln, aber er hörte, wie die Wellen in einem gleichmäßigen Rhythmus gegen den Strand schlugen. Der salzige Geruch, der ihm entgegenströmte, ließ ihn aufatmen. Für ihn war es der totale Luxus, dass er, sooft er wollte, in wenigen Minuten an der Ostsee war.

Schnellen Schrittes lief Erik in Richtung Altstadt, er wollte diesmal nur eine kleine Runde drehen. An manchen Tagen, wenn er aus dem Büro kam, spazierte er bis zum großen Parkplatz, aber heute wollte er lieber bald zurück in seine Wohnung. Er bog in den mit Natursteinen asphaltierten Hafengang ab und ging an den restaurierten ehemaligen Fischerhäuschen vorbei, die mittlerweile überwiegend an Touristen vermietet wurden. Zwei junge Männer kamen ihm entgegen, leicht torkelnd, und als sie Erik erblickten, stieß der eine, der eine tief ins Gesicht gezogene Schirmmütze trug, den anderen an. »Hey, guck mal, was isn dat fürn Schnösel?« Sein Kumpel, ein dünner Kerl in engen Jeans und schwarzer Bomberjacke, hob eine Bierflasche in die Luft und grölte. »Jo, ein ganz feiner Herr …«

Eriks Puls schoss in die Höhe. Er ballte die Fäuste und straffte die Schultern, ging aber unbeirrt weiter, als habe er die beiden gar nicht bemerkt. Jetzt waren die Typen fast auf seiner Höhe, aber er marschierte mit dem Blick nach vorne gerichtet weiter. Der Kerl mit der Bomberjacke schob sich vor ihn, sein Bieratem strömte ihm entgegen. »Eh, Alter …«

Als habe bei ihm plötzlich jemand auf den Alarmknopf gedrückt, fuhr Erik blitzschnell nach vorne, packte den Typen am Kragen und klemmte seinen Kopf zwischen die Hüfte und den Ellenbogen. »Grrrrr …«, machte der Typ, aber dann kam kein Laut mehr aus ihm heraus. Der andere Mann packte Erik an der Schulter, aber er drehte sich um und stieß den Angreifer mit dem Ellenbogen gegen die Brust, sodass er nach hinten wegkippte. Erst im letzten Moment fing er sich wieder.

»Karl, lass uns abhauen, der ist ja total durchgeknallt«, zischte er seinem Kumpel zu.

Erik lockerte den Griff, sodass sich sein Gefangener befreien konnte. Ohne sich noch einmal umzuschauen, rannten die beiden Typen wie von der Tarantel gestochen davon. Er blieb stehen und schaute ihnen nach, bis sie aus seinem Blickfeld verschwunden waren. Erik war froh, dass er sich nur verteidigt hatte. Das würde sein Trainer Kurt bestimmt auch so sehen. Es hatte Zeiten gegeben, in denen er regelmäßig rotgesehen hatte und keiner Auseinandersetzung aus dem Weg gegangen war, aber mittlerweile war er ruhiger geworden. Nach wie vor ging er regelmäßig zum Boxtraining, und die wöchentlichen Sessions waren genug, um seine Aggressionen rauszulassen.

Genau genommen war er vor zwei Jahren das letzte Mal richtig ausgeflippt. Er hatte sich auf dem Rapsfest von Gut Schwansee mit Nathan und Hendrik richtig in die Wolle gekriegt. Erst als ihr Vater Bernhard ein paar Schüsse in die Luft abgegeben hatte, war er zur Besinnung gekommen. Er war wahrhaftig nicht stolz darauf und hatte seither an sich gearbeitet und seine Wutausbrüche im Griff. Allerdings würde er nicht seinen Mercedes darauf verwetten, dass es irgendwann einmal wieder passieren könnte, zum Beispiel, wenn eine Frau in Gefahr war. Er hasste Männer, die ihre Partnerinnen verprügelten, manchmal sogar mit Todesfolge – das war wirklich das Allerletzte. Er konnte sich sogar vorstellen, dass er für jemanden, den er liebte, sein Leben riskieren würde.

5

Der Duft von würzigem Käse, Tomaten und Salami stieg Mona in die Nase, als sie das Papier von den belegten Brötchen entfernte, die sie in der Bäckerei Boyens in Waabs gekauft hatte. Sie holte einen großen Keramikteller aus einem der Kartons, platzierte die Leckereien darauf und füllte den Kaffee, der soeben durchgelaufen war, in eine Thermoskanne. Sie rückte alles auf der Küchenablage zurecht und stellte drei Becher daneben. Irgendwo musste sie doch auch noch Servietten haben? In der Küche herrschte das reinste Chaos. Mona hatte bislang nur das Notwendigste ausgepackt, aber sie wollte sich auch nicht zu sehr stressen, sie hatte schließlich genug Zeit. In einer großen Tasche, die sich zwischen den Kartons befand, wühlte sie sich durch Plastikschüsseln, eine Küchenwaage, Handtücher und eine mit Gummiband zusammengehaltene Ansammlung von Staubsaugerbeuteln verschiedener Hersteller. Ganz unten, fast am Boden, wurde sie schließlich fündig und zog eine Packung Servietten mit Hasenmotiv heraus. Lächelnd strich sie darüber und legte den kleinen Stapel neben die Pappunterlage mit den Brötchen. Als Mona die Tür zum Schlafzimmer öffnete, hoben Bernhard und Paul, der Stallbursche des Gutes, die Köpfe. »Es gibt Brötchen und Kaffee«, sagte sie und deutete auf das halb aufgebaute Bett. »Super, wie schnell ihr das hinbekommen habt. Vielen, vielen Dank!«

Bernhard rappelte sich auf, legte den Schraubenzieher, den er in der Hand hielt, beiseite, zog seine kakifarbene Arbeitshose hoch und zwinkerte Paul zu. »Kiek mol, de Deern harr allens bestens in'n Griff.«

Mona grinste. Sie hatte schon lange kein Platt mehr gehört, und es gefiel ihr. »Also, kommt ihr?«

»Aver geern!«

Die beiden Männer hatten im Nullkommanichts alle Brötchen weggeputzt. Paul konnte das bestimmt auch gut vertragen, so dünn, wie er war, dachte Mona, als sie ihm Kaffee nachschenkte. Seine graue Arbeitshose hing trotz der Hosenträger tief auf den mageren Hüften und sah so aus, als würde sie jeden Moment ganz herunterrutschen. Bei der Stallarbeit verbrauchte er bestimmt jede Menge Kalorien, und Bernhard hatte ihr erzählt, dass er auch auf den Feldern mithalf. Nach dem Imbiss zogen Bernhard und Paul die letzten Schrauben ihres Bettes fest, und dann hievten sie gemeinsam die neue Matratze auf den Lattenrost.

Als sie schließlich wieder alleine war, holte Mona ihre Lieblingsbettwäsche – hellblau mit kleinen Sternchen – und ein Spannlaken hervor und bezog das Bett. Mit einem tiefen Seufzer ließ sie sich auf ihre neue Schlafstätte fallen, verschränkte die Arme hinter dem Kopf und starrte an die Decke. Jetzt war sie also hier – auf Gut Schwansee. Ein schmerzhaftes Ziehen breitete sich in ihrer Brust aus, als sie an ihr eigentliches Zuhause dachte. Mona liebte Hamburg. Es gab so viele Orte und Plätze, die sie jetzt schon vermisste: die Alster, das Karolinenviertel, den Elbstrand in Othmarschen, an dem sie so oft mit Gustav spazieren gegangen war, natürlich die Speicherstadt – am schönsten bei Sonnenuntergang, wenn die Fassaden der Backsteinhäuser golden leuchteten –, das Treppenviertel in Blankenese und den wunderbaren Jenischpark. Natürlich würde sie jederzeit dort hinfahren können, um zum Beispiel ihre beste Freundin zu besuchen. Vivian hatte gerade ihre kleine Tochter Frieda auf die Welt gebracht und war zu hundert Prozent im Mutter-Modus, was Mona nur allzu gut verstehen konnte. Sie war kurz nach der Geburt im Krankenhaus gewesen und hatte sich, als Vivian ihr das Baby in den Arm legte, sofort in das Mädchen verliebt. Noch am selben Tag hatte ihre Freundin sie gefragt, ob sie die Patenschaft übernehmen wolle, und sie hatte aus voller Überzeugung und mit einem warmen Gefühl im Herzen zugesagt.

Mona richtete sich auf und massierte ihren schmerzenden Nacken. Sie wusste nicht, was sie tun wollte oder sollte. Aufräumen wäre jetzt bestimmt eine sinnvolle Beschäftigung, aber sie hatte überhaupt keine Lust dazu.

Nun war sie also in ihrem Zuhause angekommen, das war es, ihr neues Leben. Noch fühlte sich alles fremd und ungewohnt an, aber das würde sich bestimmt schnell ändern, wenn sie ihren Job antrat und wieder einen Alltag hatte. Sie hatte diese unstrukturierten Monate gebraucht, in denen sie sich einfach um sich und ihre Gefühle kümmern konnte, doch nun freute sie sich wieder auf einen etwas geregelteren Tagesablauf. Vielleicht würde sie auch endlich wieder den Zugang zu ihrer Malerei finden. Mona seufzte, zog sich ihre Strickjacke über, schlüpfte in die Boots, die im Eingang standen, griff nach ihrem Schlüsselbund, der auf der kleinen Kommode lag, und verließ das Haus. Der Wind wirbelte ihr Haar durcheinander, deshalb kramte sie ein Gummiband aus der Jackentasche und zwirbelte sich einen Zopf zusammen. Mona ging einmal rund ums Haus und betrat das Atelier. Sie betätigte den Lichtschalter und betrachtete eingehend die hohen Wände, den dunkelgrau gefliesten Boden und die Sprossenfenster. Ihre Staffelei stand mitten im Raum. Das Bild, an dem sie bis zum Tod von Gustav gearbeitet hatte, befand sich darauf, abgedeckt von einem Leinentuch. Sie hatte einfach noch nicht die Kraft, es sich anzuschauen.

Ja, der Raum war wirklich perfekt. Ihre Mutter hatte nicht zu viel versprochen, als sie besonders von diesem Raum geschwärmt hatte: »Das Atelier ist ein Traum, Mona, es wird dir gefallen, das verspreche ich dir.« Denn ihre Mutter hatte nicht nur die Annonce für die Wohnung gefunden, sie war es auch gewesen, die die Räume als Erste in Augenschein genommen hatte. Sie war damals sehr enthusiastisch gewesen, und Mona verstand mit jedem Tag mehr, warum.

Seit Gustav gestorben war, hatte sie nicht mehr gemalt. Nicht mal ihr Skizzenheft, das neben ihrem Bett auf einem Tischchen lag, hatte sie angerührt. Es quälte sie, dass sie nicht malen und noch nicht einmal mehr zeichnen konnte. Wenn sie einen Pinsel oder Bleistift in die Hand nahm, fügten sich zwar Ideen, Bilder und Farben in ihrem Kopf zusammen, aber sie konnte einfach nichts daraus machen. Mona atmete tief durch und ließ noch einmal ihren Blick durch das Atelier gleiten. Wenn sie hier nicht aus ihrem kreativen Tief herauskam, dann hatte sie wirklich ein Problem. Malblockaden waren bei Künstlern gar nicht so selten. Aber daran wollte sie jetzt gar nicht denken. Die Studiolampe stand noch immer in Folie eingepackt in der Ecke, so, wie sie die Umzugshelfer dort abgestellt hatten. Mona war normalerweise oft bis spät in die Nacht kreativ, deshalb war sie auf künstliches Licht angewiesen. Sie ließ sich auf den Boden sinken und schlug die Hände vors Gesicht. Wie sollte es nur ohne ihren Gefährten und Förderer weitergehen? Mit Gustav hatte sich alles um die Kunst gedreht. Sie hatten sich gegenseitig inspiriert, ermuntert, und sie hatte sich jeden Tag von seiner Leidenschaft mitreißen lassen – manchmal bis zur Erschöpfung. Mona spürte einen dumpfen Druck in der Brust. Sie atmete ein paar Mal tief ein und wieder aus. Nach den vielen Monaten des Stillstandes und der Trauer musste sie endlich nach vorne schauen. Auch Gustav hätte nichts anderes gewollt, da war sie sich absolut sicher, und dieser Gedanke gab ihr Kraft. Sie seufzte, rappelte sich auf, öffnete die Tür und kehrte in die Wohnung zurück.

Dort kramte sie in einem Karton mit Winterklamotten und zog schließlich ihre smaragdgrüne Lieblingsjacke hervor, die sie im vergangenen Herbst auf einem Flohmarkt in Eppendorf für wenig Geld gekauft hatte, setzte sich eine dicke Mütze auf und ließ die Tür hinter sich ins Schloss fallen. Sie brauchte frische Luft. Als sie ein paar Meter durch den Park gegangen war, fühlte sie sich schon etwas besser. Einen Moment blieb sie stehen, blickte nach oben und beobachtete die Blätter, die der Wind durch die Luft trieb, bis sie langsam auf den Rasen segelten. Sie schlenderte weiter, die Hände tief in den Jackentaschen, und folgte dem Feldweg bis zum Herrenhaus. Mona überquerte den Innenhof, der jetzt um die Mittagszeit menschenleer war. Das war in Dollerup auch immer so gewesen, denn um diese Zeit kam das Essen auf den Tisch, und die Älteren, auch ihre Omi Birte, legten sich danach ein Stündchen aufs Ohr, sodass sie danach ausgeruht ihr Tagwerk vollenden konnten – Mittagstunde eben.

In Hamburg tickten die Menschen komplett anders. Zu Beginn ihres Kunststudiums hatte sie sich erst einmal auf den Rhythmus einer Großstadt einstellen müssen.

Zunächst hatte es sie gestresst, dass immer überall etwas los war. Menschen, die zu jeder Tages- und Nachtzeit unterwegs waren, zu Fuß, mit dem Fahrrad, der U-Bahn oder dem Bus. Dann die Geräusche und der Lärm: hupende Autos, die Sirenen der Rettungswagen und Polizeiautos, Menschen, die sich mitten in der Nacht lauthals stritten oder kaputtlachten, Hunde, die stundenlang bellten. Nach ein paar Monaten hatte sie sich aber an den Sound der Stadt gewöhnt, ihn sogar lieben gelernt.

Mona fragte sich, wo Bernhard und Paul wohl steckten. Sie war froh und dankbar, dass die Männer ihr beim Aufbau des Bettes geholfen hatten, denn sie war handwerklich leider nicht sehr geschickt. Zum Glück hatte sie die beiden wenigstens mit Brötchen und Kaffee versorgt. Sie ging am Hofcafé und dem Hofladen vorbei, bis sie den Stall erreicht hatte. Mona blickte in eins der geöffneten Fenster und entdeckte ein weißes Pferd, das den Kopf hob, als es sie erblickte. »Na du!« Das Tier trat zögernd auf sie zu, und als sie die Hand austreckte, spürte sie den warmen Atem auf der Haut. Der Vierbeiner gab ein grummelndes Geräusch von sich und widmete sich dann wieder dem Heuhaufen, der vor der Krippe lag.

Mona hob lächelnd die Hand, ging weiter, bis sie an einer Reithalle und einem Platz vorbeikam, auf dem Hindernisse aufgebaut waren. In den Kuhlen dazwischen hatten sich große Pfützen gebildet. Wahrscheinlich war ein Training mit den Pferden deshalb derzeit nicht möglich, mutmaßte sie. Sie folgte dem Weg, der vom Gut wegführte. Rechts und links breiteten sich mit dem Wintergetreide bestellte Felder aus, und in der Ferne drehten sich zwei Windräder. Die Luft roch frisch und klar, und Mona nahm einen tiefen Atemzug. Zu ihrer Rechten zweigte ein gepflasterter Wirtschaftsweg ab. Mona ignorierte das Schild »Betreten und Durchfahrt verboten«. Die unterschiedlich großen Natursteine fühlten sich unter ihren Schuhen etwas holperig an, im Gegensatz zu den glatten Gehsteigen in Hamburg. An beiden Seiten ragten hohe, fast kahle Bäume in den grauen Novemberhimmel. Vereinzelt hingen noch gelbe und orangene Blätter in den Ästen. Die Atmosphäre berührte etwas in ihr. Ein Schleier schien sich zu heben, der seit Gustavs Tod zwischen ihr und der Welt gehangen hatte und dessen Existenz ihr gar nicht bewusst gewesen war. Sie breitete ihre Arme aus und drehte sich ein paarmal um sich selbst. Schließlich hielt sie inne und tastete in der Jackentasche nach ihrem Handy, um ein paar Fotos zu machen. Aber leider hatte sie es in der Wohnung vergessen. In Gedanken vertieft, bemerkte sie erst im letzten Moment ein Motorengeräusch und sprang zur Seite. Das Fahrzeug, ein schwarzer Mercedes, kam direkt neben ihr zum Stehen. Monas Herzschlag beschleunige sich, als sich das Fenster surrend öffnete. »Was haben Sie hier zu suchen?«, herrschte der Fahrer sie an. »Können Sie nicht lesen? Hier dürfen Sie nicht durch.«

Monas Augen weiteten sich, als sie den Mann erkannte, der Judith auf Gustavs Beerdigung gestützt hatte.

Statt einer Antwort machte sie auf dem Absatz kehrt und hörte nur noch, wie der Typ hinter ihr Gas gab. Sie drehte sich nicht um, sondern lief schnurstracks weiter, bis sie den Weg nach Gut Schwansee erreichte. Für heute hatte sie wirklich genug erlebt. Was für ein ungehobelter Kerl! Einfach nur furchtbar. Sie ärgerte sich maßlos, dass sie ihm nicht Paroli geboten hatte, aber dieses Wiedersehen aus heiterem Himmel hatte sie vollkommen aus der Fassung gebracht. Was hatte dieser Mensch hier zu suchen? Konnte es sein, dass Judith dahintersteckte? Sie hatten jedenfalls sehr vertraut miteinander gewirkt. Dieser Typ hatte sich bei ihr untergehakt, als gehöre er ebenfalls zur Familie. Mona biss sich auf die Lippen. Sie musste unbedingt wissen, wer dieser Mann war. Schnellen Schrittes kehrte sie zum Gut zurück. Vielleicht war jemand im Hofcafé, den sie befragen konnte.

6

Die junge Frau, die am Tresen stand, sah sympathisch aus. Außerdem duftete es nach frisch gebackenem Apfelkuchen, sodass sich Mona von einer Sekunde auf die andere entspannte. Ein Ehepaar um die fünfzig saß an einem dunkelbraunen Holztisch in der Ecke und ließ sich ein riesiges Stück Blechkuchen mit Schlagsahne schmecken, ansonsten waren keine weiteren Gäste zu sehen. An den weiß getünchten Wänden hingen gerahmte Fotos von Pferden, Jagdtrophäen und Landschaftsgemälde in goldenen Rahmen, und durch die hohen Sprossenfenster drang fahles Winterlicht in den rustikal und gemütlich wirkenden Raum.

»Du musst Mona sein!«, begrüßte sie die blonde Frau mit einem strahlenden Lächeln. Sie hatte ein rundes, ebenmäßiges Gesicht, große blaue Augen und trug einen hochgeschlossenen Kochkittel.

»Woher weißt du das?«

»Der Landfunk funktioniert hier auf Gut Schwansee sehr gut«, erwiderte sie augenzwinkernd und reichte Mona die Hand über den Tresen hinweg. »Ich bin Sina.«

»Nett, dich kennenzulernen.« Mona spürte, wie sie errötete, diese unpersönliche Begrüßungsfloskel hatte sie seit Ewigkeiten nicht benutzt.

»Was kann ich für dich tun?«

»Oh, ich weiß auch nicht…«, begann Mona und ließ den Blick über die Auslage gleiten. Es gab Apfel- und Kirschstreuselkuchen, Brownies, Muffins und große Schokoladencookies. »Das sieht ja alles superlecker aus.«

»Wie wäre es erst einmal mit einer schönen heißen Tasse Schokolade?«

»Perfekt!«

Auf dem Weg zu einem Zweiertisch zog sich Mona die Mütze vom Kopf und öffnete die Jacke, denn ihr war viel zu warm. Von ihrem Platz aus hatte sie einen guten Überblick. Sie sah, wie Sina am Tresen eine Haube Sahne auf den Kakao löffelte und kurze Zeit später stand sie auch bereits vor ihrem Tisch. »Hast du dich schon für einen Kuchen entschieden?«

»Ich glaube, ich probiere mal den Kirschstreusel.«

»Sehr gute Wahl, den habe ich heute Morgen frisch gebacken.« Sina nickte ihr aufmunternd zu. »Der schmeckt himmlisch, das verspreche ich dir.«

Das Ehepaar am Nachbartisch wollte zahlen, deshalb nickte sie Mona zu. »Ich bin gleich wieder da.«

Während sich Sina um die anderen Gäste kümmerte, nahm Mona vorsichtig einen Schluck ihres Kakaos, der schön heiß war und einfach nur fantastisch schmeckte. Sie sah, wie Sina bei dem Ehepaar abkassierte und noch ein paar Worte mit den beiden wechselte. Dann begleitete sie die beiden zur Tür und verabschiedete sie mit einem fröhlichen »Bis bald«.

»Hast du etwa Zimt hineingetan?«, fragte Mona, als Sina mit dem Kuchen an ihren Platz zurückkehrte.

»Ja genau, toll nicht?«

Sie platzierte den Teller vor Mona. »Ich bin kurz in der Küche, dann können wir noch einen Moment schnacken, wenn du magst.«

»Super, gern!«

Mona nahm die Gabel, stach in den Kuchen und schloss die Augen, während sie kaute. Der fluffige Teig, die säuerlichen Kirschen und die knusprigen Streusel vereinten sich in ihrem Mund zu einem köstlichen Geschmackserlebnis.

»Na, was sagst du?«

Sina ließ sich in den Stuhl ihr gegenüber fallen und blickte sie erwartungsvoll an.

Mona machte eine bedeutsame Pause und hob die Augenbrauen. »Das ist der beste Kuchen, den ich seit Langem gegessen habe.«

Sina ließ erleichtert die Schultern sinken und nippte an dem Kaffeebecher, mit dem sie gekommen war. »Du kommst aus Hamburg, hat Bernhard erzählt?«

Mona berichtete in Kurzfassung, warum sie ihre Wohnung hatte aufgeben müssen und dass sie eine Stelle als Kunstlehrerin antreten würde. Sina war eine aufmerksame Zuhörerin, deshalb wagte Mona schließlich den Vorstoß und erzählte ihr von der unschönen Begegnung mit dem Typen im Mercedes.

Sinas Mundwinkel zuckten. »Ach, du meinst bestimmt Erik Graf von Bardelow.«

Bei dem Namen wurde Mona hellhörig. Sie hatte den Namen schon irgendwo einmal gelesen …

Im Verlauf des Gesprächs erfuhr sie einiges über den Mann, der nun zum zweiten Mal ihren Weg gekreuzt hatte. Er war der Sohn von Beatrice Constance von Bardelow und ihrem Ehemann Hektor, außerdem hatte er noch eine Schwester, Viktoria Cecilia, die von allen nur Viky genannt wurde und auf dem Rapsfest vor zwei Jahren zur Rapskönigin gewählt worden war. Die Familie wohnte auf dem Nachbargut. »Es gibt mit denen leider immer wieder Ärger«, begann Sina, hielt aber mitten im Satz inne, als ein hochgewachsener blonder Typ das Hofcafé betrat und Sina mit einem Kuss auf die Wange begrüßte. Sina stellte ihn als ihren Freund Hendrik vor, und sie erfuhr, dass er Bernhards Sohn war. Die beiden schauten sich verliebt an, und Mona wollte nicht länger stören. Sie holte ihre Geldbörse hervor. Sina hob abwehrend die Hand. »Du bist eingeladen. Herzlich willkommen auf Gut Schwansee.«

Kurze Zeit später betrat Mona ihre Wohnung. Dafür, dass sie sich das erste Mal außerhalb des Theaters umgesehen hatte, war eine Menge passiert, das musste sie erst einmal auf sich wirken lassen. Sie und Gustav hatten eher zurückgezogen gelebt, sie waren sich selbst genug gewesen. Ganz von allein wanderten ihre Gedanken wieder zu ihrem gemeinsamen Leben. In ihrer alten Wohnung hätte sie sich in einer solchen Situation die frei stehende Badewanne mit heißem Wasser einlaufen lassen, die Kerzen angezündet und das Klavierkonzert Nr. 2 in c-Moll von Sergei Rachmaninoff abgespielt. In ihrem neuen Zuhause gab es hingegen nur eine Dusche in der Ecke des kleinen Bades.

Mona ging ins Schlafzimmer, streifte sich die Klamotten ab und zog sich den weißen Bademantel über, den Gustav ihr einmal in einem sauteuren Wäscheladen in Kampen auf Sylt gekauft hatte. Ihre Kehle schmerzte, als sie an den Abend im Sommer vor einem Jahr dachte. Sie waren zum Lister Ellenbogen gefahren und hatten einen langen Spaziergang um die Nordspitze gemacht. Dabei hatten sie sogar eine Kegelrobbe entdeckt, die im Sand lag und sich neugierig nach ihnen umdrehte, als sie sich näherten. Nachts hatten sie bei Mondschein nackt in der Nordsee gebadet und sich danach in den Dünen geliebt.

Mona, die sich mit untergeschlagenen Beinen aufs Sofa gesetzt hatte, starrte mit Tränen in den Augen in die Dunkelheit. Mit Gustav war immer alles selbstverständlich gewesen. Es hatte mit ihm keine Scham gegeben und nichts, worüber sie nicht hätten reden können. Nun war sie mit ihren Gefühlen und Gedanken vollkommen allein. Am meisten fürchtete sie sich davor, dass sie den Zugang zur Malerei, der sich im Beisammensein mit Gustav jeden Tag aufs Neue und so mühelos geöffnet hatte, endgültig verloren haben könnte. Mit seiner Hilfe hatte sie eine neue Technik für ihre Gemälde entwickelt. Sie hatte schon während des Studiums damit begonnen, fotorealistische Porträts zu malen, den Bildern aber durch eine teilweise diffuse Farbgebung eine besondere Stimmung eingehaucht. Ihr Ziel war es, die kleinen Momente der Selbstvergessenheit eines Menschen einzufangen und für den Betrachter festzuhalten. Als sie an ihr aktuelles Werk dachte, das drüben in ihrem neuen Atelier unter dem Tuch verdeckt war, überkam sie eine tiefe Traurigkeit. Sie hatte Gustav nach einem Foto gemalt, das sie mit dem Handy am Ellenbogen auf Sylt von ihm aufgenommen hatte. Er hatte es nie zu Gesicht bekommen …

Mona presste die Lippen aufeinander. Sie musste sich zusammenreißen und ihr Leben endlich neu gestalten – vor allem ihr Dasein als Künstlerin.

Monas Füße fühlten sich plötzlich ganz kalt an, deshalb sprang sie auf, öffnete einen der Kartons im Schlafzimmer und kehrte mit einem Paar dunkelblauer Wollsocken, das ihre Omi gestrickt hatte, aufs Sofa zurück. Ihre Gedanken wanderten zu dem Gespräch mit Sina im Hofcafé. Erik Graf von Bardelow … Der Name kam ihr dermaßen bekannt vor, dafür musste es doch einen Grund geben. Sie überlegte angestrengt, ob sie in Hamburg jemanden kannte, der diesen Namen trug. Vielleicht aus der

Kunstszene? Mona drückte den Rücken gegen die Lehne, streckte die Beine aus und wackelte mit den Zehen. Es machte sie schier wahnsinnig, wenn ihre Erinnerung sie im Stich ließ.

Endlich fiel ihr das Heft ein, das ihr vor einiger Zeit in die Hände gefallen war, als sie im Regal ihrer Mutter nach einem Buch zum Lesen gesucht hatte. Sie hatte es mit nach Hamburg genommen, und beim Kistenpacken war sie wieder darauf gestoßen, und sie hatte noch einmal darin geblättert. Sie war sich sicher, dass es in einem der Umzugskartons steckte, aber in welchem bloß? Ihre Kisten mit Büchern standen in der Ecke schräg gegenüber dem Sofa. In der ersten, die sie öffnete, waren ihre Kunstbände, in der nächsten ihre Kinderbücher, die sie immer noch liebte, und in der dritten fand sie endlich, wonach sie suchte. Sie nahm das Heft heraus und legte sich eine Wolldecke über die Beine. Es sah ziemlich abgegriffen aus und hatte Eselsohren, aber die Notizen ihrer Mutter waren alle gut zu lesen. Sie blätterte die Seiten durch, auf denen monatliche Zahlungen niedergeschrieben waren. Den ersten Betrag in Höhe von 300 DM hatte sie im März 1991 notiert, Monas Geburtsjahr. Das ging dann monatlich immer so weiter, ab 1999 änderte sich nur die Währung, denn in diesem Jahr war der Euro eingeführt worden, jedenfalls bei elektronischen Buchungen. Die Zahlungen, so interpretierte Mona die Beträge jedenfalls, endeten im Jahr ihres 18. Geburtstages. Sie suchte aber nach etwas anderem, an das sie sich ganz genau erinnerte. Endlich: Ganz hinten im Heft, zwischen zwei an einigen Stellen festgeklebten Blättern, steckte ein Kontoauszug vom Juli 1995. Wahrscheinlich hatte ihre Mutter das Schriftstück dort versehentlich vergessen. Mona strich das Papier glatt, und sie spürte, wie ihr Herz plötzlich schneller schlug. Konzentriert ließ sie ihre Augen über die einzelnen Beträge gleiten, die sie die Male zuvor wohl nur überflogen hatte. Es gab mehrere Abbuchungen, unter anderem von einem Einkauf bei EDEKA und vom Tanken, aber auch eine Überweisung in Höhe von 300 DM – und zwar von Beatrice Constance Gräfin von Bardelow. Hatte sie es doch gewusst!

Mona ließ das Heft in ihren Schoß sinken. Sie hatte sich richtig erinnert. An dieser Stelle war ihr der Name das erste Mal begegnet. Sie nahm ihr Handy und ging ins Internet. Tatsächlich gab es mehrere Resultate für ihre Suchabfrage, die ihre Vermutung endgültig bestätigten. Gräfin von Bardelow war Eriks Mutter. Das konnte doch alles kein Zufall sein.

7

Der Linoleumboden der Turnhalle quietschte unter den Sohlen seiner Turnschuhe. Schweiß rann von Eriks Stirn, und er keuchte wie ein Walross. Er schlug abwechselnd mit seiner Linken und Rechten gegen die Weichbodenmatte, die zwischen den beiden Sprossenwänden stand. Das Training tat ihm gut. Er spürte, wie langsam der Druck aus seinem Körper wich und sein Kopf leer wurde. Sein Trainingskumpel Dietmar, ein bulliger Typ mit Halbglatze, aber dem angenehmen Gemüt eines Stubenkaters, war ebenfalls voll bei der Sache. Er war Geschäftsführer eines Sicherheitsunternehmens, und hin und wieder tranken sie ein Bier zusammen.

Nach dem Aufwärmen ging es mit Jap und Punch weiter. Ihr Trainer Kurt, der in seinem grünen Adidas-Trainingsanzug neben ihnen stand, sah jeden Fehler: »Nicht den Arm fallen lassen, Erik! Wie oft soll ich dir das noch sagen? Immer auf einer Schiene zurück!«

Aus den Augenwinkeln sah Erik, wie er eine entsprechende Handbewegung in der Luft machte. Dann widmete er sich den anderen sechs Männern in der Turnhalle.

Erik schnappte sich ein Springseil, weil er seine Kondition verbessern wollte: drei Minuten Warm-up und dreimal neunzig Sekunden Tempo. Dabei sprang und skippte er immer abwechselnd, bis er wirklich nicht mehr konnte. Zum Glück pfiff Kurt die Trainingsstunde genau in diesem Moment ab. »Bis zum nächsten Mal, meine Herren!«

Als Erik zehn Minuten später unter der Dusche stand, war er fix und fertig, aber glücklich.

»Kurt hat uns aber mal wieder gequält«, brummte Dietmar neben ihm. Er konnte nur die Umrisse seines Trainingspartners erkennen, der fast komplett in den Dampfschwaden des heißen Wassers verschwand.

»Da sagst du was«, erwiderte er, griff sich das Duschgel und quetschte etwas davon in die Handfläche. »Was läuft sonst so?«

»Gut, dass du fragst.« Dietmar drehte das Wasser ab und rieb sich mit seinen Pranken übers Gesicht. Als er fertig war, nahm er sich das Handtuch vom Haken und wickelte es sich um die stämmige Hüfte. »Ich habe Ärger mit einem Konkurrenten.«

Erik beendete ebenfalls seinen Duschgang. Sein Kumpel schmiss ihm das Handtuch zu, das er mit der Linken auffing.

»Erzähl!«

Dietmar stellte sich breitbeinig vor den einzigen schmalen Spiegel an der Wand und strich sein spärliches Haar glatt. »Der baggert meine Kunden an«, erwiderte er schließlich.

Erik warf einen Zipfel des Handtuchs über die linke Schulter, griff mit der rechten Hand danach und rubbelte sich den Rücken trocken. »Ruft er die an, oder was?«

Dietmar nickte. »Ja, genau. Er quatscht sie voll und bietet dann einen günstigeren Preis.«

Er drehte sich zu Erik um. »Das ist doch das Letzte, oder?«

Erik runzelte die Stirn. »Das ist natürlich nicht schön, aber grundsätzlich leider erlaubt.« Sein Kumpel betrieb einen Sicherheitsdienst, den er sich nach dem Abschluss einer kaufmännischen Lehre selbst aufgebaut hatte. Mittlerweile beschäftigte er fast hundert Mitarbeiter. In den vergangenen Jahren hatten sich aber immer mehr Firmen diesem lukrativen Geschäftszweig verschrieben, und einige von ihnen arbeiteten mit unlauteren Mitteln.

»Soll ich mir das etwa gefallen lassen und warten, bis alle meine Kunden zu ihm wechseln?« Die Röte schoss in Dietmars ohnehin schon erhitztes Gesicht, deshalb hob Erik beschwichtigend die Hand.

»Ich überlege mir was, okay? Vielleicht können wir ihn abmahnen.«

Über Dietmars rundes Gesicht huschte ein Lächeln. »Super! Ich wusste doch, dass man sich auf dich verlassen kann.«

Als Erik eine halbe Stunde später die Tür zu seiner Wohnung öffnete, war es kurz vor 20 Uhr. Er schmiss die Trainingstasche auf die Holzablage unter der Garderobe, zog die Jacke aus und hängte sie an den Haken, holte sich ein Bier aus dem Kühlschrank, nahm noch im Gehen einen großen Schluck und ließ sich dann mit einem Seufzen aufs Sofa im Wohnzimmer fallen. Mit der freien Hand griff er nach der Fernbedienung und schaltete die Nachrichten ein. Er hatte sich in der Dreizimmerwohnung an der Hafenspitze, die nur ein paar Meter von seiner Kanzlei entfernt lag, bislang nur notdürftig eingerichtet, aber trotzdem fühlte er sich wohl in seinen eigenen vier Wänden und war froh darüber, dass er endgültig nicht mehr bei seinen Eltern auf dem Gut lebte. Während des Studiums und der Referendarzeit hatte er in einer Wohngemeinschaft in Kiel gewohnt, war aber oft noch nach Hause gefahren, vor allem am Wochenende. Nach dem Examen hatte er zunächst in einer Kanzlei in der Landeshauptstadt gearbeitet, aber sehr schnell gemerkt, dass er unabhängiger sein wollte, und das war ihm nun endlich mit zweiunddreißig Jahren gelungen.

Erik stellte die Flasche auf dem niedrigen Holzcouchtisch ab, verschränkte die Arme hinter dem Kopf und streckte die Beine aus. Während ein Bericht über die Lage im Sudan über den Bildschirm flimmerte, fragte er sich, was heute auf dem Wirtschaftsweg zum Gut seiner Familie eigentlich in ihn gefahren war. Er hatte sich wie der allerletzte Idiot benommen! Zunächst hatte er Mona

Linau gar nicht erkannt, sondern sich nur darüber geärgert, dass mal wieder jemand die Frechheit besaß, das Verbotsschild zu missachten. Als er dann ihrem erstaunten Blick begegnet war, hätte er am liebsten die ganze Szene wieder zurückgespult. Stattdessen hatte er sie beschimpft und Gas gegeben, echt peinlich. Es war einfach mit ihm durchgegangen.

Was sie wohl hier zu suchen hatte? War es ein bloßer Zufall, dass er ihr hier über den Weg gelaufen war? Der Schriftsatz mit der Androhung der Klage vor dem Nachlassgericht war jedenfalls an eine Hamburger Adresse verschickt worden. Konnte es sein, dass sie hier Urlaub machte? Die Familie Cornelius vermietete Ferienwohnungen, sehr zum Ärger seiner Eltern, die unter dem Slogan »Wellness verpflichtet« ebenfalls Übernachtungen auf dem Gut der von Bardelows anboten.

Das Verhältnis der beiden Familien war nicht das beste. Erik hatte die Abneigung gegen die Familie Cornelius immer geteilt. Besonders mit den Söhnen Nathan und Hendrik war er immer wieder aneinandergeraten. Während des Rapsfestes vor zwei Jahren hatte er sich mit den beiden geprügelt. Was ihn damals so sehr auf die Palme gebracht hatte, konnte er jetzt gar nicht mehr nachvollziehen. Er war eben ein Heißblut – doch diese Zeiten hatte er hinter sich.

Als Mona am nächsten Morgen aufwachte, wusste sie für einen Moment nicht, wo sie war. Ihre Füße waren eiskalt, trotz der neuen dicken Daunendecke. Sie blieb noch einen Moment liegen und blickte durchs Fenster hinaus in den Park. Die Zweige einer Weide, die nur ein paar Meter von ihrem Haus entfernt stand, verloren im Wind die letzten Blätter, und Nebel lag über dem Rasen.

Übermorgen war ihr erster Schultag, bis dahin wollte sie eigentlich noch eine Menge erledigen: die restlichen Kisten ausräumen, ihre Klamotten in den Schrank einsortieren und das Badezimmer gründlich putzen. Jetzt war Schluss mit dem Müßiggang! Sie sprang auf, zog sich dicke Socken über und brühte sich in der Küche eine kleine Kanne Kaffee auf. Sie nahm den Becher mit ins Wohnzimmer, setzte sich aufs Sofa und trank in kleinen Schlucken. Danach griff sie nach dem Schlüsselbund, der auf dem Tisch lag, ging zum Briefkasten und nahm die Post heraus. Im Flur sortierte sie kurz den Stapel durch: eine kostenfreie Zeitung aus der Region, eine Postkarte von ihrer Mutter mit einem »Herzlich willkommen« und ein förmliches Schreiben von einer Anwaltskanzlei, welches ihr per Nachsendung geschickt worden war. Monas Herz schlug schneller, als sie den Namen des Absenders las: Erik Graf von Bardelow.

Sie riss das Kuvert auf und überflog die Zeilen. Judith, Elena und Frederik wollten nun Gustavs Testament vor dem Nachlassgericht wegen Sittenwidrigkeit anfechten. Die Zeilen verschwammen vor Monas Augen, als ihr die

Bedeutung der Worte bewusst wurde. Dieser Winkeladvokat behauptete doch tatsächlich, dass Gustav sie als Erbin eingesetzt habe, um sie für ihr sexuelles Entgegenkommen zu belohnen. Als sie las, wo sich die Kanzlei befand, lief sie mit dem Brief in der Hand ins Schlafzimmer. Im Nullkommanichts war sie fertig angezogen. Noch schnell ins Bad, etwas Puder über die Wangen gestäubt und die Wimpern getuscht, dann war sie startklar. Sie nahm den Mantel von der Garderobe, und als ihr beim Hinausgehen eine heftige Böe entgegenschlug, schob sie grimmig das Kinn nach vorn. Das Wetter passte perfekt zu ihrer Stimmung – dieser Provinzanwalt sollte sie mal kennenlernen!

»Halt, Sie können doch da nicht einfach reinlaufen!« Eine Frau um die fünfzig, die einen grauen Tweedrock zu einer hellblauen Bluse trug, lief ihr hinterher. Doch Mona hatte die Tür zum Büro von Erik Graf von Bardelow bereits aufgestoßen. Hinter ihr rief die Frau entschuldigend: »Tut mir leid, ich habe der Dame gesagt, dass sie hier nicht einfach unangemeldet reinspazieren kann.«

Der Anwalt der Familie Adomeit hob den Kopf, und Mona spürte ein leichtes Kribbeln im Nacken, als sich ihre Augen trafen. Grimmig ballte sie die Hände zu Fäusten, weil sie sich von diesem Gefühl auf gar keinen Fall ablenken lassen wollte. Schließlich war sie nicht zum Spaß hier, sondern sie wollte diesem von Bardelow einmal gründlich die Meinung sagen.

»Das ist schon okay, Frau Schuhmacher, bitte stellen Sie keine Anrufe durch.«

Irritiert blieb Mona vor dem Schreibtisch stehen und ließ ihren Blick zwischen den beiden hin- und herwandern.

Von Bardelows Mitarbeiterin nickte schließlich zögernd. »Ganz wie Sie meinen.«

Erik Graf von Bardelow deutete mit einer einladenden Geste auf den Besucherstuhl vor seinem Schreibtisch. »Wollen Sie sich nicht setzen?«

»Nein danke, ich stehe lieber.«

»Was führt Sie zu mir?«

Mona zögerte. Normalerweise war sie ein Mensch, der Konfrontationen und Streit aus dem Weg ging. Doch als er sich jetzt im Stuhl zurücklehnte, die Fingerspitzen aufeinanderlegte und sie mit einem selbstgefälligen Lächeln fixierte, stieg Wut in ihr hoch. Sie pfefferte ihm den Brief vor die Nase. »Was soll das?«

»Haben Sie den Brief nicht gelesen?«

»Natürlich habe ich das!« Mona ärgerte sich, dass ihre Stimme schrill klang, aber das war immer so, wenn sie aufgeregt war. Sie atmete tief durch die Nase ein. »Sie ziehen mich in den Dreck!«

Erik Graf von Bardelow ließ sich Zeit mit einer Antwort. Er nahm das Blatt Papier in die Hand, strich es glatt und studierte die Zeilen, als müsse er sich erst einmal seinen eigenen Text vergegenwärtigen.

»Die Familie Adomeit will Gustavs Vermächtnis anfechten und …«

»Ich kann lesen«, unterbrach Mona ihn aufgebracht. »Darum geht es doch gar nicht. Sie behaupten, dass ich nur erbe, weil ich mit ihm ins Bett gegangen bin.« Sie ging ein Stück auf ihn zu, blieb dann aber doch wieder stehen. »Damit kommen Sie nicht durch.«

Graf von Bardelow verschränkte die Arme vor der Brust und grinste. »Das werden wir ja sehen.«

»Wissen Sie, was Sie sind…?« Mona rang nach Worten, aber sie war so wütend, dass sie zu keinem klaren Gedanken fähig war.

Sie drehte sich um und wandte sich zur Tür, blieb dann aber abrupt stehen, drehte sich zu ihm um und hob den Zeigefinger. »Sie sind ein ganz übler Rechtsverdreher.«

Dann verließ sie ohne einen Gruß die Kanzlei. Draußen atmete sie erst einmal tief durch. Wahrscheinlich war es doch keine gute Idee gewesen, diesen ätzenden Anwalt aufzusuchen, dachte sie frustriert. Eiligen Schrittes lief sie am Hafen entlang, die frische Luft tat ihr gut. Mona konnte jetzt nicht einfach nach Hause fahren, sie war viel zu aufgewühlt. Die Sonne brach durch die Wolkendecke und zauberte ein Funkeln auf die Ostsee. Ein paar Möwen ließen sich durch den Wind nach oben treiben und folgten einem tuckernden Fischkutter, der soeben die Hafeneinfahrt passierte.

Als Mona das Café Adele erreichte und durch das Fenster blickte, erkannte sie Sina, die zusammen mit einer dunkelhaarigen Frau an einem Tisch direkt am Fenster saß. Ein schöner heißer Kakao wäre jetzt perfekt, stellt sie fest, und augenblicklich hob sich ihre Stimmung ein wenig. Als sie den Gastraum betrat, winkte Sina ihr zu, und Mona ging zu dem Tisch, an dem die beiden Frauen saßen.

Sina deutete mit dem Kopf auf ihre Begleiterin. »Darf ich bekannt machen: Leni, meine Freundin, sie wohnt auch auf Gut Schwansee und ist mit Nathan Cornelius, dem Bruder meines Freundes, verheiratet. Setz dich doch zu uns!«

»Gerne. Nett, dich kennenzulernen«, erwiderte Mona. Schon wieder dieser steife Satz. Das konnte sie besser. Unsicher nahm Mona auf dem dritten freien Stuhl Platz und lächelte die beiden zaghaft an. »Schön, euch hier zu treffen.« Sie zog sich die Mütze vom Kopf und öffnete die Knöpfe des Mantels.

Die Bedienung kam und nahm ihre Bestellung auf.

»Hast du einen Spaziergang gemacht?«, fragte Leni. Ihre dunklen Haare, die einen schönen Kontrast zu ihrer hellen Haut bildeten, hatte sie zu einem lässigen Dutt hochgesteckt. Mona überlegte kurz, ob sie die beiden Frauen ins Vertrauen ziehen sollte, denn beide waren ihr sympathisch, und außerdem war sie froh, sich aussprechen zu können. Sie erzählte Sina und Leni also in Kurzfassung, was in der Kanzlei vorgefallen war.

»Das passt zu Erik«, stellte Sina fest, als Mona ihren Bericht beendet hatte.

»Wie meinst du das?«

Sina blickte kurz zu Leni, aber als diese zustimmend nickte, fuhr sie fort. »Er kann sehr aufbrausend sein, und früher hat er sich sogar oft geprügelt.«

»Das ist aber besser geworden«, warf Leni ein.

»Ja, er hat sich wirklich mehr unter Kontrolle, aber eine Zeit lang war es echt schlimm. Erinnerst du dich noch an das Rapsfest, Leni?«

Mona spürte, wie ihre innere Anspannung wuchs. »Was ist passiert?«

»Erik und seine Kumpels waren so richtig auf Streit aus. Er hat sich an dem Abend wie wild mit Nathan und Hendrik geprügelt. Erst als Bernhard mit dem Gewehr in die Luft geschossen hat, hat er die zwei in Ruhe gelassen.«

Der Anwalt, den Mona soeben in Höchstform erlebt hatte, war also nicht nur ihr Gegner in einem möglichen Rechtsstreit und eine unangenehme Begegnung auf den Wirtschaftswegen um das Gut, sondern auch ein dorfbekannter Schläger. Und noch bevor ihre heiße Schokolade vor ihr stand, hatte Mona einen Entschluss gefasst. Sie würde sich ebenfalls einen Anwalt suchen, und zwar so schnell wie möglich.

8

Der Geruch von Bohnerwachs und etwas Muffigem wehte Mona um die Nase, als sie mit Peter Weimann, dem Schulleiter des Eckernförder Gymnasiums, durch die Gänge schritt. Zuvor hatte er ihr im Lehrerzimmer bereits einige Kolleginnen und Kollegen vorgestellt, aber sie hatte sich vor Aufregung kaum einen Namen merken können, denn heute sollte sie ihre ersten Unterrichtsstunden abhalten. »Haben Sie sich auf Gut Schwansee denn schon eingelebt?«, fragte ihr neuer Vorgesetzter und öffnete die Tür zu einem weiteren gelb beleuchteten Gang, an dessen Wänden Bilder und Bastelarbeiten der Schülerinnen und Schüler in Vitrinen ausgestellt waren. Mit einer angedeuteten Verbeugung ließ er ihr den Vortritt. Der graue Linoleumboden quietschte leise unter ihren Sohlen, während sie an den Klassenräumen vorbeiliefen.

»Ja, das habe ich«, entgegnete Mona, als er wieder an ihrer Seite war. Peter Weimann war einen Kopf größer als sie und trug einen grauen Anzug, Hemd und Krawatte. Sein schon etwas schütteres Haar war akkurat geschnitten, und sein freundliches, offenes Gesicht wirkte sehr jugendlich, obwohl er bestimmt um die sechzig war.

»Sie waren Meisterschülerin bei Gustav Adomeit?«, plauderte Weimann weiter. »Ja …«, antwortete sie gedehnt. »Ich habe viel von ihm gelernt.«

Direktor Weimann nickte. »Er war ein Ausnahmekünstler, wenn Sie mich fragen. Traurig, dass er so früh sterben musste.«

Er stieß eine Tür zu einem Kunstraum auf, und Mona stockte der Atem, als sie den Mann erkannte, der dort an einem Tisch Bilder in Mappen sortierte: Es war David Nehmten.

»Mona?« David hob erstaunt den Kopf. »Was machst du denn hier?«

Peter Weimann lächelte. »Sie kennen sich? Das ist ja wunderbar.« Er reichte Mona seine Hand. »Ihr Kunstkollege wird Ihnen alles Weitere zeigen.«

Als sie beide alleine waren, entstand eine unangenehme Stille, die David schließlich durchbrach. »Schön, dich zu sehen.«

Mona betrachtete ihren ehemaligen Kommilitonen, der sich kaum verändert hatte. Das letzte Mal hatte sie ihn vor knapp drei Jahren gesehen. Immer noch diese schlaksige Statur, die kinnlangen blonden Locken und der verträumte Blick, stellte sie fest. Während einer Studienfahrt nach Sardinien waren sie sich damals nähergekommen, er hatte sich in sie verliebt, aber sie konnte seine Gefühle nicht erwidern. Er hatte ihr wochenlang nachgestellt. Zunächst war alles harmlos gewesen. David hatte nach einer Vorlesung auf sie gewartet oder ihr WhatsApp-Nachrichten geschickt, bis sie ihm eine deutliche Abfuhr erteilt hatte. Doch danach hatte er sie immer stärker bedrängt, hatte sogar eines Nachts plötzlich unangemeldet vor der Haustür ihrer WG gestanden. Erst eine Anzeige bei der Polizei wegen Stalkings hatte Wirkung gezeigt.

»Ich soll eine sechste Klasse unterrichten«, sagte Mona schließlich.

Ein scheues Lächeln huschte über sein jungenhaftes Gesicht. »Dann kannst du gleich hierbleiben. Nach der Pause geht die Stunde los.«

Mona war dankbar für seinen kollegialen Ton, und ihre innere Anspannung löste sich etwas. Er zeigte ihr, wo die Materialien verstaut waren, und erzählte, dass die Klasse gerade mit dem Thema Herbst beschäftigt sei. »Schön, dass du jetzt mit den Kindern arbeiten wirst.«

Als Mona nach dem ersten Schultag in ihre Wohnung im Theater zurückkehrte, war sie vollkommen erschöpft. Sie streifte sich die Klamotten ab, duschte und schlüpfte in eine weite Jogginghose und einen Wollpulli, den Gustav ihr einmal zum Geburtstag geschenkt hatte. Sie ging in die Küche, bereitete sich eine Tasse Pfefferminztee zu und setzte sich damit auf das Sofa im Wohnzimmer.

Ihr erster Schultag war gut verlaufen, und sie war sehr erleichtert. Die Sechstklässler hatten die gepressten Kastanienblätter abgemalt, die sie in den Unterricht mitgebracht hatten, und es waren wirklich sehr schöne Werke dabei entstanden, die sie zusammen mit den Kindern an einer Leine mit Klammern zum Trocknen aufgehängt hatte. Danach hatte sie noch mit einer neunten Klasse das Thema Perspektive erarbeitet. Zum Glück war sie David nicht noch einmal über den Weg gelaufen. Es war doch total verrückt, dass sie ihm ausgerechnet hier am Eckernförder Gymnasium wieder begegnet war. Sie hoffte inständig, dass er keine Gefühle mehr für sie hatte, denn ansonsten würde es womöglich wieder kompliziert werden – vorsichtig ausgedrückt.

Ihr Handy klingelte, und als sie den Namen ihrer besten Freundin auf dem Display sah, machte ihr Herz vor Freude einen kleinen Hüpfer. »Vivi, wie schön!«

»Hi, meine Liebe, wie geht's dir in deinem neuen Zuhause?«

»Alles super so weit, aber du fehlst mir.«

»Du mir auch …«

Mona hörte, wie eine Tür zufiel. »Vivi?«

»Ich bin jetzt draußen, hier ist der Empfang besser.«

Mona lächelte. Bestimmt stand ihre Freundin auf dem Balkon der Altbauwohnung, in der sie jetzt mit ihrem Freund Tobias wohnte.

»Aber du rauchst doch hoffentlich nicht?«

»Nee, natürlich nicht, ich stille doch noch.«

»Wie geht's denn Frieda? Schläft sie schon durch?« Es rauschte in der Leitung. »Vivi?«

Ihre Freundin gähnte. »Leider nicht, aber das wird schon.«

»Wenn ich das nächste Mal in Hamburg bin, komme ich bei euch vorbei.«

»Super, gern, ich muss schon wieder Schluss machen, die Kleine schreit. Tut mir leid. Lass uns demnächst noch mal in Ruhe telefonieren.«

Mit einem Lächeln im Gesicht beendete Mona das Gespräch. Es war schön, die Stimme ihrer Freundin gehört zu haben. Bislang hatten sie sich nur per WhatsApp geschrieben. Ein warmes Gefühl breitete sich in ihr aus, als sie an Frieda dachte. Die Kleine war so entzückend. Ein richtiger Wonneproppen. Ob sie wohl irgendwann auch Kinder haben würde? Zwischen ihr und Gustav war das nie ein Thema gewesen, aber sie wünschte es sich schon...

Mona erhob sich und ging zu dem Bücherregal, das sie erst teilweise eingeräumt hatte. Sie holte ein Fotoalbum heraus und kehrte damit auf ihren Platz zurück. Mit angewinkelten Beinen betrachtete sie die Bilder ihrer eigenen Kindheit und Jugend: ein Foto, das eine Krankenschwester kurz nach ihrer Geburt geknipst hatte, eins von der Einschulung in die Grundschule von Langballig, mehrere von einem Urlaub in den Bergen, ein unscharfes Bild von ihrer Konfirmation und schließlich ein Gruppenfoto, das anlässlich ihrer Abiturfeier entstanden war. Danach hatte sie sich gleich an verschiedenen Kunsthochschulen beworben, und als sie in Hamburg angenommen wurde, hatte sie mit großer Vorfreude Dollerup verlassen.

Zu Beginn ihres Studiums hatte es jedoch viele dunkle Tage für sie gegeben. Ihr Start als Studentin der Hochschule für Bildende Künste war holperig gewesen. Sie konnte sich genau an den Tag erinnern, als sie die rechteckige, zweigeschossige Dielenhalle vor der Aula betreten hatte. Sie hatte sich von einer Sekunde auf die andere vollkommen unbedeutend und klein gefühlt, und es hatte Wochen gedauert, bis sie sich in dem imposanten Backsteingebäude zurechtgefunden hatte. Erst an dem Tag, als sie zum ersten Mal an einer Vorlesung von Gustav teilgenommen hatte, fühlte sie wieder die Gewissheit, dass sie das richtige Studium gewählt hatte.

Mona seufzte. Ihr Mentor, der sie seither begleitet hatte, war nicht mehr an ihrer Seite. Sie musste lernen, auf eigenen Füßen zu stehen. Wie würde es mit ihrem Leben als Künstlerin weitergehen? Tief in ihrem Herzen spürte sie, dass sie an einem Scheidepunkt angelangt war. Ein banges Gefühl durchströmte sie, sie hatte keine Ahnung, wie ihre Reise weitergehen würde. Eins war sicher: Frauen hatten es nach wie vor schwer, sich in der Kunstszene zu etablieren. Zwei Drittel der Kunststudierenden waren weiblich, aber dennoch hatten die Männer danach ungleich höhere Chancen, erfolgreich zu sein. Die Gründe dafür waren ihrer Ansicht nach vielfältig. Die meisten männlichen Künstler, die sie kannte, hatten ein enormes Selbstbewusstsein und konnten sich und ihre Werke gut verkaufen. Galerien, öffentliche Auftraggeber und Ausstellungen wurden darüber hinaus ebenfalls von Männern dominiert.

Unvermittelt wanderten ihre Gedanken zu der Begegnung mit Erik Graf von Bardelow zurück, dem selbstgefälligen Paragrafenreiter, und ein kitzeliges, erwartungsvolles Gefühl erfasste ihren Körper, obwohl sie ihn doch eigentlich nicht leiden konnte. Er war ein Mann, der rücksichtslos sein Ziel verfolgte, und er würde sie mit Sicherheit nicht in Ruhe lassen, bis er Gustavs Vermächtnis wirksam angefochten hatte. Es irritierte sie, dass sie sich ihm trotzdem nicht entziehen konnte. Sie fragte sich, ob es nicht besser wäre, das Erbe einfach auszuschlagen. Sie musste ohnehin lernen, auf eigenen Beinen zu stehen. Vielleicht war das sogar leichter, wenn sie sich ganz von Gustav und seinem Geld löste.

Mona griff nach der Tasse, die sie auf dem Boden abgestellt hatte, aber der Tee war mittlerweile kalt geworden, also ging sie in die Küche. Sie ließ Wasser in die Spüle laufen und schaute dabei durchs Fenster in den Park. Die Weide war jetzt kahl, und auch an den anderen Bäumen hingen kaum noch Blätter. Mona stutzte, als sie etwas Dunkles entdeckte, das sich hüpfend über den Rasen bewegte. Sie ließ die Tasse ins Wasser gleiten, verließ die Küche, schnappte sich die Jacke vom Haken im Flur, steckte den Schlüssel ein und verließ die Wohnung.

In der Zwischenzeit war es deutlich kälter geworden, deshalb zog Mona die Mütze über die Ohren. Vorsichtig näherte sie sich dem Wesen, das noch immer unter der kahlen Weide saß. Es war ein Vogel, dessen einer Flügel schlaff herunterhing. Als sie nur noch wenige Meter von dem Tier entfernt war, erkannte sie zwei buschige Federn, die wie Ohren vom Kopf abstanden und orangegelbe Augen, die dunkel umrandet waren. Es war eine Eule, die dort im Gras hockte. »Ganz ruhig, ich tue dir doch nichts«, wisperte Mona, als das Tier zurückwich.

Mona sah sofort, dass der Vogel ärztliche Hilfe benötigte. Sie mutmaßte, dass der Flügel gebrochen war, wusste aber nicht, wie man sich in einer solchen Situation am besten verhielt. Erst einmal musste sie das verängstigte Tier fangen, aber das konnte sie nicht alleine. In schnellem Tempo lief sie zum Hofcafé und hatte Glück, dass Sina noch da war. Sie schloss gerade die Tür ab und verabschiedete sich von einem hageren älteren Mann mit kurzen grauen Haaren und dunklen Schatten unter den Augen. Er reichte Mona die Hand. »Moin, ich bin Samuel.«

Als Sina ihrem fragenden Blick begegnete, lächelte sie in seine Richtung. »Wir arbeiten in der Küche zusammen.«

»Ich bin Mona«, erwiderte sie. »Freut mich.«

»Bist du gerannt?«, fragte er, während er sich die Jacke zuknöpfte. »Du siehst etwas abgehetzt aus.«

»Im Park ist eine Eule mit gebrochenem Flügel.« Mona trat von einem Fuß auf den anderen. »Habt ihr einen Karton oder irgendetwas, womit man sie fangen kann?«

Sina sah Samuel an: »Besorgst du schnell was? Wir laufen schon mal vor. Nicht, dass sich ein Fuchs die Eule holt.«

Mona schlug die Hände vor dem Mund zusammen. »Ich hätte sie nicht alleine lassen dürfen!«

Sina zog sie am Ärmel hinter sich her. »Dem Vogel wird schon nichts passiert sein.«

Fünf Minuten später hatten die beiden Frauen die Weide im Park erreicht. Zum Glück hatte die Eule sich kaum bewegt, stellte Mona erleichtert fest. Sie blieben in zwei Meter Entfernung stehen, bis Samuel mit dem Karton angerannt kam.

»Wir brauchen Handschuhe«, sagte Sina.

Mona nickte ihr zu. »Ich habe welche im Haus.«

Sie stürmte los, stolperte über einen Stein und wäre fast der Länge nach hingefallen, konnte sich zum Glück aber gerade noch fangen. Als sie wieder zurückkam, hatten Sina und Samuel den Karton schon in die Nähe der Eule gerückt. Mona reichte Sina die Handschuhe: »Mach du das lieber.«

Sina nickte. »Das ist eine Waldohreule«, sagte sie, »vielleicht ist sie angefahren worden und hat sich dann hierher gerettet.« Behutsam nahm sie das Tier zwischen die Hände und setzte es vorsichtig in den Karton. Dort zappelte der Vogel zwar hin und her, konnte sich aber wenigstens nicht weiter verletzen. Mona kniete sich neben den Karton. »Was machen wir jetzt mit ihr?«

Sina, die neben ihr stand, strich sich eine Locke aus dem Gesicht. »Am besten, wir bringen sie zu Anja, unserer Tierärztin.«

Die Waldohreule saß geduckt in der Ecke des Kartons, als die Tierärztin, die ein grünes Poloshirt mit der Aufschrift

»Tierarztpraxis Dr. Anja Riepen und Dr. Markus Riepen« trug, den Untersuchungsraum betrat. Sie begrüßte Sina und Mona. Hinter ihr kam eine Sprechstundenhilfe ins Zimmer, die unter einer schlimmen Akne litt.

»Da ist ja unser kleiner Patient«, sagte die Tierärztin. »Tamara, nimm lieber den Handschuh«, wies sie die junge Frau an, als sie die Eule aus dem Karton hob. Mona stand an Sinas Seite einen Meter vom Untersuchungstisch entfernt. Gebannt beobachteten sie, wie die Ärztin die Eule vorsichtig untersuchte, die Tamara mit angespannter Miene festhielt. »Der Flügel ist gebrochen«, sagte die Ärztin schließlich, und ein Lächeln breitete sich auf ihrem ebenmäßigen Gesicht aus. »Zum Glück ist er nicht offen«, fuhr sie fort, »ich werde ihn deshalb nur mit einem Tape fixieren.«

Als sie damit fertig war, durfte die Waldohreule zurück in den Karton. »Sie kann ein paar Tage hierbleiben, dann bringt ihr sie am besten zur Wildtierauffangstation.«

9

Als Erik am Samstagmorgen aufwachte, fühlte er sich wie gerädert. Am Tag zuvor hatte er bis spät in die Nacht gearbeitet, weil er alle Jobs vorm Wochenende erledigt haben wollte. Er blickte auf die digitale Anzeige des Weckers, der auf dem Nachttisch neben seinem Boxspringbett stand. Es war erst sechs Uhr morgens, kein Wunder also, dass es in seinem Schlafzimmer noch stockdunkel war.

Er verschränkte die Arme hinter dem Kopf und streckte die Beine von sich. Mona Linau. Die Erinnerung an den Moment, als sie mit funkelnden Augen und glühenden Wangen an seinen Schreibtisch getreten war, verursachte ein Brennen in seiner Brust. Er fühlte sich zu ihr hingezogen, aber er wusste nicht, wie er damit umgehen sollte. Sie war vollkommen anders als die Frauen, für die er sich sonst interessierte. Für ihn war es sehr wichtig, dass es in seinem Leben keine großen Stressfaktoren gab, und damit schieden die meisten Frauen schon aus. Allerdings musste er zugeben, dass er nie eine tiefere Beziehung angestrebt hatte, denn das war ihm alles mit zu viel Stress verbunden. Er hatte Lust auf Sex, aber nicht auf stundenlange Shoppingtouren, endlose Gespräche und Beziehungsprobleme. Vielleicht war er aber auch nur bindungsunfähig. Genau das hatte ihm seine letzte Freundin nämlich vorgeworfen. Sarah hatte ihm deswegen immer wieder Szenen gemacht und ihn schließlich verlassen. Mittlerweile war sie verheiratet und erwartete das erste Kind.

Erik nahm sein Tablet in die Hand, auf dem er gestern Abend noch zwei Folgen *The Blacklist* auf Netflix angeschaut hatte, und checkte seinen Kalender. Mist, er war heute mit Ines verabredet. Sie war eine Mandantin und gute Freundin, die zum einen eine erfolgreiche Verlegerin war und sich zum anderen mit großem Engagement als Förderin der Kunst in Schleswig-Holstein betätigte. Ines war in Stiftungen und Vereinen aktiv, die verschiedene Projekte, Museen und auch private Sammlungen förderten. Sie war sehr gut vernetzt, sodass es ihr immer wieder gelang, kulturelle Ereignisse, die auch über die Grenzen Schleswig-Holsteins Beachtung fanden, zu initiieren.

Er würde sie heute zu einer Ausstellung in Eckernförde begleiten. Erik hoffte, dass es nicht wieder abstrakte Werke waren, die dort ausgestellt wurden. Mit dieser modernen Kunstrichtung konnte er nämlich nicht sehr viel anfangen. *Ist das Kunst oder kann das weg?* Dieser Spruch kam ihm plötzlich in den Sinn. Er hatte einmal gelesen, dass es immer wieder vorkam, dass Kunstobjekte von Putzfrauen nicht als solche erkannt, sondern als Müll entsorgt wurden. In Frankfurt war vor einigen Jahren sogar eine Installation mit gelben Plastikteilen des Künstlers Michael Beutler versehentlich als Sperrmüll abtransportiert und verbrannt worden. Erik schob die Decke weg und sprang aus dem Bett. Egal, er würde sich auf diesen Ausstellungsbesuch unvoreingenommen einlassen. Außerdem hatte er an diesem Sonnabend, wenn er ehrlich war, auch nichts Besseres vor.

Es war ein intimer Moment, den Lotte Laserstein eingefangen hatte. Sie hatte sich selbst vor der Staffelei porträtiert, und hinter ihr stand ihre Freundin Traute Rose, die Hand auf die Schulter der Malerin gelegt. Mona ging etwas näher an das Gemälde heran, betrachtete den Pinselstrich, dann entfernte sie sich wieder einen Meter. Sie konnte es noch immer nicht glauben, dass sie hier in diesem kleinen Örtchen auf einer Ausstellung einer ihrer Lieblingskünstlerinnen war. Mona hatte einfach Kunst und Eckernförde gegoogelt und war auf die Webseite der Galerie Carls Art 78 gestoßen. Die Ausstellungsräume befanden sich in einem Backsteinbau in Carlshöhe etwas außerhalb der Stadt. Weiße Wände, dunkelgraue Fußbodenfliesen und natürliches, durch die Fenster strömendes, aber auch künstliches Licht rückten die Bilder in den Fokus. Der Galerist hatte wirklich sehr gute Arbeit geleistet. Mona schlenderte langsam durch die Ausstellung, blieb immer wieder stehen und ließ die Kunstwerke auf sich wirken.

Lotte Lasersteins Bilder waren scheinbar sachlich, fast realistisch gemalt, und doch vermittelten sie dem Betrachter eine besondere Sicht der Künstlerin auf ihre Zeit. Sie war eine der ersten Frauen gewesen, die in den Zwanzigerjahren an der Berliner Kunstakademie studieren durften, und nahm danach an viel beachteten Ausstellungen teil, bis sie von den Nationalsozialisten zur Dreivierteljüdin erklärt wurde und ab 1937 in Schweden im Exil lebte – bis zu ihrem Tod 1993.

Mona gefiel besonders Lasersteins Sicht auf die modernen Frauen, die sich auf ihren Porträts selbstbestimmt präsentierten. Großartig war natürlich ihr Gemälde *Abend über Potsdam*, das sie fast bis zu ihrem Lebensende in ihrem Atelier behalten hatte, denn es war für sie selbst ein Schlüsselwerk ihrer Kunst. Das Bild zeigte ihre Freunde, die sich auf einer Dachterrasse zu einem spartanischen Mahl zusammengefunden hatten. Auffallend war, dass die Beteiligten nicht miteinander sprachen oder sich auch nur anschauten, sondern dass jeder mit den eigenen Gedanken beschäftigt war. Ein wenig erinnerte das Gemälde an *Das letzte Abendmahl* von Leonardo da Vinci. Mona blieb in sich versunken vor einem Aktbild der Künstlerin stehen – *In meinem Atelier* –, das sie 1928 vollendet hatte. Ihre Freundin Traute Rose hatte ihr Modell gestanden. Mona konnte den einmaligen Moment, den die Frauen dort gemeinsam erlebt hatten, tief im Herzen spüren. Genau das war es, was sie mit ihrer Kunst ebenfalls erreichen wollte. Aber Gustav fehlte ihr, sie war in einer Sackgasse angelangt. Die Sehnsucht danach, endlich wieder malen zu können, spürte sie fast körperlich, während sie sich auf den Weg zum Ausgang machte.

Als sie das Gebäude verließ, blieb sie für einen Moment wie angewurzelt stehen. Erik Graf von Bardelow kam direkt auf sie zu, vollkommen vertieft in ein Gespräch mit einer zierlichen älteren Frau, die einen eleganten dunkelblauen Mantel trug und dazu Wildlederpumps in haargenau der gleichen Farbe. Sie fing einen Gesprächsfetzen auf, als sie sich fast auf gleicher Höhe mit den beiden befand: »... diese Ausstellung ist einfach sensationell, Erik, du wirst begeistert sein.«

Mona drehte den Kopf etwas zur Seite und hoffte, er würde sie übersehen, aber plötzlich erfasste sie eine Windböe, die sie buchstäblich in die Arme des Mannes trieb, der ihr zurzeit die Hölle heißmachte. Er umfasste ihren Ellenbogen, und als Mona den Kopf hob, blickte sie direkt in seine dunkelgrauen Augen. Ihr stockte der Atem, und am liebsten hätte sie ihn einfach ignoriert, diesen Mistkerl.

»Sie hier?« Er sah ehrlich erstaunt aus, als er sie von oben herab betrachtete.

Mona riss sich mit einem Ruck von ihm los. »Das geht Sie gar nichts an!«, schleuderte sie ihm entgegen. Dann ging sie schnellen Schrittes weiter und hatte dabei das

Gefühl, als ob die beiden hinter ihr her starrten. Aber das war ihr egal. Sie wollte nur weg, und zwar so schnell wie möglich.

Als Erik Ines nach dem Ausstellungsbesuch vor ihrer Villa in Kiel absetzen wollte, lud sie ihn noch auf einen Espresso ein. »Ich will dir gerne noch meine Neuerwerbungen zeigen.«

Er reichte ihr die Hand und half ihr beim Aussteigen. Das imposante, dreistöckige Haus aus der Gründerzeit, das seine Freundin mit ihrem Ehemann Günther bewohnte, befand sich in der Moltkestraße in Düsternbrook. Ines schloss die Tür auf, und ein frischer Duft nach Orangen strömte ihnen entgegen. Im Flur war es behaglich warm. Er half Ines aus dem Mantel. »Ich gehe kurz in die Küche«, sagte sie und deutete mit dem Kopf auf die Tür zum Salon. »Mach es dir doch schon einmal bequem.«

Der mit Stuck verzierte, über drei Meter hohe Raum machte seinem Namen alle Ehre. In dem mit Marmor verkleideten Kamin prasselte ein Feuer, das wahrscheinlich Günther entfacht hatte, der mit Sicherheit in seinem Arbeitszimmer saß, denn für ihn gab es als Geschäftsführer einer Managementberatungs-Firma kein Wochenende. Erik schritt über das Fischgrätparkett aus Eiche, das unter seinen Schuhen leise knarrte. Er setzte sich auf das dunkelbraune Ledersofa und schlug die Beine übereinander. Auf dem niedrigen Tisch vor ihm lag ein Stapel mit Kunst-, Wohn- und Architekturzeitschriften. Er griff sich einen Titel und blätterte darin, bis Ines erschien. Erik erhob sich, nahm ihr das Tablett ab und wartete, bis sie auf dem Sessel ihm gegenüber Platz genommen hatte. Sie füllte die beiden Espressotassen, stellte Zucker und einen Teller mit Keksen in die Mitte und nickte ihm dann zu. »Nimm dir, die hat Günther gebacken.«

Er kostete von dem knusprigen Gebäck. »Sehr lecker.«

Seit die Kinder aus dem Haus waren, hatte Ines' Ehemann das Kochen und Backen für sich entdeckt und dabei eine Leidenschaft und Akribie entwickelt, für die er auch als Geschäftsmann bekannt war. Erik war schon mehrfach eingeladen gewesen und hatte die ausgefallensten Speisen und Getränke serviert bekommen. Besonders umwerfend hatte ihm ein gegrilltes Filet vom Kobe-Rind mit einem Safran-Risotto und grünem Spargel geschmeckt, das war wirklich Weltklasse gewesen.

»Was war das eigentlich für eine Frau vorhin?« Ines' forschender Blick ruhte auf ihm. Erik musste innerlich grinsen. Er hatte sich schon gewundert, dass sie ihn nicht bereits auf der Fahrt nach Hause gelöchert hatte.

»Sie heißt Mona Linau«, erwiderte er. Als er ihren Namen aussprach, schlug sein Herz schneller. Erik nippte an der Tasse. »Sie war die Lebensgefährtin von Gustav Adomeit.«

»Wusste ich es doch!« Ines' Augenbrauen schnellten nach oben. »Eine tragische Geschichte.«

Statt einer Antwort nickte Erik nur. Er biss ein Stück vom Gebäck ab. »Die sind wirklich gut.«

»Nun lenk mal nicht ab, mein Lieber. Was läuft da zwischen euch?«

»Gar nichts. Ich vertrete die Witwe und die beiden Kinder.« Er hielt inne, denn er war schließlich an die anwaltliche Schweigepflicht gebunden. Deshalb bedachte er seine Freundin nur mit einem vielsagenden Blick.

»Du brauchst mir gar nichts zu sagen, ich kann mir meinen Teil schon denken.« Sie stellte die Tasse ab und drückte den Rücken gegen die Lehne. »Ich habe gehört, dass sie eine talentierte Malerin ist und sehr viel von ihrem Förderer gelernt haben soll.«

»Dazu kann ich dir leider nichts sagen, ich habe noch keine Bilder von ihr gesehen.«

»Es gibt das Gerücht, dass sie seit Gustavs Tod unter einer Malblockade leidet.«

»Gibt es so etwas überhaupt?«

Ines kniff die Augen zusammen. »Natürlich gibt es so etwas, und zwar nicht gerade selten. Edward Hopper litt zum Beispiel unter solchen Phasen oder Alberto Giacometti …«

»Wer ist das denn?«

»Ein Maler und Plastiker aus der Schweiz.« Sie nahm die Tasse wieder in die Hand. »Er ist 1966 gestorben und gehört zu den bedeutendsten Bildhauern des 20. Jahrhunderts.«

»Okay, das wusste ich nicht.«

Ines hob beschwichtigend die Hand. »Das muss man auch nicht wissen. Entschuldige bitte meine Besserwisserei.«

»Kein Problem.«

Nachdem sie ihm schließlich ihre neuesten Kunstwerke gezeigt hatte, plauderten sie noch eine halbe Stunde über Belanglosigkeiten, aber dann signalisierte Erik, dass er aufbrechen wollte. Ines geleitete ihn zur Tür. Kurz bevor er ging, hielt sie ihn noch einmal zurück. »Vielleicht kann ich etwas für Frau Linau tun. Bestimmt würde sie sich freuen, wenn sie die Möglichkeit hätte, ihre Werke in einer Ausstellung zu präsentieren. Ich melde mich, okay?«

10

Ein Nebelschleier lag über der Kieler Förde und verhüllte die zwei riesigen Werft-Kräne am Ostufer fast vollständig. Auch die anderen Werksgebäude waren nur schemenhaft zu erkennen. Mona stand am Panoramafenster der Rechtsanwaltskanzlei, die sich im Sell-Speicher auf der Westseite des Hafens befand. Das Backsteingebäude lag direkt am Kai, an dem zu ihrer Linken drei kleine weiße Passagierschiffe angetaut waren. Ein paar Meter entfernt tuckerte eine Motorjacht über das graue, leicht gekrauselte Wasser. Der Ausblick war wirklich schön, im Frühling und Sommer musste er fantastisch sein.

»Frau Linau, es freut mich, dass Sie gekommen sind.« Dr. Johann Wildner hatte den kleinen Konferenzraum betreten. Der Rechtsanwalt, dessen Alter Mona auf Anfang sechzig schätzte, blinzelte ihr über den Rand seiner Hornbrille zu und reichte ihr über den Tisch hinweg die Hand. Dann deutete er auf die kleinen Flaschen mit Wasser und Orangensaft, eine Thermoskanne Kaffee und eine ovale Porzellanschüssel mit Keksen. »Nehmen Sie doch bitte Platz. Darf ich Ihnen einen Kaffee anbieten?«

»Sehr gern«, antwortete Mona und schob ihm ihre Tasse entgegen. Nachdem er sich ebenfalls bedient hatte, schlug er die schmale Akte auf, die er mitgebracht hatte, und überflog mit gerunzelter Stirn die Kopie des Schriftstückes von Erik Graf von Bardelow. Sie hatte es ihm vor ein paar Tagen eingescannt und gemailt, nachdem Hendrik, Sinas Freund, ihr netterweise dabei geholfen hatte, ihren Computer einzurichten. Als Dr. Wildner damit fertig war, fuhr er sich mit der rechten Hand durchs schüttere graue Haar. »Da hat sich der Kollege aber ordentlich ins Zeug gelegt«, sagte er schließlich und kräuselte die Lippen zu einem verschmitzten Lächeln. »Trotzdem wird er damit nicht durchkommen.«

Mona nickte dankbar und spürte, wie sich ihre innere Anspannung etwas löste. Der Anwalt strich mit der rechten Hand über das Papier. Dann fixierte er sie eindringlich, als wolle er sie einer Prüfung unterziehen. »Ich muss Sie etwas fragen.« Er machte eine bedeutungsvolle Pause. »Haben Sie sich nur mit Gustav Adomeit eingelassen, um von ihm als Erbin eingesetzt zu werden?«

Mona hob abwehrend die Hände. »Nein, natürlich nicht, was denken Sie denn von mir?«

»Darum geht es nicht. Wir müssen vor dem Nachlassgericht glaubhaft nachweisen, dass er Sie aus freien Stücken als Erbin eingesetzt hat, zum Beispiel um Sie abzusichern.«

»Natürlich war das der Grund«, erwiderte Mona mit zittriger Stimme. Die ganze Situation fühlte sich für sie unglaublich demütigend an, obwohl sie es jetzt nur mit ihrem eigenen Anwalt zu tun hatte. Wie sollte sie eine solche Befragung erst vor dem Nachlassgericht ertragen? Kurz kam es ihr in den Sinn, dass sie Gustavs Brief vorlegen könnte, aber dann verwarf sie den Gedanken sofort wieder. Diese Zeilen waren nur an sie gerichtet und hatten in einem Prozess nichts verloren. Sie hatte sich nichts vorzuwerfen, im Gegenteil. »Wir haben uns geliebt«, sagte sie schließlich mit fester Stimme und blickte dem Anwalt geradeaus in die Augen. »Etwas anderes kann ich dazu nicht sagen.«

Dr. Wildner nickte. »Das glaube ich Ihnen gern, wirklich.« Er schlug die Akte wieder zu. »Dennoch muss ich möglichst viel über Ihr Kennenlernen und Ihre Beziehung wissen.« Er beugte sich etwas nach vorne. »Sie waren doch seine Studentin, oder?«

Mona spürte, wie Hitze in ihr hochwallte. »Ich habe mich nicht an ihn rangemacht, wenn es das ist, was Sie wissen wollen.«

Sie faltete die Hände und presste die Finger fest ineinander. »Natürlich wurde über uns geredet«, gestand sie schließlich. »Das haben wir aber ausgehalten, und als ich dann seine Meisterschülerin wurde, verloren die meisten das Interesse an uns.«

Ihr Anwalt nickte bedächtig. »Wir müssen abwarten, was die gegnerische Partei dazu vortragen wird. Ich kann Sie aber beruhigen: Die Testierfreiheit, also das Recht auf einen individuellen Letzten Willen, wird von den deutschen Gerichten als sehr hoch bewertet. Ich denke, wir haben gute Chancen, die Anfechtung abzuwehren.«

Mona war erleichtert, als sie den Sell-Speicher wieder verlassen konnte. Obwohl das Gespräch mit ihrem Anwalt positiv verlaufen war, fühlte sie sich ausgepowert und mutlos, denn sie war noch nie eine Kämpfernatur gewesen, sondern war Konflikten immer am liebsten aus dem Weg gegangen.

Um auf andere Gedanken zu kommen, machte sie sich zu einem kleinen Spaziergang auf. Es war fünfzehn Uhr, in einer Stunde würde es bereits dunkel werden, doch für eine kleine Runde sollte es reichen. Sie rief Google Maps auf ihrem Handy auf und stellte fest, dass sie zunächst in Richtung Hauptbahnhof und dann entlang des Hafens bis zur Hörnspitze laufen konnte. Sie hatte das Gefühl, dass es in der Zwischenzeit kälter geworden war, deshalb zog sie die Mütze tiefer ins Gesicht und wickelte sich den Wollschal bis zur Nase hoch. Sie ließ die Begegnung mit Dr. Wildner gedanklich noch einmal Revue passieren. Es war ihr erster Besuch bei einem Rechtsanwalt gewesen – von ihrer kleinen Begegnung mit Erik von Bardelow einmal abgesehen. Dr. Wildner machte einen kompetenten Eindruck auf sie, und sicher waren seine persönlichen Fragen gerechtfertigt gewesen. Er vertrat die Familie Cornelius schon seit vielen Jahren, das hatte ihr Bernhard versichert, und auch, dass sie immer sehr zufrieden mit seiner Arbeit gewesen seien.

Mona lief den Bürgersteig entlang, passierte ein verglastes Hochhaus, auf dessen Spitze ein Schild mit der Aufschrift *Port of Kiel* befestigt war, und dann ein weiteres Backsteingebäude mit schmalen weißen Sprossenfenstern. Schließlich erreichte sie den Bahnhof, der sich direkt gegenüber des Atlantik Hotels auf der anderen Straßenseite befand. Sie entdeckte die Hörnbrücke, über die man zum Ostufer gelangte, und überlegte kurz, ob sie dort entlanggehen sollte, entschied sich dann aber doch dafür, bis zur Hafenspitze zum Hörncampus zu laufen, denn von dort aus hatte man bestimmt einen sehr schönen Ausblick auf die Förde.

Mona spazierte direkt am Kai entlang, an dem Fördedampfer angetaut auf ihren Einsatz warteten. Der Wind war eisig, und sie vergrub die Hände tief in den Taschen ihres Mantels. Als sie das halbrunde, beinah vollkommen verglaste Gebäude erreichte, war es fast schon dunkel geworden. Sie stellte sich auf eine der Stufen, die vom Campus hinunterführten und teilweise mit Holzbänken versehen waren, auf denen aber niemand saß. Mona konnte sich vorstellen, was hier bei sommerlichen Temperaturen los sein musste, denn tatsächlich war die Aussicht auf die Förde großartig. Die Lichter der Stadt erhellten den gesamten Hafenbereich, sodass sie sogar das Fährschiff Stena Line erkennen konnte, das dort vor Anker lag. Allmählich fror sie aber, deshalb machte sie sich auf den Rückweg. Sie freute sich schon auf eine heiße Dusche. Danach würde sie sich noch eine Serie anschauen, dann ins Bett gehen und diesen ganzen Tag vergessen – vor allem Erik, der sich immer wieder ungebeten in ihre Gedanken schlich.

Zwei junge Entwickler spielten in der Ecke des Großraumbüros Tischfußball, ein dritter saß mit einem Kopfhörer auf einem dunkelroten Sitzsack in Form einer geöffneten Hand. Er hatte die Augen geschlossen, als ob er schliefe. Als Björn Lausen, der Geschäftsführer von influenc.ly Eriks Blick folgte, grinste er. »Tjark brütet gerade über einem Problem.«

»Ach so, alles klar.«

»Willst du schon mal den Dummy sehen?«

»Sehr gern.«

Erik folgte Björn in sein Büro, das von einem großen weißen Schreibtisch mit zwei riesigen Bildschirmen dominiert wurde. Die beiden Männer setzten sich davor, und Eriks Mandant rief die Webseite auf, die in einem klaren, übersichtlichen Design gestaltet war. Ganz oben erschien das Logo, also der Name influenc.ly, mit einem roten Stern als Wiedererkennungssymbol. Darunter befand sich die Navigation: Bekleidung, Schuhe, Sport und so weiter. Dann folgten Fotos von Instagram-Profilen mit dem Hinweis »Shop the look«. Erik erschloss sich nicht, inwieweit man mit dieser Webseite Geld verdienen konnte.

»Wenn man unsere Site aufruft, sieht es zunächst nicht

sehr viel anders aus als bei vergleichbaren Online-Portalen«, sagte Björn, als habe er Eriks Gedanken erraten. Er deutete auf eine Blondine, die ihm irgendwie bekannt vorkam. Björn zwinkerte ihm zu. »Das ist Chiara Ferragni, eine Influencerin aus Italien.« Sein Mandant klickte auf ihr Foto. »Über einundzwanzig Millionen Abonnenten. Hier kommst du zu ihrem Onlineshop.«

Langsam begann Erik, das Prinzip von influenc.ly zu verstehen. Die Webseite vermittelte Mode, aber auch Schmuck, Kosmetik und andere Artikel, die Influencer auf ihren Kanälen empfahlen. »Wenn ein User etwas bestellt, wird eine Provision für die Vermittlung des Verkaufes von uns generiert.«

»Gute Idee«, erwiderte Erik, erstaunt darüber, dass es offensichtlich noch immer neue Geschäftsideen für das Onlinebusiness gab. Die beiden Männer unterhielten sich noch kurz über den Gesellschaftervertrag, den Erik für die Firma entworfen hatte. Björn wollte den Entwurf am kommenden Tag beim täglichen »Afternoon-Meeting« seinen Mitgesellschaftern präsentieren.

»Hast du Lust, auf einen Drink ins Deck 8 mitzukommen?«

Normalerweise hätte Erik gleich zugesagt, denn ein Absacker in der Bar im letzten Stock des Atlantik Hotels mit Blick auf die Kieler Förde war immer ein schöner Abschluss eines anstrengenden Meetings, doch leider war er mit dem Auto zum Termin gekommen. »Danke, gern ein anderes Mal, aber ich muss noch fahren.«

Auf dem Weg zurück nach Eckernförde klingelte sein Handy, das auf der Mittelkonsole lag. Aus dem Augenwinkel sah er, dass es Judith war. Da seine Freisprechanlage nicht funktionierte, setzte er den Blinker und fuhr auf einen Parkplatz. Der Regen prasselte auf die Scheibe, während er mit Judith telefonierte. Sie war sehr zufrieden mit der Anfechtung des Vermächtnisses und lud ihn zum Brunch am kommenden Sonntag ein. Obwohl sich Erik auf ein freies Wochenende gefreut hatte, sagte er zu.

»Elena wird auch da sein«, sagte Judith schließlich mit einem Unterton, der ihn aufhorchen ließ. Schon längere Zeit hatte er das Gefühl, dass sie ihn mit ihrer Tochter verkuppeln wollte, was bei ihm einen gewissen Widerwillen hervorrief. »Schön«, erwiderte er deshalb bloß unverbindlich und verabschiedete sich. Als er aufblickte, parkte ein Renault mit Hamburger Kennzeichen ruckelnd vor ihm ein. Die Tür öffnete sich, eine Frau stieg aus und öffnete die Motorhaube. Als Erik das Licht seines Autos anstellte, erkannte er sie: Mona Linau. Sein Puls schoss in die Höhe.

Offensichtlich hatte sie Probleme mit ihrem Auto. Kurz unterdrückte er den Impuls, sofort zu ihr zu laufen, denn schließlich war sie die Gegnerin in einem Rechtsstreit. Er warf einen Blick in den Rückspiegel, fuhr sich mit dem Zeigefinger über das Muttermal unterhalb seines rechten Ohrs und startete den Motor. Doch dann sah er, wie Mona Linau sich einen Meter von ihrem Auto entfernte und das Handy aus der Manteltasche holte. »Mist!«, fluchte er leise. Aber das hier war höhere Gewalt. Einer Frau in Not musste man als Mann helfen, daran ging überhaupt kein Weg vorbei.

11

Der Wind pfiff Erik um die Ohren und trieb ihm Regentropfen ins Gesicht, deshalb schlug er den Mantelkragen hoch. Schnellen Schrittes ging er auf Mona Linau zu, bis er fast direkt vor ihr stand und sie den Kopf hob. Ihr Blick verdüsterte sich, doch Erik ließ sich davon nicht beirren. »Kann ich Ihnen helfen?« Sie funkelte ihn böse an, ging dann aber trotzdem ein Stück zur Seite. »Das glaube ich kaum«, sagte sie und machte eine einladende Geste: »Versuchen Sie Ihr Glück.«

Erik stellte sich neben sie, fast berührten sich ihre Schultern. »Auf den ersten Blick sieht alles gut aus«, sagte er, während er die Steuerkette überprüfte. »Jetzt im Winter sind oft Marder unterwegs«, fuhr er fort. »Wenn so ein Tier einen Schaden angerichtet hätte, würde man aber angeknabberte Kabel sehen oder andere Fressspuren. Könnten Sie vielleicht noch einmal versuchen, den Motor zu starten?«

Mona nickte, setzte sich in ihr Auto, aber nichts geschah. Erik schüttelte den Kopf und klappte die Motorhaube zu. »Ich tippe mal auf die Lichtmaschine«, sagte er, als sie wieder neben ihm stand. »Der Wagen muss abgeschleppt werden.«

Sie schlug die Hände über dem Kopf zusammen. »Oh nein, das darf doch nicht wahr sein.«

Er drehte sich zu ihr und hatte dabei das Gefühl, als ob sich die Luft zwischen ihnen elektrisch auflud. Ihre dunklen Augen, von langen schönen Wimpern betont, waren auf ihn gerichtet. »Ich fahr Sie nach Hause«, brachte er schließlich hervor.

Ihre vollen Lippen zitterten, als er den Satz zu Ende gesprochen hatte. Dann verschränkte sie die Arme vor der Brust. »Das kommt gar nicht infrage.« Sie wandte sich von ihm ab. »Ich gehe zu Fuß.«

Irritiert schaute er ihr nach. »Das sind noch mindestens zehn Kilometer bis nach Waabs!«

»Mir doch egal. Dann trampe ich eben oder fahr mit dem Bus.«

Erik schüttelte den Kopf. »Wenn Sie meinen.«

Er biss die Zähne zusammen und stieg in sein Auto. Es regnete noch immer, deshalb schaltete er den Scheibenwischer an. Er konnte es einfach nicht fassen. Mona Linau lief tatsächlich in Richtung Landstraße. Sie hatte offensichtlich noch ihre Tasche aus dem Auto geholt und einen Schal, den sie sich beim Gehen um den Hals wickelte. Mit jedem Wisch auf der Frontscheibe wurden ihre Umrisse kleiner. Sie hielt den Kopf etwas gebeugt, wahrscheinlich um dem Gegenwind zu trotzen. »Die spinnt doch!«, fluchte er leise, trat auf das Gaspedal und fuhr los. Als er auf ihrer

Höhe war, befahl er sich, nicht zur Seite zu schauen, tat es dann aber doch. Seufzend setzte er den Blinker, schnitt ihr den Weg ab, beugte sich über den Beifahrersitz und stieß die Tür auf. »Nun steigen Sie schon ein!«

Im Auto empfing Mona eine behagliche Wärme, dennoch bereute sie, dass sie der Einladung nachgekommen war. Sie drückte den Rücken in den Ledersitz, schloss kurz die Augen und rieb die Hände aneinander. »Danke.«

»Dafür nicht«, erwiderte Erik Graf von Bardelow mit einem kurzen Seitenblick, den sie aber nicht erwiderte. Stattdessen umfasste sie ihre Handtasche und schaute stur nach vorne auf die Landstraße, die im Licht der Scheinwerfer goldgelb glänzte. Das Schweigen fühlte sich unangenehm an, aber Mona verspürte nicht den kleinsten Drang dazu, sich mit dem Anwalt der Familie Adomeit zu unterhalten.

»Haben Sie sich auf Gut Schwansee gut eingelebt?«

»Ja«, erwiderte sie einsilbig.

»Arbeiten Sie denn jetzt als Künstlerin?«

Mona überlegte, ob er mit dieser Frage irgendwelche für sie ungünstige Ziele verfolgte. »Nein, zurzeit nicht.« Sie atmete tief ein und wieder aus. »Ich habe einen Job als Kunstlehrerin am Eckernförder Gymnasium.« Mona rückte die Tasche auf ihrem Schoß zurecht. »Als Seiteneinsteigerin«, fügte sie hinzu.

»Oh, das ist doch toll. Ich habe gehört, dass in ganz Schleswig-Holstein Lehrer gesucht werden, vor allem Musik- und Kunstlehrer?«

»Ja genau, das ist eine gute Chance für mich.« Sie drehte nun doch den Kopf leicht zur Seite, und wie von selbst glitt ihr Blick über sein Profil. Er trug den gleichen Wintermantel wie auf der Beerdigung von Gustav, stellte sie fest. Die Erinnerung an ihre erste Begegnung schob sich in ihr Bewusstsein, und ein Prickeln breitete sich in ihrer Brust aus.

»Möchten Sie Musik hören?«

»Ja, warum nicht.«

Erik Graf von Bardelow beugte sich nach vorn und tippte auf das Display, das die Verbindung zu seinem Handy anzeigte. Leise Musik klang aus den Lautsprechern. Es war das 5. Klavierkonzert von Wolfgang Amadeus Mozart, welches sie sehr liebte. Wenigstens hatte Graf von Bardelow einen guten Musikgeschmack. Mona spürte, wie sich ihre innere Anspannung ein wenig löste.

»Ich hoffe, Sie mögen klassische Musik?«

»Ja, sehr sogar.«

»Das freut mich.« Seine Mundwinkel zuckten. »Die meisten Menschen, die ich kenne, können damit nämlich nur wenig anfangen.«

Mona legte die Hände in den Schoß. »Stimmt, in meinem Bekanntenkreis gibt es auch nur wenige, die sich dazu bekennen. Spielen Sie ein Instrument?«

Erik schüttelte den Kopf. »Nicht wirklich. Als Kind

hatte ich Klavierunterricht, zusammen mit meiner Schwester, aber ich war hoffnungslos untalentiert, um ehrlich zu sein.«

»Ich hatte während meiner Grundschulzeit Blockflötenunterricht, aber der Funke ist bei mir auch nicht übergesprungen.«

»Aber in der Kunststunde schon, oder?«

»Ja, sogar obwohl mein Lehrer ein absolutes Ekel war. Er hielt sich für einen verkannten Künstler, und wir mussten immer genau das malen, was er uns vorgab.«

»Ja, solche Typen kenne ich.«

Die Worte hingen einen Moment zwischen ihnen. Erik räusperte sich. »Was macht denn Ihre Malerei?«

Keine gute Frage, dachte Mona und blickte aus dem Fenster. »Zurzeit nicht viel.«

»Oh, das tut mir leid.«

»Das muss es nicht«, erwiderte sie kurz angebunden.

Sie erreichten Gut Schwansee. Erik setzte den Blinker und lenkte das Auto auf den Innenhof.

Mona hob die Hand. »Sie können mich hier rauslassen, ich gehe den Rest zu Fuß.«

»Alles klar«, erwiderte er, während er die Autotür aufstieß. In wenigen Sekunden war er auf ihrer Seite und half ihr beim Aussteigen. Mona spürte die Wärme seiner Hand, die ihre fest umschloss. Sie standen sich jetzt nur wenige Zentimeter entfernt gegenüber, und sie hatte den Eindruck, als ob ihre Körper gegenseitig Signale austauschten. Ihr Mund fühlte sich plötzlich trocken an. Was war das bloß? »Danke!«, sagte sie mit Nachdruck. Dann wandte sie sich zum Gehen, aber er hielt sie am Ärmel zurück. »Wollen wir uns nicht duzen?«

»Ich weiß nicht, ob das eine gute Idee ist«, erwiderte Mona zögernd. »Sie sind schließlich der Anwalt der Familie Adomeit.«

»Das ist zutreffend, das hat aber nichts mit unserem privaten Zusammentreffen zu tun, oder?«

Sie runzelte die Stirn. »Okay, von mir aus«, sagte sie schließlich, obwohl sie nicht hundertprozentig überzeugt war. Was das Vermächtnis anging, würde er ja von nun an auch nicht mehr mit ihr direkt zu tun haben, sondern mit ihrem Anwalt.

Ein Lächeln huschte über sein Gesicht. »Schön, das freut mich, Mona.«

»Danke fürs Fahren, *Erik*«, erwiderte sie mit einem ironischen Unterton.

»Wir sehen uns!« Er wandte sich zum Gehen, blieb dann aber noch einmal stehen. »Ich kümmere mich um dein Auto. Ein Freund von mir hat eine Werkstatt, er wird es morgen abschleppen.«

Mona holte Luft, um zu antworten, aber er hob abwehrend die Hand. »So machen wir das, keine Widerrede.«

Mona seufzte. »Okay!« Sie reichte ihm den Schlüssel.

Erik nickte ihr kurz zu, stieg dann in sein Auto, startete den Motor und fuhr los. Sie blieb stehen und schaute dem Fahrzeug hinterher, bis die Rücklichter in der Dunkelheit verschwunden waren.

Mona machte sich auf den Weg zu ihrer Wohnung. Zum Glück regnete es nicht mehr, aber der Wind fühlte sich eisig an. Sie war insgeheim froh, dass Erik sie mitgenommen hatte. Es war doch eine ziemliche Schnapsidee gewesen, einfach loszulaufen. Sie erreichte das Theater, holte den Schlüssel aus der Tasche und öffnete die Tür. Ein Glücksgefühl durchströmte sie, als sie den ihr mittlerweile vertrauten Geruch ihrer Wohnung einatmete. Mona hängte die Jacke an einen Haken, zog Mütze und Schal aus und legte die Sachen in den Korb darunter. Ihr Nacken war verspannt, deshalb würde sie sich gleich eine heiße Dusche gönnen. Vorher belegte sie sich zwei Brote mit Käse und Tomaten, goss sich ein Glas Weißwein ein und setzte sich an den kleinen Tisch vor dem Fenster. Während sie aß, schaute sie hinaus. Alles war dunkel, nur schemenhaft erkannte sie die Umrisse der Weide. Sie nippte an dem Glas und fragte sich, ob es der Eule mittlerweile wohl besser ging. Bestimmt wusste Sina etwas, sie würde sich morgen nach der Schule einmal bei ihr melden. Es wäre doch schön, wenn der Vogel wieder im Park leben würde. Als sie alles aufgegessen hatte, stellte sie den Teller in die Spülmaschine. Sie nahm das Weinglas mit ins Badezimmer, zündete zwei Kerzen an und zog sich aus. Die Klamotten warf sie in den Wäschekorb und ließ in der Dusche heißes Wasser über ihren Rücken laufen.

Dieser Tag hatte es wirklich in sich gehabt. Mona ging in Gedanken die Ereignisse durch. Sie war froh, dass sie jetzt einen kompetenten Anwalt an ihrer Seite hatte, so konnte sie dem Rechtsstreit mit der Familie Adomeit etwas gelassener entgegenblicken.

Der Spaziergang am Hafen von Kiel war schön und entspannend gewesen, aber die Rückfahrt hatte sie wieder zurück ins Chaos gestürzt. Warum musste auch ihr Auto schlappmachen und ausgerechnet Erik Graf von Bardelow in diesem Moment auftauchen? Mona fragte sich, ob es ihr Schicksal war, dass dieser Mann immer wieder ihre Wege kreuzte. Es fiel ihr immer schwerer, ihn zu ignorieren, aber genau das sollte sie doch eigentlich tun, dachte sie resigniert. Sie stieg aus der Dusche, nahm ihr Glas in die Hand und nippte daran.

Als sie Erik das erste Mal auf dem Friedhof begegnet war, hatte er eine starke Wirkung auf sie gehabt. Ohne Frage war er ein gut aussehender Mann. Aber die Begegnungen danach, das unerwartete Wiedersehen auf dem Wirtschaftsweg zum Gut seiner Familie und das Treffen in seiner Kanzlei hatten in ihr nur ein Gefühl der Abwehr hervorgerufen. Als sie ihm dann vor der Galerie in Eckernförde förmlich in die Arme geweht wurde, war die Faszination der ersten Begegnung plötzlich wieder da. Und was sie heute ohne seine Hilfe gemacht hätte, wusste sie nicht.

Als er ihr auf dem Parkplatz entgegengekommen war, hatte sich etwas verändert. Es hatte ihr gefallen, wie er sich souverän dem Problem mit ihrem Auto gestellt und sie schließlich nach Hause gefahren hatte. Sein Verhalten ihr gegenüber war wirklich einwandfrei und gentlemanlike gewesen. Mona musste sich eingestehen, dass sie sich zu ihm hingezogen fühlte, aber das durfte einfach nicht sein. Er war der Anwalt der Familie Adomeit, und außerdem war sie tief in ihrem Herzen noch mit Gustav verbunden.

Sie kam sich plötzlich vor wie eine Verräterin. Sie wickelte sich ein Handtuch um den Kopf, zog sich dicke Socken und ihren Bademantel über und ging ins Wohnzimmer. Mona nahm zwei Scheite Holz aus dem Korb, steckte sie in den Kachelofen und zündete sie an. Als die Flammen hochloderten, schloss sie die Tür und setzte sich direkt davor auf ein Kissen.

Und musste es ausgerechnet dieser Mann sein? Sie hatte sich in ein ziemliches Dilemma manövriert. Sie duzte sich nun mit dem Anwalt der Familie Adomeit, und in einigen Tagen würde ihm das Schreiben von Dr. Wildner zugestellt werden. Sie hätte weiterhin auf das förmliche Sie bestehen müssen, stellte sie fest, zumal es zwischen ihnen ohnehin keine private Situation mehr geben würde.

Sie stand auf, ging zu dem Regal, in das sie bereits ihre Bücher einsortiert hatte, nahm das Heft ihrer Mutter heraus und setzte sich damit aufs Sofa. Noch einmal überflog sie die monatlichen Zahlungen, die ihre Mutter achtzehn Jahre lang erhalten hatte. Der Kontoauszug steckte ordentlich gefaltet hinter dem letzten Blatt. Diese eine Überweisung stammte in jedem Fall von Beatrice Constance von Bardelow, und Mona war sich sicher, dass auch die übrigen Beträge von ihr gezahlt worden waren.

Doch aus welchem Grund hatte Eriks Mutter das getan? Die beiden Frauen mussten sich kennen. Ob ihre erste Vermutung, dass ihre Mutter womöglich mit Graf von Bardelow eine Affäre gehabt hatte, zutreffend war? Aber wo bitte sollten die beiden sich begegnet sein? Soweit sie sich erinnern konnte, war der Name von Bardelow bei ihnen zu Hause niemals genannt worden, auch von ihrer Omi nicht. Natürlich konnte sie bei ihrem nächsten Besuch in Dollerup die beiden Frauen darauf ansprechen. Allerdings musste sie dann zugeben, dass sie das Heft einfach an sich genommen hatte. Sie hatte so eine Ahnung gehabt, dass das Heft sie der Antwort auf die Frage nach ihrem Vater ein wenig näherbringen könnte. Doch der Gedanke, es ihrer Mutter beichten zu müssen, gefiel ihr gar nicht. Vielleicht wäre es das Beste, das Heft in Dollerup einfach wieder zurück ins Regal zu stellen. Mona richtete den Blick auf die Flammen im Kachelofen. Eins jedenfalls war sicher: Die Familie von Bardelow hatte irgendetwas mit ihrem Leben zu tun, und sie musste unbedingt herausfinden, was das war.

12

Geduckt saß die Waldohreule auf einem abgesägten Baumstamm. Mona und Sina standen vor der Voliere und verhielten sich ganz ruhig. Der Vogel, dessen hellbraunes, schwarz marmoriertes Gefieder der Rinde von Bäumen glich, drehte den Kopf mit hoch aufgerichteten Ohren zu ihnen. Die dunkel umrandeten Augen leuchteten orangegelb. Mona hatte das Gefühl, als ob die Eule ihr direkt in die Seele blicken konnte. »Was für ein wunderschönes Tier«, wisperte Sina. Die Frauen gingen weiter und betrachteten die anderen Eulen, Eichhörnchen, Kaninchen und die beiden Zwergfledermäuse, die auf der Wildtierstation in der Nähe von Kappeln aufgepäppelt wurden. Sie hatten Piet, wie sie die Waldohreule getauft hatten, vor einer Stunde hier abgegeben, nachdem die Ärztin ihren Patienten für reisefähig erklärt hatte. Hier sollte der Flügel vollkommen ausheilen, bis die Eule ausgewildert werden konnte. Als sie ihre Runde beendet hatten, kam ihnen Solveig, die Tierpflegerin, mit einem Uhu auf der Schulter entgegen. »Na, ihr zwei, habt ihr euch alles angeguckt?« Sie strahlte über das ganze Gesicht und legte den Kopf schief, wodurch ihr hoch aufgetürmter Dutt, der mit einem lilafarbenen Band zusammengehalten wurde, zur Seite rutschte. Mit einem glockenhellen Lachen rückte sie ihre Haare wieder zurecht. »Habt ihr Lust, mit uns in den Wald zu kommen?«

Zehn Minuten später saßen die drei Frauen im Halbkreis auf niedrigen Holzbänken. Hohe Tannen ragten von allen Seiten in den grauen Himmel hinauf, und es war kein Laut zu hören. Sina und Mona hatten den Blick fasziniert auf Solveig gerichtet, die einen großen Lederhandschuh trug, auf dem der bestimmt siebzig Zentimeter große Uhu saß und interessiert in die Runde blickte. Er hatte wie Piet ebenfalls Federohren, dieselben auffälligen großen Augen, aber das Gefieder war rostbraun mit dunkler Längs- und Querstreifung.

»Das ist Friedolin«, stellte sie ihren gefiederten Freund vor. »Ich habe ihn mit der Hand aufgezogen, er war nämlich aus dem Nest gefallen.« Sie erzählte den Frauen, dass sie hauptberuflich als Bankkauffrau arbeite, aber ihre wirkliche Leidenschaft die Wildtiere seien, die auf der Station wieder auf ein Leben in Freiheit vorbereitet wurden. Außerdem hatte sie eine Ausbildung zur Falknerin absolviert. »Kommt, lasst uns ein Stück spazieren gehen.«

Mona und Sina folgten Solveig mit etwas Abstand. »Kann das jeder machen?«, fragte Mona. »Ich meine, Falknerin werden?«

»Man muss erst eine Jägerprüfung machen, aber das ist kein Problem. Es gibt Kurse zur Vorbereitung. Wenn man das geschafft hat, kann man den Falknerjagdschein machen.« Erst dann war die Haltung von Greifvögeln erlaubt, auch wenn man mit den Tieren nicht jagen wollte.

Sie hatten eine kleine Lichtung erreicht, die mit hohem Gras bewachsen war. In stillem Einvernehmen gingen die drei weiter und blieben in der Mitte im Halbkreis stehen. Solveig holte einen weiteren Handschuh aus der Tasche ihres Parkas und gab ihn Mona, die ihn sich überstreifte, nachdem Sina ihr zugenickt hatte. Friedolin beobachtete sie genau, es schien, als würde er nur auf seinen Einsatz warten. Solveig drehte sich zu ihr, und ein Leuchten flackerte in ihren tiefblauen Augen auf. Sie senkte den Arm und ließ den Uhu auf Monas Arm hüpfen. Mona spürte den Druck seines Gewichtes, und plötzlich geschah etwas Magisches. Die Sonne schob sich langsam, fast wie in Zeitlupe, durch die Wolkendecke und tauchte alles um sie herum in goldenes Licht, und Mona hatte das Gefühl, als ob die Bäume, Sträucher und das Gras plötzlich zum Leben erwachten. Sie hätte sich nicht gewundert, wenn Elfen oder andere geheimnisvolle Waldgeschöpfe die Lichtung betreten hätten.

Der Uhu richtete sich auf, drehte den Kopf zur Seite, und Mona blickte direkt in die Iris des Vogels. Von einer Sekunde auf die andere explodierte in ihrem Kopf ein Meer von Farben. Gleichzeitig spürte sie ein Brennen in der Kehle, und ihre Augen füllten sich mit Tränen. »Das ist so schön!«, schluchzte sie. Friedolin wippte von einem Fuß auf den anderen, dann stand er wieder still und legte den Kopf schief. »Was bist du nur für ein zauberhaftes Wesen.«

Mona übergab den Uhu wieder Solveig, die sie warm anlächelte. »Lass ruhig alles raus«, sagte sie leise. »Es kommt oft vor, dass die erste Begegnung mit unseren Tieren in den Menschen etwas auslöst. Das können Ängste sein, verdrängte Erinnerungen oder auch Schuldgefühle.« Sie warf Mona einen liebevollen Blick zu. »Ist alles okay mit dir?«

»Ja, danke, es geht mir gut.«

Die Falknerin wandte sich zu Sina. »Möchtest du auch einmal?«

»Sehr gern«, erwiderte sie und streckte sofort den Arm aus. Mona übergab ihr den Handschuh, und als Friedolin darauf Platz genommen hatte, breitete sich ein unbeschwertes Lächeln auf ihrem hübschen Gesicht aus. Sie strahlte geradezu mit der Sonne um die Wette. Offenbar war Sina mit sich und der Welt im Reinen, dachte Mona mit einem klitzekleinen Anflug von Neid.

Danach traten die drei Frauen den Rückweg an, denn es hatte zu nieseln begonnen, außerdem wurde es langsam dunkel, obwohl es erst später Nachmittag war. Nachdem Solveig den Uhu zurück in die Voliere gebracht hatte, kam ihr Mann Hannes mit seinem Kombi angefahren. Er stieg aus und winkte. »Könnt ihr mir mal helfen?«

»Oje«, erwiderte Solveig leise. »Das sieht nach einem Neuzugang aus, dabei haben wir doch kaum noch Platz.« Sie hob die Hand. »Wir sind gleich bei dir.«

Sie wandte sich zu Mona und Sina. »Habt ihr Lust, noch auf einen Kaffee zu bleiben?«

Kurze Zeit später öffnete Hannes, der mit seinen schulterlangen Haaren und der schlaksigen Figur ein wenig wie Jesus aussah, den Transportbehälter, und sofort lugte eine längliche, feuchte Schnauze hervor. Solveig hatte bereits die Anlage für die Fischotter geöffnet, und zwei von ihnen kamen vorsichtig hinter den Büschen in der Mitte des Auslaufes hervor.

Der Neuankömmling tapste vorsichtig los, blieb dann einen Moment stehen und hob den Kopf. »Na los!«, ermunterte ihn Hannes, aber der Kleine reagierte nicht. Erst als seine zukünftigen Kumpels näher kamen, gab er sich einen Ruck, lief los und verschwand flink mit den anderen. »Das hat ja gut geklappt«, sagte Solveig. Sie verriegelte die Tür, und ihr Mann brachte die Transportbox zurück zum Auto.

Kurze Zeit später saßen Sina und Mona an einem langen Holztisch in der Küche des Wohnhauses, das sich inmitten der Wildtierstation befand. Solveig holte einen frisch gebackenen Pflaumenkuchen von der hölzernen Ablage, Merle, die fünfzehnjährige Tochter der beiden, schlug Sahne, Hannes verteilte das blaue Keramikgeschirr und Kuchengabeln. Eine Thermoskanne mit Kaffee stand bereits in der

Mitte. Monas Magen knurrte, als ihr der Duft des Hefeteiges und der gezuckerten Pflaumen in die Nase stieg, denn sie hatte seit dem Frühstück nichts mehr gegessen.

»Sehr lecker«, schwärmte Sina, die neben ihr saß. »So backe ich den auch immer.«

»Das freut mich«, erwiderte Solveig und reichte die Schale mit Schlagsahne an Mona weiter.

»Was ist eigentlich mit dem Fischotter passiert?«

»Wahrscheinlich wurde er von einem Auto angefahren, das passiert leider sehr häufig, wenn die Tiere zum Beispiel nicht durch einen Tunnel schwimmen können, weil die Strömung zu stark ist.«

»Ja, und dann laufen sie über die Straße«, fügte Merle hinzu. Sie strich sich ihre Dreadlocks, die an den Spitzen blau gefärbt waren, aus dem Gesicht. Die junge Frau sah ihrer Mutter sehr ähnlich, stellte Mona fest. Sie hatte ebenfalls ein hübsches, ebenmäßiges Gesicht und ihren offenen, zugewandten Blick.

Hannes berichtete, dass der Fischotter Glück gehabt hatte. »Ein Spaziergänger hat ihn im Straßengraben gefunden und die Feuerwehr gerufen.«

Sina wandte sich zu ihm. »Wie ist das hier alles entstanden?«

»Das war Zufall«, erwiderte Hannes. »Als wir hierherzogen, hatten wir erst Mühe, uns hier einzuleben, wir kommen nämlich aus Hamburg.« Er grinste: »Für die Einheimischen gilt man aber schon als Zugereister, wenn man nicht hier im Dorf geboren ist.«

Sie hatten sich schon in ihrer alten Heimat um verletzte Tiere gekümmert und sie wieder aufgepäppelt. »Hier haben wir dann endlich alle unsere Ideen umgesetzt. Wir haben die Scheune umgebaut und die ersten Gehege errichtet«, erzählte Hannes weiter. »Es dauerte ein paar Wochen, und dann kam ein Mann aus dem Dorf mit einem Wurf halb verhungerter Wildkaninchen vorbei. Wir haben die Kleinen mit der Flasche aufgezogen.«

Mona und Sina erfuhren, dass es von da an immer häufiger vorkam, dass verletzte oder halb verhungerte Wildtiere zu ihnen gebracht wurden. Die Pflege der Tiere kostete die Familie aber nicht nur Zeit, sondern vor allem Geld. »Deshalb haben wir einen Verein gegründet«, sagte Solveig. »Wir haben schon sehr viele Mitglieder. Außerdem bieten wir Patenschaften für unsere Tiere an.«

Nachdem die Kaffeerunde beendet war, gesellte sich Björn zu ihnen, der achtzehnjährige Sohn der Familie. Er war einen Kopf größer als sein Vater, sehr schlank und trug ebenfalls Arbeitsklamotten. »Ich kann euch gern noch einmal herumführen?«

Sina und Mona nahmen das Angebot dankend an. »Danach müssen wir aber wirklich los«, sagte Mona, und Sina nickte zustimmend.

Björn war genauso tierlieb wie der Rest der Familie und außerdem handwerklich sehr geschickt. Er zeigte den beiden zunächst die kleinen Ställe, die er an einer Wand in der Scheune zusammen mit seinem Vater gebaut hatte.

»Hier kommen unsere Neuankömmlinge rein.« Er öffnete eine der Türen und machte eine einladende Handbewegung. »Das ist Eddie, ein Feldhamster.«

»O nein, wie niedlich«, erwiderten beide Frauen wie aus einem Munde, als sie den kleinen Kerl erblickten. Die Oberseite seines Felles war hellbraun, der Bauch schwarz und der Kopf und die Schulter hell gefleckt. Er kauerte in der Ecke in einem Berg aus Heu, richtete aber die Ohren auf und schaute die Besucher aus kleinen Knopfaugen aufmerksam an.

Björn strich sich eine Strähne seines lockigen Haares aus dem Gesicht. »Er ist wahrscheinlich von einem landwirtschaftlichen Fahrzeug erfasst worden.« Er nahm eine Möhre aus der Tasche und hielt sie dem Nager vor die Nase, aber Eddie verkroch sich nur tiefer in die Ecke. Björn schloss die Tür wieder. »Der muss sich noch berappeln.«

Als sie die Besichtigung der Scheune beendet hatten, zeigte Björn ihnen die Volieren, in denen sich Schleiereulen, Tauben, ein Turmfalke und zwei Rotmilane auskurierten. Mona und Sina schauten in die Käfige, in denen geschwächte Igel, verletzte Feldhasen, Waschbären und zwei Wolfshunde ihr vorübergehendes Zuhause gefunden hatten.

»Unser Ziel ist es, alle Tiere wieder auszuwildern«, sagte Björn und deutete auf einen Auslauf, in dem zwei Affen eng umschlungen auf einem Ast saßen, der in den Boden eingelassen war. »Nur die beiden bleiben bei uns.«

Auf dem Rückweg zum Wohnhaus der Familie erzählte er, dass die Weißbüschelaffen aus einem Privathaushalt gerettet worden waren. »Ein Ehepaar hat die Tiere als Spielzeuge für die Kinder gekauft und in einem Vogelkäfig gehalten.« Björn schüttelte den Kopf. »Kaum zu glauben, auf was für Ideen Menschen manchmal kommen. Zum Glück haben Tierschützer davon erfahren und dafür gesorgt, dass die Affen beschlagnahmt wurden.«

13

Sina stoppte ihr Auto direkt vor Monas Haustür. »Danke, dass du mich mitgenommen hast.« Mona löste den Gurt. »Möchtest du noch einen Moment mit reinkommen?«

»Nein, danke, ich muss morgen leider früh aufstehen«, erwiderte ihre neue Freundin. »Ich habe Frühschicht.«

Mona stieg aus, beugte sich dann aber noch einmal ins Auto. »Schade. Dann ein andermal. Das war ein sehr schöner Tag!«

»Finde ich auch. Wir sehen uns, okay?«

Mona blieb stehen, bis Sina gewendet hatte, und winkte ihr nach. Als sie ihre Wohnung betrat, strömte ihr eine angenehme Wärme entgegen. Erst jetzt merkte sie, dass sie komplett durchgefroren war. Die Heizung von Sinas Auto war kaputt, und sie waren über eine Stunde unterwegs gewesen. Trotzdem hätte Mona keine Sekunde dieses Tages missen wollen. Morgen war Freitag, und sie hatte nur vier Unterrichtsstunden, deshalb konnte sie ganz entspannt den Abend genießen. Obwohl sie zwei riesige Stücke Pflaumenkuchen gegessen hatte, war sie sehr hungrig. Im Kühlschrank fand sie noch ein paar

Pellkartoffeln vom Vortag, drei Eier und eine Zwiebel – für eine Tortilla würde das reichen. Zehn Minuten später breitete sich ein würziger Geruch in ihrer Küche aus.

Mona schaltete den Herd auf die niedrigste Stufe und legte einen Deckel auf die Pfanne, damit das Ei besser stockte, schenkte sich ein halbes Glas Rotwein ein und blickte aus dem Fenster hinaus in den Park, in dem alles in Dunkelheit gehüllt war. Sie war so glücklich, dass Piet wieder gesund werden würde. In ein paar Wochen, wenn sein Flügel vollkommen ausgeheilt war, würde er in die Freiheit entlassen werden. Zwar nicht hier, was Mona ein wenig bedauerte, aber dort in der Nähe der Wildtierstation war es mindestens genauso schön. Solveig und Hannes hatten versprochen, dass sie dabei sein durften.

Nachdem Mona gegessen hatte, spülte sie die Pfanne aus und stellte das Geschirr in die Spülmaschine. Dann nahm sie ihr Glas mit ins Wohnzimmer, setzte sich quer aufs Sofa, schob sich ein Kissen in den Nacken und schloss die Augen. Noch immer hatte sie sich nicht an die Stille gewöhnt, die sie besonders abends umfing. Als sie mit Gustav zusammengelebt hatte, waren die Räume immer von Geräuschen erfüllt gewesen: Sie hatten Musik gehört, sich unterhalten, gelacht, gemeinsam gearbeitet oder sich manchmal bis spät in die Nacht Filme angeschaut. Ein friedliches Gefühl breitete sich in ihr aus. Die wunderbare Zeit, die sie miteinander verbracht hatten, würde sie für immer in ihrem Herzen tragen.

Sie nippte an ihrem Glas, und ihre Gedanken wanderten zu den Erlebnissen in der Wildtierstation. Als der Uhu ihr den Kopf zugedreht hatte, war etwas mit ihr geschehen. Seitdem kribbelte es in ihr, mal mehr und mal weniger. Sie spürte es in der Brust, im Magen, aber auch in den Fingerspitzen … Sie sprang auf, ging zum Regal und holte sich den Holzkasten mit ihren Bunt- und Bleistiften und den Skizzenblock. Ihr Herz schlug schneller, als sie über das raue Papier strich. Sie nahm einen Kohlestift in die Hand, der leicht bittere Geruch stieg ihr in die Nase. Mona setzte die Spitze aufs Papier und hielt für einen Moment die Luft an. Sie schloss die Augen und sah die dunkel umrandeten Augen, die Federohren, das Dreieck des Schnabels, die braunen und hellen Streifen des Gefieders. Ihre Hand bewegte sich, erst langsam, dann immer schneller, und die Zeichnung der Eule nahm Konturen an. Mona lächelte, als sie danach die ersten Umrisse von Solveigs Gesicht zu Papier brachte: die hohe Stirn, die großen freundlichen Augen, dann den Mund mit der schön geschwungenen Oberlippe.

Sie legte Stift und Block für einen Moment auf den Boden, griff sich ein Haarband, das dort lag, und zwirbelte die Haare nach oben. Dann arbeitete sie weiter, konzentriert, präzise und mit dem wunderbaren Gefühl, ganz in ihrem Element zu sein. Es war zwei Uhr morgens, als sie ihr Werk beendete. Als sie zwanzig Minuten später im Bett lag, fiel sie von einer Sekunde auf die andere in einen traumlosen Schlaf.

Sonnenlicht, das durch die hohen Seitenfenster des Kunstraumes fiel, zauberte helle Flecken auf die Tische, an denen die Schülerinnen und Schüler konzentriert an ihren Adventsbildern malten. »Frau Linau, kannst du mir mal helfen?« Amelie, die heute elf Jahre alt geworden war, streckte ihr den Pinsel entgegen. »Ich krieg die Mütze einfach nicht hin.«

Mona beugte sich zu ihr hinunter und hätte ihr am liebsten über das flachsblonde Haar gestrichen. Die Kleine war wirklich supersüß und hatte Talent. »Nimm einfach noch etwas rote Farbe und tupf vorsichtig die Umrisse gerade, dann ist es doch perfekt.« Ihre Schülerin nickte eifrig. »Papa wird sich freuen.«

Monas Herz zog sich kurz zusammen, denn sie wusste von einem Kollegen, dass sich die Eltern von Amelie vor ein paar Wochen getrennt hatten. Ihr großer Bruder war zum Vater gezogen. Wie die Familie das Weihnachtsfest in vier Wochen feiern würde, war wohl auch noch nicht geklärt, und das bereitete ihrer Schülerin die größten Sorgen. Es klingelte, und sofort hoben alle Kinder die Köpfe. Von einer Sekunde auf die andere war der Raum mit Geräuschen gefüllt. Die Kinder plapperten los, lachten, rückten die Stühle auf dem Linoleumboden hin und her, knallten die Ranzen auf die Tische und liefen aus der Tür in Richtung Pausenhof. Nur Amelie blieb sitzen. Sie war so vertieft in ihre Arbeit, dass sie alles um sie herum vergessen hatte. Gerührt betrachtete Mona das zierliche Mädchen, das vollkommen in sich versunken die Mütze des Weihnachtsmannes auf ihrem Bild vollendete. Sie fühlte sich an ihre eigene Kindheit erinnert, denn auch sie hatte stundenlang an ihrem Schreibtisch gesessen, gezeichnet, gemalt und gebastelt. Mona berührte das Mädchen vorsichtig an der Schulter. Amelie drehte sich um und lächelte. »Ja?«

»Du musst jetzt auch Schluss machen«, sagte Mona. »Die anderen sind schon alle draußen.«

Mona wartete geduldig, bis ihre Schülerin die Sachen in ihrem Ranzen mit den rosa Einhörnern verstaut hatte. Sie begleitete die Kleine zur Tür. »Tschüss, Amelie, bis zum nächsten Mal.«

Nach der Pause hatte Mona noch eine Vertretungsstunde für eine kranke Kollegin, Nina Vollmer, die Deutsch und Philosophie unterrichtete. Sie musste die neunte Klasse nur beaufsichtigen, Frau Vollmer hatte sie über das schulinterne Internetportal mit Aufgaben versorgt.

Mona hätte nie gedacht, dass sie die Sicherheiten eines festen Arbeitsplatzes so schnell zu schätzen wissen würde. Bislang hatte sie nur verschiedene Nebenjobs während des Studiums gehabt. Unter anderem hatte sie auf Abruf in einer Firma im Versand gearbeitet, die Kräuter für Menschen und Tiere verkaufte. Die unregelmäßigen Arbeitszeiten hatten sie schlussendlich immer zermürbt. Jetzt genoss sie das Gefühl, als Festangestellte jeden Tag einen geregelten Arbeitsablauf zu haben und sich darauf verlassen zu können, dass am Ende des Monats das Gehalt auf ihrem Konto war. Aber vor allem machte ihr die Arbeit mit den jungen Menschen unheimlich viel Spaß.

Gut gelaunt machte sich Mona auf den Weg zum Ausgang, als plötzlich David ihren Weg kreuzte. Seine Miene hellte sich auf, als er sie sah. »Mona, wie schön, dass ich dich endlich mal alleine treffe.«

Er blieb direkt vor ihr stehen. Sie hob die Hand, begrüßte ihn und wollte weitergehen, aber er hielt sie am Ärmel fest. Er lächelte zaghaft. »Hast du nicht mal Lust, mit mir einen Kaffee zu trinken?« Er fuhr sich mit der Hand durch die blonden Locken. »Rein freundschaftlich natürlich.«

Mona straffte die Schultern. »Ich habe leider keine Zeit«, antwortete sie ausweichend. Sie bemerkte seinen verletzten Blick, deshalb suchte sie innerlich händeringend nach einem plausiblen Grund für die Abfuhr. »Ich habe gerade eine intensive kreative Phase«, sagte sie schließlich mit fester Stimme. »Ich konnte viele Wochen gar nicht arbeiten, deshalb will ich sie unbedingt nutzen. Du als Künstler kannst das bestimmt nachvollziehen, oder?«

Mona konnte förmlich sehen, wie die Gedanken hinter seiner Stirn rotierten. Schließlich seufzte er und trat einen Schritt beiseite. »Natürlich.«

»Danke für dein Verständnis – vielleicht klappt es ein anderes Mal!«

Schnellen Schrittes lief sie in Richtung Ausgang. Dabei wurde Mona das Gefühl nicht los, dass er ihr nachschaute.

Ein intensiver Geruch nach Pfefferminze drang Erik in die Nase, als sich Harry Steinfeld ihm gegenüber auf den Besucherstuhl setzte. Der Privatdetektiv lehnte sich zurück, schlug die kurzen Beine übereinander und wippte mit dem Fuß auf und ab. Dann kramte er einen zerfledderten Notizblock hervor. »Ich habe einiges über Mona Linau herausfinden können«, sagte er, während er die Seiten durchblätterte. Erik presste die Fingerspitzen gegeneinander. »Na, dann schieß mal los.«

»Mona Linau ist dreißig Jahre alt, hat freie Kunst in Hamburg studiert und war Meisterschülerin von Gustav Adomeit, bis sie seine Geliebte wurde …«

»Das weiß ich schon«, unterbrach ihn Erik etwas ungehalten.

»Das ist ja auch noch nicht alles.« Harry holte aus der Seitentasche seiner Hose eine Dose hervor, die er Erik unter die Nase hielt, der aber dankend ablehnte.

Der Detektiv zuckte mit den Schultern, drehte den Deckel etwas zur Seite und ließ drei Pfefferminzbonbons in seinen Mund fallen. Erik hätte ihn am liebsten am Kragen gepackt und ein wenig durchgeschüttelt. Harry machte sich jedes Mal ein Spiel daraus, ihn auf die Folter zu spannen, ehe er mit seinen Informationen herausrückte. Er war jedoch ein ausgefuchster und erfahrener Detektiv, der vor einigen Jahren noch als Kriminalkommissar gearbeitet hatte, und er hatte Erik schon viele wichtige Informationen besorgt, deshalb atmete er einfach tief durch und wartete geduldig, bis Harry sein

Pfefferminzbonbon-Prozedere beendet hatte und weiter berichtete.

»Die Affäre des Kunstprofessors mit seiner viel jüngeren Meisterschülerin hat natürlich für jede Menge Gerüchte gesorgt. Jenny Unger, eine ehemalige Studienkollegin, sagte mir ...« Er warf einen Blick auf seine Notizen und zitierte: »Sie hat ihn total angehimmelt, und ihm hat es natürlich gefallen. Die beiden sind dann nach einer Feier im Bett gelandet, und danach hat der Herr Professor immer schön nach ihrer Pfeife getanzt.«

»Okay«, sagte Erik. »Das ist schon mal etwas. Andererseits sind das nur Behauptungen, und vielleicht ist diese Frau auch einfach neidisch und hätte sich den Kunstprofessor auch gern geangelt?«

Harry verzog den Mund zu einem vielsagenden Grinsen. »Das kann natürlich sein. Frauen können ja manchmal ganz schön stutenbissig sein.«

Erik sah stirnrunzelnd zu, wie Harry sich durch die akkurat geschnittenen Haare strich. Es wunderte ihn mittlerweile immer weniger, dass der Detektiv schon seit vielen Jahren alleine lebte.

»Brauchst du noch mehr Informationen?«

»Nein, das reicht mir erst einmal«, erwiderte Erik. »Wenn ich dich noch einmal benötige, melde ich mich.«

»Alles klar, dann mache ich mich mal wieder auf den Weg.«

Erik begleitete Harry bis zur Tür und klopfte ihm zum Abschied auf die Schulter.

Zurück an seinem Schreibtisch, setzte Erik seine Arbeit fort. Der Entwurf des Gesellschaftervertrages für influenc.ly war fast fertig, er musste nur noch ein paar Kleinigkeiten anpassen. Danach speicherte er das Word-Dokument als PDF ab und schickte es per E-Mail an Björn Lausen. Er versprach sich viel von der Zusammenarbeit mit diesem jungen Unternehmen, denn er war sich sicher, dass die Zukunft virtuell war und insofern rechtliche Fragen in dem Bereich immer mehr an Bedeutung gewinnen würden. Mittlerweile gab es kaum ein Produkt mehr, das sich nicht online bestellen ließ, aber auch im Bereich der Dienstleistungen hatte sich in den vergangenen Jahren unglaublich viel verändert. Formulare konnte man mittlerweile auch am heimischen Computer ausfüllen, die meisten Banken hatten ihre Filialen geschlossen und boten ihre Leistungen stattdessen online an. Konferenzen fanden immer häufiger via Internet statt und die Korrespondenz per Mail oder Messenger. Daraus ergaben sich viele juristische Fragen, zum Beispiel inwieweit Verträge und rechtlich verbindliche Beziehungen in virtuellen Welten entstehen können. Die gesamte Thematik faszinierte ihn, und er nutzte jede Gelegenheit, sich auf diesem Gebiet mehr Wissen und Erfahrungen anzueignen.

Erik verschränkte die Hände im Nacken und streckte die Beine aus. Die Erinnerung an die Begegnung mit Mona Linau auf dem Parkplatz kam ihm in den Sinn. Seine Mundwinkel zuckten amüsiert, als er daran dachte, wie sie gewissermaßen vor ihm weggelaufen war. Ihre

Gegenwart im Auto hatte ihn ziemlich aus der Fassung gebracht, wie er zugeben musste. Sie hatte eine unglaublich intensive Ausstrahlung – weiblich, rätselhaft und verführerisch. Die Erinnerung an ihren hellen Teint, die großen Augen und den grazilen Körper ließen sein Herz schneller schlagen. Er konnte sich sehr gut vorstellen, dass Gustav Adomeit sich von ihr angezogen gefühlt hatte. Doch hatte Mona Linau es dabei auf sein Vermögen abgesehen? Um diese Frage würde sich ein möglicher Prozess vor Gericht drehen. Die ganze Angelegenheit gefiel ihm nicht. Sein Selbstverständnis als Rechtsanwalt bestand jedenfalls nicht darin, schmutzige Wäsche zu waschen. Erik biss sich auf die Unterlippe. Doch das war nicht die Frage, denn er fühlte sich Judith, Frederik und Elena verpflichtet. Er seufzte resigniert. Dieses Mandat hätte er wirklich nicht annehmen sollen.

14

Dampf stieg aus dem Kessel, den Mona auf den Herd gestellt hatte. Sie schaltete die Gasflamme aus und goss das heiße Wasser in den Filter. Nachdem sie von der Schule gekommen war, war sie auf dem Sofa unter ihrer gemütlichen Wolldecke eingeschlafen und brauchte nun dringend etwas Koffein. Der Duft des frisch aufgebrühten Kaffees weckte ihre Lebensgeister. Mona nahm die Tasse, stellte sich ans Fenster und blickte nach draußen. Die Nacht war kurz gewesen, dennoch fühlte sie sich energiegeladen, denn sie hatte fast den ganzen Skizzenblock mit ihren Zeichnungen gefüllt – wie in einem Rausch waren die Bilder aus ihrer Erinnerung an die Begegnungen in der Wildtierstation entstanden. Ihre Malblockade hatte sich gelöst, und als sie den ersten Schluck des aromatischen Kaffees auf der Zunge spürte, durchströmte sie ein euphorisches Gefühl. Es klingelte an der Tür, wahrscheinlich der Paketbote, denn sie hatte sich vor zwei Tagen einige Malutensilien bestellt.

Schwungvoll öffnete sie die Tür.

»Hey …«

Erik Graf von Bardelow stand vor ihr. Er hatte die Hände in den Taschen seines Mantels vergraben, dessen Kragen hochgeschlagen war. Sein Atem kondensierte zu kleinen Wolken, die langsam nach oben schwebten. Ihr Herz machte einen Sprung, als sich ihre Blicke trafen. Ihn hatte sie nun wirklich nicht so schnell erwartet. Er zeigte in den Hof: »Mein Kumpel hat dein Auto wieder flottgemacht.« Erik reichte ihr den Schlüssel, und als sich ihre Hände dabei berührten, fühlte sie ein leises Knistern auf der Haut. Irritiert blinzelte sie. »Danke schön.«

Er hob zwei Finger zur Stirn. »Dafür nicht.« Erik wandte sich zum Gehen, aber Mona hielt ihn am Ärmel fest. »Warte!« Sie atmete ein. »Was bin ich dir schuldig?«

Er zuckte mit den Schultern. »Nichts.« Er deutete auf einen weißen Transporter, der sich ihrem Haus näherte. »Mein Freund war mir noch einen Gefallen schuldig, er nimmt mich jetzt mit zurück nach Eckernförde.«

»Dann möchte ich dich wenigstens zum Essen einladen.«

Erik von Bardelows Mundwinkel zuckte. »Das kommt gar nicht infrage.«

Mona spürte, wie sie errötete, denn eine derartige Abfuhr hatte sie von einem Mann schon sehr lange nicht mehr erlebt. »Okay …«, erwiderte sie gedehnt. »Vielen Dank noch mal.« Sie drehte sich schnell um, aber Erik hielt sie am Arm zurück.

Obwohl sie einen dicken Pulli trug, spürte Mona die

Wärme seiner Hand, als ob er ihre nackte Haut berühren würde. Himmel aber auch!

»Ich würde *dich* gern einladen«, sagte er mit einem kleinen Zögern in der Stimme. »Ich bin in dieser Hinsicht ein Mann der alten Schule.«

Für Mona hörte sich das wie eine Entschuldigung an, sie fühlte sich aber trotzdem etwas überrumpelt.

»Ja, warum nicht«, antwortete sie schließlich halbherzig, woraufhin sich seine Miene aufhellte.

»Morgen um achtzehn Uhr? Ich hole dich ab.«

Noch bevor sie nicken konnte, wandte er sich ab, als habe er Angst davor, dass sie es sich womöglich noch einmal anders überlegen würde.

Mona blickte ihm kopfschüttelnd nach, bis er in das Auto seines Freundes eingestiegen war.

Zurück in ihrer Wohnung, musste Mona erst einmal ihre Gefühle ordnen. Sie ging in die Küche, nahm ihre Tasse in die Hand, aber der Kaffee war in der Zwischenzeit kalt geworden, deshalb schüttete sie den Rest in die Spüle. Stattdessen nahm sie ein Glas aus dem Hängeschrank, füllte es mit Wasser direkt aus dem Hahn und stürzte es in einem Zug hinunter. Sie war so unglaublich durstig! Hatte sie sich tatsächlich mit dem Anwalt zum Essen verabredet, der das Testament ihres Geliebten im Namen der Familie Adomeit angefochten hatte und den sie womöglich bald vor Gericht treffen würde? Eine innere Unruhe erfasste sie, als ob sie morgen eine Prüfung absolvieren musste. Mona stellte das Glas ab. Ein freundliches, aber bestimmtes »Nein« wäre mit Sicherheit die bessere Antwort gewesen.

Ein blumiger Duft drang in Eriks Nase, als er Mona aus dem Mantel half. Sie trug ein schulterfreies, enges Oberteil mit langen Ärmeln und dazu eine weit geschnittene Hose. Auf ihren hohen Schuhen war sie fast so groß wie er. Nachdem er sich ebenfalls seiner Jacke entledigt hatte, kam Antonio mit weit geöffneten Armen auf sie zu und geleitete sie zu einem Tisch in der Ecke, der mit einem weißen Leinentuch, Gläsern und silbernem Besteck bereits eingedeckt war. »Ich habe den schönsten Platz für euch reserviert«, sagte er in einem melodischen Tonfall. Erik nickte ihm zu. »Sehr schön, danke.«

Er rückte Mona den Stuhl zurecht, dann nahm er ihr gegenüber Platz. Antonio, der mit seinen dunkelbraunen Augen, der kräftigen Statur und dem vollen, lockigen Haar sofort in jedem Film den typischen Italiener hätte verkörpern können, zwinkerte den beiden vielsagend zu. »Vielleicht erst einmal ein Aperitif?«

Erik warf Mona Linau einen fragenden Blick zu. Als sie nickte, wandte er sich wieder zu Antonio: »Sehr gern.«

An den anderen Tischen saßen überwiegend Paare, die sich mit gedämpfter Stimme im Schein der Kerzen unterhielten. Dunkelrote, halb geöffnete Vorhänge vor den hohen Fenstern sorgten für eine heimelige Atmosphäre.

Eine junge, sehr schlanke Frau mit hochgesteckten Haaren brachte zwei Gläser, die sie auf einem silbernen Tablett balancierte. »Das ist ein Rosen-Campari-Prosecco«, sagte sie lächelnd. »Salute!«

Nachdem sich die Bedienung entfernt hatte, suchte Mona Eriks Blick. »Ich glaube, dass es doch keine so gute Idee ist, dass wir uns duzen.«

Erik stutzte. Er wunderte sich über diesen Vorstoß gleich zu Beginn ihres Dates, und ein leichtes Unbehagen breitete sich in seiner Brust aus.

Sie kräuselte die Stirn. »Das siehst du doch bestimmt auch so, oder?«

»Nein, ganz im Gegenteil. Sonst hätte ich es nicht vorgeschlagen.«

Mona faltete die Hände und stützte ihr Kinn darauf ab. »Schon, aber es könnte echt kompliziert werden, oder nicht?«

»Ich kann mein Privatleben und meine Pflichten als Anwalt gut auseinanderhalten«, erwiderte er, obwohl sich in ihm ebenfalls leise Zweifel regten. Doch die sollten nicht die Oberhand gewinnen, deshalb hob er sein Glas. »Ich freue mich, dass wir hier sitzen«, sagte er mit Nachdruck.

Die junge Bedienung kehrte mit dem Vorspeisenteller zurück. Sie servierte San-Daniele-Schinken, Oliven und Fenchelcarpaccio auf einer ovalen Platte und träufelte noch etwas Öl über die Speisen. Als sie sich wieder entfernt hatte, nahm Erik die beiden Löffel und füllte ihre Teller auf.

»Wir hatten doch noch gar nichts bestellt«, sagte Mona leise.

»Es gibt hier nur ein Menü«, erwiderte Erik, ebenfalls mit gedämpfter Stimme. Er beugte sich etwas zu ihr hinüber. »Jeder Gast bekommt vier Gänge, es ist ein Überraschungsmenü.« Er deutete mit dem Kopf auf ihren Teller.

»Probier mal!«

Mona nahm ihre Gabel in die Hand, wählte ein Stück Gemüse aus und führte es zum Mund. Die Nägel ihrer langen, wohlgeformten Finger waren kurz geschnitten und nicht lackiert. »Mmh, sehr lecker«, stellte sie mit geschlossenen Augen fest.

Erik nahm etwas Schinken auf die Gabel und kostete ebenfalls. »Ja, das ist wirklich gut.«

Sie aßen weiter und redeten dabei nicht, aber Erik fand das nicht unangenehm, im Gegenteil. Fast im selben Moment griffen sie nach ihren Gläsern und prosteten sich zu. Das Licht der Kerze auf dem Tisch spiegelte sich in Monas ebenmäßigem Gesicht. Sie hatte lange Wimpern, und als sie den Kopf hob, leuchteten goldene Punkte in ihren braunen Augen auf. Sein Herz schlug schneller, und am liebsten hätte er sie einfach nur weiter betrachtet. Erik rief sich innerlich zur Räson und nahm die Unterhaltung wieder auf. »Gefällt es dir auf Gut Schwansee?« Wenn er eins von seinen Eltern gelernt hatte, dann war es unverbindlicher Small Talk.

Sie zögerte einen Moment, dann hob sie den Blick. »Ja,

es ist schön dort, und meine Wohnung ist sehr gemütlich.«

Erik nippte an seinem Glas. »Ist es dir nicht etwas zu einsam? Ich meine, das Haus ist doch ein ganz schönes Stück vom Herrenhaus entfernt, in Alleinlage sozusagen.«

Sie lachte kurz auf. »Willst du mir etwa Angst machen?« Sie schüttelte die Haare, die ihr in langen Wellen bis über die Schulter fielen.

»Ich genieße die Ruhe dort, und außerdem bin ich sehr gern allein …« Mona nahm die Serviette und tupfte sich den Mund ab. »Jedenfalls zurzeit«, fügte sie hinzu.

»In Hamburg hast du aber mit Gustav Adomeit zusammengelebt, oder?«

Sie runzelte die Stirn, und Erik konnte förmlich sehen, wie die Gedanken in ihrem Kopf kreisten. »Willst du mich etwa ausfragen?«

»Wo denkst du hin, natürlich nicht«, entgegnete er und nickte der Bedienung zu, die erschienen war, um die Vorspeisenteller abzuräumen. »Es interessiert mich einfach.«

»Kurz nachdem wir ein Paar geworden waren, sind wir zusammengezogen«, sagte sie und bestätigte damit, was Erik bereits durch Harry Steinfeld erfahren hatte. Sie lehnte sich im Stuhl zurück. »Natürlich wurde viel über uns geredet«, fuhr sie fort. »Angeblich hätte ich mir dadurch Vorteile verschaffen wollen.« Sie hielt inne, und Erik hatte das Gefühl, als ob sie in diesem Moment ganz woanders war. »Wir haben uns wirklich geliebt«, sagte sie schließlich mit brüchiger Stimme. »Er war ein wunderbarer Mensch.« Sie presste ihre schönen Lippen aufeinander. »Ich vermisse ihn sehr.«

Erik fühlte einen Stich in der Brust, als er diesen Satz hörte, und er war froh, dass in diesem Moment Antonio an den Tisch trat und den Fischgang ankündigte: »Seebarschfilets auf Wirsinggemüse.« Dazu empfahl er einen »ausgezeichneten Grauburgunder aus dem Trentino«. Ein anderer Gast winkte ihm zu, und er entschuldigte sich mit einem Lächeln.

Kurz darauf kam der Fisch, und am liebsten hätte Erik das Gespräch dort wieder aufgenommen, wo sie es beendet hatten. Die Gelegenheit war günstig gewesen, etwas über die Beziehung zwischen ihr und Gustav zu erfahren, das für den Erbschaftsprozess von Bedeutung sein könnte. Doch sie erzählte stattdessen von ihren Erlebnissen auf einer Wildtierstation. Ihre Augen leuchteten, als sie ihm von der Begegnung mit dem Uhu berichtete und dass sie danach endlich wieder malen konnte. »Ich bin so froh darüber«, sagte sie und blickte ihn unverwandt an. »Kannst du dir das vorstellen?«

»Wahrscheinlich nicht wirklich«, erwiderte er ehrlich. »Ich habe leider gar keine künstlerischen Talente.«

»Aber du interessiert dich doch für Kunst?« Sie schaute ihn mit großen Augen an, und ein leises Flimmern breitete sich in ihm aus. Erik legte das Besteck gekreuzt auf den Teller. »Du meinst, weil ich auf der Ausstellung in Eckernförde war?«

»Ja, genau.« Sie schob den Teller ein Stück von sich weg. »Das schmeckt wirklich großartig«, sagte sie. »Ich glaube, ich brauche jetzt aber mal eine kleine Pause.«

Er spürte, wie sie ihn erneut mit ihren Augen fixierte. »Ich muss gestehen, dass ich vor allem meiner Bekannten zuliebe mitgekommen bin«, sagte er ausweichend. »Ich würde mich nicht unbedingt als Kunstliebhaber bezeichnen.«

Er gab der Kellnerin ein Zeichen. Sie erschien sofort und goss Wein nach. »Vielen Dank.«

Erik nahm sein Glas und prostete Mona, die ihres ebenfalls anhob, zu. Danach setzten sie ihr Gespräch über die Ausstellung fort. Erik ließ sich von ihrer Begeisterung für die Künstlerin, von der er vor der Ausstellung noch nie etwas gehört hatte, fast ein wenig anstecken. Sie erzählte ihm von Lotte Lasersteins Werdegang, sie habe als »leuchtendes Talent« ihrer Zeit gegolten. »Ich bewundere sie dafür, wie sie sich selbst treu geblieben ist. Leider konnte sie in ihrem Exil in Schweden nicht an ihre Erfolge anknüpfen. Bestimmt hat sie sehr darunter gelitten.«

»Wahrscheinlich hat sie sich entwurzelt gefühlt«, sagte Erik.

Mona hielt einen Moment inne und betrachtete ihn eingehend. Er hielt ihrem Blick stand, bemerkte aber, dass er innerlich abdriftete. Der Satz, den er soeben ausgesprochen hatte, hallte in seinem Inneren nach. Erinnerungen aus seiner Kindheit flackerten einen Moment auf, aber er schob sie beiseite. Er wollte sich jetzt auf Mona konzentrieren.

»Ja, das kann sehr gut sein«, hörte er sie sagen.

Erik brauchte einen Moment, um den Anschluss an ihr Gespräch zu bekommen. »Dennoch ist es schön, dass ihre Arbeiten jetzt hierzulande gewürdigt werden, oder?«

»Auf jeden Fall«, erwiderte Mona lächelnd. Sie plauderten weiter, während der dritte Gang, »Rosa gebratene Ente«, und schließlich ein himmlisches Zitronensorbet als Nachtisch serviert wurden. Die Zeit verging wie im Fluge, und als sie schließlich die letzten Gäste waren, zahlte Erik mit Kreditkarte und ließ von Antonio ein Taxi bestellen. Selbstverständlich ließ er den Fahrer zunächst Gut Schwansee ansteuern. Er half Mona aus dem Auto, verabschiedete sich mit einem flüchtigen Kuss auf die Wange und wartete, bis sie in ihrem Haus verschwunden war.

15

Am nächsten Tag gab Mona drei Doppelstunden Kunst hintereinander. Es war der erste Dezember, und langsam begann die Vorweihnachtszeit. Morgen Nachmittag sollte der traditionelle Adventsbasar stattfinden, und die Schülerinnen und Schüler bauten bereits die Verkaufsstände in den Gängen auf. Ihre Sechstklässler hatten in der Kunststunde ganz klassisch aus Transparentpapier achtzackige Sterne in Rot, Gelb und Violett gebastelt, die man wunderbar ins Fenster kleben konnte. Sie räumte die Scheren und den Kleber zurück in den Schrank, packte ihre Tasche und verließ die Schule. Schon den ganzen Vormittag musste sie an den Abend mit Erik denken, und immer wenn sie sich sein attraktives Gesicht vergegenwärtigte, fühlte sie ein leichtes Ziehen in der Brust. Sie hatten wirklich ein paar sehr schöne Stunden verbracht, aber das änderte natürlich nichts an der Tatsache, dass sie sich bald vor Gericht als Gegner treffen würden.

Auf dem Weg zum Parkplatz bemerkte Mona plötzlich David, der ein paar Meter vor ihr ging, deshalb blieb sie stehen, bis er außer Sichtweite war. Zum Glück hatte er bislang keine weiteren Annäherungsversuche unternommen. Vielleicht hatte er es endlich akzeptiert, dass er keine Chance bei ihr hatte. Hoffentlich lernte er möglichst bald eine Frau kennen, denn erst dann würde sie sich vollkommen sicher fühlen.

Es war kälter geworden, bemerkte sie mit Blick in den grauen Himmel. Ein eisiger Wind wirbelte ihre Haare durcheinander, deshalb streifte sie die Kapuze ihres Wintermantels über. Im Auto beschlug durch ihren Atem sofort die Windschutzscheibe. Mona startete den Motor und stellte die Lüftung an. Ihr Fahrzeug schnurrte wie ein Kätzchen, seit sie es von Erik zurückbekommen hatte. Sein Kumpel hatte wirklich gute Arbeit geleistet. Darüber hinaus hatte er ihr Auto auch noch durch die Waschstraße gefahren, den Reifendruck überprüft und sogar den gesamten Innenraum gesaugt. Ihr alter Renault war für sie einfach nur ein Fortbewegungsmittel. Die Hege und Pflege des Lacks und der Polster lagen ihr nicht besonders am Herzen. Dennoch wusste sie den jetzigen Zustand, den sie Erik Graf von Bardelow – Erik! – zu verdanken hatte, sehr zu schätzen. Mona fragte sich immer noch, ob es wirklich so eine gute Idee gewesen war, zum »Du« überzugehen. Zwar hatte es sich immer etwas seltsam angefühlt, einen Mann, der etwa im gleichen Alter wie sie war, mit »Sie« anzusprechen, aber dadurch hatte sie anfangs die Distanz zu dem Anwalt der Familie Adomeit besser wahren können.

Nach zwanzig Minuten erreichte Mona Gut Schwansee. Sie setzte den Blinker, durchfuhr das Torhaus und überquerte den Innenhof. Vor dem ehemaligen Hengststall stand ein Planwagen, den sie bislang noch nie gesehen hatte. Allerdings wusste sie von Sina, dass Fahrten damit zum Angebot des Gutes gehörten, aber in erster Linie im Frühjahr und Sommer. Mona lenkte das Auto über den sandigen Waldweg, und als sie den Park hinter dem Herrenhaus erreichte, entspannte sie sich mit jedem Meter, der sie näher zu ihrem neuen Zuhause brachte. So kurz ihr Umzug auch zurücklag, es fühlte sich für sie bereits nach einer Art Zuhause an.

Im Flur ihrer Wohnung roch es noch immer nach der Kürbissuppe, die sie morgens gekocht hatte. Sie bereitete sich jetzt immer ein Mittagessen vor, denn wenn sie von der Schule nach Haus kam, war sie meistens sehr hungrig, und sie wollte anständig essen und sich nicht auf die Schokolade und Kekse stürzen, die sie als eiserne Reserve immer vorrätig hatte.

Mona schaltete den Herd an, schlupfte in ihre gemütliche Strickjacke und zog sich ein paar dicke Socken über. Im Wohnzimmer zündete sie das Holz im Kachelofen an, ein ebenfalls lieb gewonnenes Ritual, seit sie auf Gut Schwansee lebte. Sie nahm den Skizzenblock in die Hand und betrachtete die Arbeiten, die sie bislang zu Papier gebracht hatte. Mona war dankbar, dass sie endlich wieder den Anschluss an ihre kreative Arbeit gefunden hatte. Die Tätigkeit als Kunstlehrerin gefiel ihr zwar auch, aber Zeichnen und Malen waren ein Teil von ihr. Wenn sie den nicht ausleben konnte, fühlte sie sich nicht im Einklang mit sich selbst – und das war ein Zustand, den sie nicht über einen längeren Zeitraum aushielt.

Mona kehrte in die Küche zurück, füllte sich etwas Suppe in einen ihrer Lieblingsteller aus graublauer Keramik und träufelte Kürbiskernöl darüber. Dann holte sie sich ein Brötchen, das Schälchen mit Butter und füllte sich ein Glas mit Mineralwasser, das sie mit ein paar Blättern Minze aromatisierte. Sie nahm alles mit zu dem kleinen Esstisch, den sie neben das Fenster gestellt hatte, zusammen mit den beiden Stühlen vom Flohmarkt am Marie-Jonas-Platz in Eppendorf. Mona schloss die Augen und kostete die Suppe, die genau die richtige Temperatur hatte und angenehm süßlich, aber auch ein bisschen scharf schmeckte durch die klein geschnittene Ingwerwurzel, die sie zum Schluss hinzugefügt hatte. Nachdem sie ihr Mittagessen ausgelöffelt hatte, lehnte sie sich zufrieden im Stuhl zurück. Das hatte jetzt richtig gutgetan.

Als es an der Haustür klingelte, schob sie den Teller beiseite.

»Hi!« Vor ihr standen Sina und Leni und schauten sie erwartungsvoll an. Hinter den beiden erkannte sie den Planwagen, der jetzt von zwei kräftigen Pferden gezogen wurde. Auf dem Bock saß Bernhard Cornelius, dick eingepackt in eine warme Jacke und mit einer Wollmütze auf dem Kopf. »Kommst du mit auf eine Tour in die Tannenbaumschonung?«, fragten die beiden Frauen.

Als Mona zögerte, runzelte Sina die Stirn. »Bitte!«

»Okay, ich hole meine Jacke.«

Als sie kurze Zeit später die Tür ins Schloss fallen ließ, zog Bernhard an den Leinen, und die Pferde blieben mit einem kurzen Schnauben zwei Meter vor ihnen stehen. »Na, min Deerns, dann man tau.«

Mona durfte auf dem Bock Platz nehmen, Sina und Leni kletterten von hinten auf den Planwagen und setzten sich gegenüber auf die Bänke. In der Mitte befand sich ein schmaler Holztisch, auf dem ein großer Weidenkorb mit dunkelgrünen Bechern und einer Thermoskanne stand. Bernhard nahm die Leinen auf, dann hob er die Peitsche, woraufhin sich die Rösser sofort in Bewegung setzten und den schweren Planwagen zurück auf den Waldweg zogen. Von dort aus lenkte Bernhard das ruckelnde Gefährt zum Innenhof, vorbei am Hofcafé, dem Hofladen und den Stallungen. Dann ging es weiter in Richtung Reithalle und Springplatz, bis sie den Feldweg erreichten, von dem der Wirtschaftsweg zum Nachbargut der von Bardelows führte.

Monas Gedanken wanderten automatisch zurück zu dem Tag, als sie Erik dort begegnet war. Wie unverschämt er sich verhalten hatte – ganz anders, als er im Restaurant mit ihr umgegangen war. Er war zuvorkommend gewesen, galant und hatte sich als aufmerksamer Zuhörer entpuppt. Mona spürte ein leichtes Kribbeln, das sich von ihren Schultern über den Rücken ausbreitete. Sie war sich nicht sicher, ob er mit ihr geflirtet hatte oder ob er sich anderen Frauen gegenüber genauso verhalten hätte. Außerdem fragte sie sich, ob er womöglich irgendetwas im Schilde führte. Vielleicht wollte er auf diese Weise Informationen über sie in Erfahrung bringen, um diese gegen sie zu verwenden, wenn es zu einem Prozess kam?

Ein lautes »Brrr« riss sie zurück in die Gegenwart. Bernhard hatte den Planwagen zum Halten gebracht und deutete mit der Hand auf eine Tannenschonung, die sich, so weit das Auge reichte, hinter einem Holzzaun ausbreitete. Bernhard befestigte die Leinen am Bock, sprang herunter und reichte Mona die Hand. »Immer schön sutje, laat di Tiet!«

Als sie wieder festen Boden unter den Füßen hatte, lachte sie auf. »Vielen Dank, das hat Spaß gemacht.« Sie fixierte ihn mit ihrem Blick. »Sag mal, warum redest du eigentlich mal hochdeutsch und dann auch wieder platt?«

Bernhard runzelte die Stirn. »Das kann ich dir eigentlich gar nicht beantworten, mien Deern.« Er grinste vielsagend. »Ich würde mal sagen: Das kommt drauf an.«

Mona ließ es dabei bewenden, glaubte aber trotzdem, dass eine gewisse Taktik dahintersteckte. Das Platt ließ ihn etwas unbedarfter wirken, und dadurch unterschätzten ihn die Menschen, die mit ihm zu tun hatten, bestimmt des Öfteren. Jedenfalls würde sie ihre Lieblingsschuhe darauf verwetten, dass er bei geschäftlichen Verhandlungen hochdeutsch sprach.

Leni und Sina, die ihre Mützen tief in die Stirn gezogen hatten, kamen mit dem Korb um den Wagen herum. Die drei Frauen folgten Bernhard durch ein Gatter in die Schonung. Wohin man auch blickte: Überall wuchsen Tannenbäume in unterschiedlichen Größen. Teilweise waren sie mit Maschendraht umwickelt, damit Rehe und andere Tiere nicht die zarten Triebe abknabbern konnten. Sie gingen einen schmalen, mit Stroh bedeckten Weg entlang, bis sie eine kleine Holzhütte mit einem Flachdach erreichten, vor der ein Tisch mit zwei Bänken stand. Sina stellte den Korb darauf ab und packte den Inhalt aus. Sie hatte Bagels mit Frischkäse, Kirschstreuselkuchen und selbst gemachte Weihnachtskekse mitgebracht – ein Traum! Sina verteilte Teller, Gabeln, Servietten und Becher. »Lasst es euch schmecken.«

Mona griff beherzt zu. Alles schmeckte fantastisch, auch der Früchtepunsch, den Sina zu dem Imbiss ausschenkte. Bernhard erzählte, dass er vor gut zwanzig Jahren das erste Mal Tannenbäume angepflanzt hatte. »Das ist immer viel Arbeit gewesen«, sagte er stirnrunzelnd. »Es kann acht Jahre dauern, bis ein Setzling zu einem Weihnachtsbaum geworden ist.«

Leni, die neben ihm saß, stieß ihn freundschaftlich in die Seite. »Du verdienst doch aber auch gut dabei, oder?«

»Vierzig Euro für einen zwei Meter hohen Baum«, erwiderte er schmunzelnd. »Das passt schon.« Er nippte an seinem Becher. »Ich freue mich jedenfalls schon auf unseren diesjährigen Weihnachtsmarkt.«

Leni blickte sehnsuchtsvoll in den wolkenverhangenen Himmel, der zwischen den Baumwipfeln durchschimmerte. »Hoffentlich schneit es bis dahin endlich mal wieder, kalt genug ist es doch jedenfalls.« Sie rieb die Hände aneinander. »Wir haben doch schon wieder fast minus zehn Grad.«

Sina schüttelte den Kopf. »Das glaube ich nicht. Schuld ist der Klimawandel, sage ich euch. Die Wetterextreme nehmen auch bei uns immer mehr zu, habe ich den Eindruck. Entweder es regnet in Strömen, oder es ist trocken wie in der Wüste. Das kann doch nicht normal sein.« Sie zuckte mit den Schultern. »Damit werden wir wohl jetzt leben müssen.«

»Hier an der Küste wird es besonders schlimm werden«, stimmte ihr Leni zu. »Wenn das Eis an den Polen weiter abschmilzt, steigt der Meeresspiegel um einige Meter, und dann steht hier alles unter Wasser.«

»Die Hoffnung stirbt zuletzt«, stellte Bernhard mit Nachdruck fest. »Was den Schnee anbelangt«, fuhr er mit einem Nicken in Lenis Richtung fort, »da gibt es ein schönes Sprichwort: »Veel Regen in'n November, veel Snee in Dezember.«

Erik nahm den Espresso, den er sich aus der Küche geholt hatte, und drehte den Stuhl zum Fenster. Es war erst vier Uhr nachmittags, aber trotzdem schon fast dunkel, deshalb konnte er kaum etwas von dem Hafenpanorama erkennen. Er hatte den gestrigen Abend mit Mona sehr genossen. Die Speisen und Getränke waren vorzüglich gewesen, und sie hatten sich wirklich sehr angeregt miteinander unterhalten. Er überlegte, ob es nicht eine Möglichkeit geben könnte, diese Erbangelegenheit doch noch in gegenseitigem Einvernehmen zu lösen. Mona hatte auf ihn jedenfalls einen durch und durch vernünftigen Eindruck gemacht. Nach alledem, was er nun von ihr wusste, traute er ihr nicht zu, dass sie sich bloß wegen Gustav Adomeits Wohlstand zu einer Beziehung mit ihm entschlossen hatte. Künstlerisch betrachtet, hatte ihr die Beziehung mit dem berühmten Maler auch nicht gerade viel gebracht, soweit er das als Nichtkenner der gegenwärtigen Kunstszene beurteilen konnte. Auf jeden Fall war ihr ein Durchbruch bislang – soweit er wusste – noch nicht gelungen. Vielleicht könnte er Judith doch von dieser Sichtweise überzeugen.

Regine Schuhmacher klopfte und steckte dann den Kopf zur Tür herein. »Ich mach jetzt Feierabend«, sagte sie und trat an seinen Schreibtisch. »Hier ist noch die Post.« Sie legte ihm die Briefe mit einem missbilligenden Gesichtsausdruck vor die Nase. »Dieser Aushilfsbriefträger braucht auch jeden Tag länger.«

»Da sagen Sie etwas«, erwiderte Erik zerstreut, während er die Briefe durchsah und an der Adresse des Kieler Kollegen Dr. Johann Wildner, auch »das Schlitzohr von Kiel« genannt, hängen blieb. Er wünschte seiner Mitarbeiterin einen schönen Feierabend und wartete, bis sie die Tür hinter sich geschlossen hatte. Erst dann nahm er den silbernen Brieföffner zur Hand, auf dem ein gekrönter Greif eingraviert war, das Wappen der Familie von Bardelow, und ließ die scharfe Klinge durch das Papier gleiten.

Schnell überflog er den pointierten Schriftsatz des Kollegen, und mit jedem Wort, das er las, steigerte sich sein Unmut, der schließlich, als er den letzten Satz erreicht hatte, zu blanker Wut geworden war. Er schmiss das Blatt auf die Tischplatte, trommelte mit den Fingern auf das Holz und presste die Zähne aufeinander. Natürlich hatte er damit rechnen müssen, dass sich Mona Linau ebenfalls einen Anwalt nahm, der gegen die Anfechtung des Vermächtnisses von Gustav Adomeit vorgehen würde. Okay, eigentlich wollte er das private von dem beruflichen Verhältnis zu ihr trennen, aber hätte sie gestern Abend nicht trotzdem eine winzige Andeutung dazu machen können? Stattdessen hatte sie ihn mit großen Augen angeschaut und ihn in ein Gespräch über Kunst verwickelt.

Erik schüttelte den Kopf. Er nahm das Diktiergerät in die Hand, schob sich das Headset über den Kopf und öffnete sein Schreibprogramm. In Windeseile hatte er eine Antwort formuliert, die sich gewaschen hatte. Nicht mit mir, dachte er grimmig. Jetzt würde Mona Linau eine andere Seite von ihm kennenlernen – eine, die ihr mit Sicherheit nicht gefallen würde.

16

Klaviermusik von Frédéric Chopin erklang aus dem Radio. Mona stellte die Musik etwas leiser, denn sie musste sich auf der Landstraße, die nach Dollerup führte, konzentrieren. Es konnte schnell passieren, dass ein Traktor plötzlich aus einem der kleinen Seitenwege von den Feldern geschossen kam, und dann musste man schnell reagieren. Hier auf der B199 zwischen Kappeln und Flensburg hatte sie mit Peter Lemke einige ihrer Fahrstunden absolviert. Für ihn war sie einer seiner hoffnungslosen Fälle gewesen. Trotzdem hatte sie, nachdem sie einmal durch die Prüfung gefallen war, ihren Führerschein bekommen und fuhr seitdem sicher und routiniert. Sie war eben einfach kein Prüfungsmensch!

Mona fragte sich, wie Erik wohl auf den Schriftsatz von Dr. Wildner reagiert hatte. Bestimmt war er nicht gerade begeistert davon, aber darüber sollte sie sich eigentlich gar keine Gedanken machen, schließlich hatte sie nur ihre Rechte wahrgenommen. Leider schwirrte Erik aber ständig in ihrem Kopf herum, sie konnte nichts dagegen tun. Sie hatten sich im Restaurant wirklich wunderbar unterhalten. Da war etwas zwischen ihnen, das Mona nicht in Worte fassen konnte. Es lag immer eine gewisse Spannung in der Luft, wenn sie sich begegneten, aber vielleicht bildete sie sich das auch nur ein. Seit sie ihn das erste Mal auf Gustavs Beerdigung gesehen hatte, kreuzten sich merkwürdigerweise immer wieder ihre Wege, als ob eine höhere Macht im Spiel war. Mona schmunzelte innerlich. Nein, sie glaubte nicht an Schicksalsfügungen, das war eine Erfindung von Roman- und Drehbuchautoren. Es war reiner Zufall gewesen, dass sie ihn auf dem Wirtschaftsweg getroffen hatte, der zum Anwesen seiner Eltern führte. Außerdem blieben sie Gegner in einem Rechtsstreit, und deshalb waren romantische Gefühle ohnehin vollkommen unangebracht.

Mona fuhr weiter in Richtung Gelting, gelangte zu einem Kreisverkehr und bog dann rechts ab in Richtung Terkelstoft. Als sie schließlich die Allee erreichte, die zum Hof Iversen führte, breitete sich ein warmes Gefühl in ihrer Brust aus. Sie freute sich auf das Wochenende bei ihrer Mutter und Omi. Jetzt im Winter waren die hohen Bäume kahl, aber im Sommer spendeten sie mit ihrem dichten Laub angenehmen Schatten. Es war immer ein herrliches Gefühl gewesen, mit dem Fahrrad dort entlang in Richtung Ostsee zu fahren, in einem luftigen Sommerkleid, die Haare im Wind und mit den Badesachen auf dem Gepäckträger. Der Dreiseitenhof lag inmitten einer hügeligen

Knicklandschaft in Angeln, und der Badestrand Westerholz an der Flensburger Förde war nur drei Kilometer entfernt. Sie hatte dort mit ihren Freundinnen aus der Schule oder aus dem Dorf wunderschöne Sommertage verbracht. Besonders toll war die hölzerne Badebrücke, von der man über zwei Treppen ins Wasser gelangen konnte.

Mona erblickte das reetgedeckte Haupthaus, in dem die Eigentümer wohnten, eine herzliche Familie, die neben der Landwirtschaft Wohnungen an Urlauber vermietete. Diese befanden sich in einem der Wirtschaftsgebäude. In der gegenüberliegenden ehemaligen Scheune war das Altenteil des Betriebs – hier in Angeln sagte man Abnahme dazu –, in dem ihre Mutter und ihre Omi Birte wohnten. Früher hatten dort die Eltern der jungen Hofbesitzer ihren Lebensabend verbracht.

In dem Moment, als sie ihr Auto geparkt hatte, öffnete sich auch schon die Tür, und die beiden wichtigsten Frauen in ihrem Leben kamen ihr freudestrahlend entgegen, begrüßten sie überschwänglich und bestanden darauf, ihre Tasche und ihre Malutensilien ins Haus zu tragen. Als Mona hinter ihnen die Diele betrat und den vertrauten Geruch nach Holz, frisch gebackenem Kuchen und Lavendel einatmete, entspannte sich alles in ihr.

»Geht schon mal in die Küche«, sagte ihre Mutter, »ich komme gleich nach, ich muss mir nur kurz die Hände waschen.«

Mona folgte ihrer Omi, die in ihrer weiten Jeans, mit dem hellbraunen Wollpulli und ihren zu einem Dutt hochgesteckten vollen Haaren nicht wie die typische Rentnerin aussah. »Hast du dir neue Klamotten gekauft?« Sie setzte sich auf einen der Stühle, die um den großen Holztisch standen.

Ihre Oma drehte sich einmal um sich selbst. »Ich war mit deiner Mutter shoppen, in Flensburg in der Roten Straße, da hat eine ganz tolle Boutique aufgemacht.«

»Wir haben ordentlich zugeschlagen«, fügte ihre Mutter hinzu, die in diesem Moment zur Tür hereinkam. Sie deutete mit dem Kopf auf die Ablage neben dem großen Gasherd, auf dem eine Platte mit Kuchen stand. »Ich hoffe, du hast Appetit mitgebracht.«

Eine Stunde später richtete sich Mona in ihrem alten Zimmer ein, das ihre Mutter und Omi, seit sie ausgezogen war, nicht verändert hatten. Es lag unter dem Dach und war sehr gemütlich ausgestattet. Unterhalb des Fensters, das man nur nach außen öffnen konnte, befand sich ihr Schreibtisch, auf den sie ihre Mappe, den Zeichenblock und ihre Schatulle mit den Zeichenstiften legte. Der alte Drehstuhl war ein Flohmarktfundstück, für den ihre Oma aus alten Stoffresten ein wunderbar bequemes Kissen genäht hatte. In der Ecke auf der gegenüberliegenden Seite stand ihr Bett mit einem gehäkelten Überwurf und einem Kissen in Herzform. Sie ließ sich darauf fallen und verschränkte die Arme hinter dem Kopf. Auf dem Regal gegenüber standen noch immer die Bücher, die sie während der Schulzeit gelesen hatte, und ihr alter CD-Player.

Mona biss sich auf die Lippe, als sie daran dachte, warum sie eigentlich gekommen war. Das Heft, in dem ihre Mutter die monatlichen Zahlungen von Beatrice Constance Gräfin von Bardelow festgehalten hatte, war in ihrer Tasche verstaut. Sie sprang auf, öffnete den Reißverschluss, holte es heraus, strich mit dem Finger über den Einband und überlegte, wie sie das Thema am unverfänglichsten ansprechen könnte. Mona seufzte. Diesmal würde sie sich nicht vertrösten lassen, sondern endlich erfahren, wer ihr Vater war.

Leises Stimmengewirr drang durch den hohen Raum, dessen drei weiße Sprossenfenster den Gästen einen einmaligen Blick auf die Elbe gewährten. Die Villa, in der Judith nach dem Auszug Gustavs und ihrer Kinder alleine lebte, befand sich auf dem Süllberg im Treppenviertel von Blankenese. Sie hatte nur wenige Freunde zu ihrem sechzigsten Geburtstag eingeladen, alles andere hätte aus ihrer Sicht unpassend gewirkt. Erik unterhielt sich mit ihrem Sohn Frederik, der nach Beendigung seines Betriebswirtschaftsstudiums in das Familienunternehmen eingestiegen war. Judith stammte aus einer wohlhabenden Hamburger Familie, die vor allem durch den Erwerb von Immobilien reich geworden war, aber auch eine internationale Spedition betrieb.

Aus den Augenwinkeln bemerkte er, dass Judith ihm

zuwinkte. Er entschuldigte sich bei Frederik und folgte der Gastgeberin in den Wintergarten, in dem neben einer mit hellem Stoff bezogenen Sitzgruppe üppige Grünpflanzen für ein fast mediterranes Ambiente sorgten. »Schön, dass du gekommen bist«, sagte sie und drückte kurz auf seinen Unterarm. »Ich muss unbedingt kurz mit dir sprechen.« Sie winkte eine Kellnerin heran und nahm zwei Gläser mit Champagner vom Tablett. »Wir haben noch gar nicht auf meinen Geburtstag angestoßen.« Sie nickte der jungen Frau, deren Wangen gerötet waren, zu. »Vielen Dank.«

Dann blinzelte sie Erik vielsagend zu. »Was hast du auf dem Herzen?«, half er ihr auf die Sprünge.

Sie nippte an ihrem Glas und richtete ihre wachen Augen auf ihn. »Ich würde dir gern ein Angebot machen.«

Judith strich sich kurz mit der freien Hand über das Revers ihres matt schimmernden, dunkelblauen Blazers. »Was hältst du davon, bei mir als Justiziar einzusteigen?«

Erik runzelte die Stirn. »Wie kommst du denn darauf?«

Judith hob die Augenbrauen. »Kannst du dir das nicht denken?« Als er den Kopf schüttelte, seufzte sie. »Ich schätze deine Arbeit, und ich bin sehr glücklich darüber, dass du uns in dieser Nachlassangelegenheit …«, sie sog Luft durch die Nase ein, »… gegen diese *Person* vor Gericht vertrittst«, beendete sie ihren Satz.

»Wenn es so weit kommt«, gab er zu bedenken.

»Da kennst du diese Frau aber schlecht.« Sie tippte ihm mit dem rechten Zeigefinger auf die Brust. »Ich hoffe, du lässt dich von ihr nicht einwickeln.«

Hitze wallte in ihm auf, aber nach außen hin blieb er cool. »Darauf kannst du dich verlassen.«

»Jetzt sind wir aber etwas vom Thema abgekommen«, fuhr Judith fort, ohne ihn aus den Augen zu lassen. »Könntest du dir vorstellen, für uns zu arbeiten?«

Erik hielt ihrem Blick stand, fühlte sich aber unbehaglich. »Ich werde es mir überlegen«, erwiderte er schließlich diplomatisch.

»Sehr schön!« Judith schien zufrieden mit seiner Antwort. Doch er würde gute Gründe brauchen, um ihr Angebot abzulehnen, ohne ihre Gefühle zu verletzen.

Judith deutete mit dem Kopf auf Elena, die mit Frederik vor dem Eingang zum Wintergarten stand und in ein Gespräch mit ihrem Bruder vertieft war. »Ich könnte mir übrigens sehr gut eine noch engere familiäre Bindung mit dir vorstellen.«

»Deine Tochter ist eine wunderbare Frau, aber für mich nur eine gute Freundin«, erwiderte Erik mit Nachdruck in der Hoffnung, dass Judith ihre Verkuppelungsversuche irgendwann einmal aufgeben würde.

»Eine tiefe Freundschaft ist oft eine weitaus bessere Basis für eine Beziehung als zügellose Leidenschaft«, setzte die jedoch augenzwinkernd nach. Erik hatte den Eindruck, als ob sie dieses für ihn immer unangenehme Thema noch weiter vertiefen wollte, doch in diesem Moment tauchte ein großer, korpulenter Mann in einem abgewetzten Tweedjackett neben ihnen auf, den Erik bisher nicht bemerkt hatte. Judith stellte den Mann, dessen zurückgekämmte Haare speckig glänzten, als Herman Lüdecke vor. Sie reichten sich die Hände. »Sie kommen mir irgendwie bekannt vor«, sagte der Mann und musterte Erik aufmerksam. »Sie sind ein von Bardelow, oder?«

»Das stimmt«, bestätigte er zögernd. »Kennen wir uns?«

Judiths Bekannter grinste schief und deutete mit dem Finger auf ihn. »Ihr Muttermal, und außerdem …«

»Das haben Sie wirklich gut erkannt«, unterbrach ihn Judith mit Nachdruck und warf Erik zugleich einen genervten Blick zu. Dann wandte sie sich verbindlich lächelnd zu Herman Lüdecke. »Darf ich Sie auf ein Gläschen Champagner einladen?«

»Aber sehr gern«, erwiderte er mit einem breiten Grinsen und hakte sich bei Judith unter, die ihn in Richtung Ausgang zog. Kurz vor der Tür drehte er sich aber noch einmal um. »Tut mir echt leid, was damals mit Ihrem Vater passiert ist!«

Als er Eriks erstaunten Blick auffing, schnellten seine Augenbrauen nach oben. »Er hätte Sie nicht alleine lassen dürfen.«

Diese Worte lösten in Erik ein plötzliches Unwohlsein aus. Was meinte dieser Mann nur damit? Hatte sein Vater etwas Schlimmes erlebt, von dem er nichts wusste, und hatte womöglich der Albtraum, der ihn immer wieder plagte – ein See, Nebel und ein Boot –, mit diesem Ereignis zu tun?

Er brauchte unbedingt frische Luft, deshalb steuerte er den Ausgang an, aber Elena hielt ihn auf. »Was wollte denn unser Hofberichterstatter von dir?« Sie stellte sich neben ihn, mit gestrecktem Rücken wie eine Ballerina, und zwirbelte eine blonde Strähne um den Mittelfinger. Er wusste, dass sie jeden Tag Sport machte, Ausdauertraining wie Laufen und Schwimmen, aber auch Yoga. Elena war diszipliniert und ehrgeizig. Außerdem hatte sie den Geschäftssinn ihrer Mutter geerbt. Judiths Tochter hatte einen Instagram-Kanal mit fast einer Million Abonnenten, auf dem sie jeden Tag Fotos von ihren Fitnessaktivitäten veröffentlichte, und verdiente sich mit gesponserten Posts ein – wie sie sich ausdrückte – nettes Taschengeld dazu.

»Wie meinst du das?«

Elena verzog den perfekt geschminkten Mund. »Er arbeitet als Boulevardreporter für verschiedene Magazine«, sagte sie. »Herr Lüdecke ist sehr gut vernetzt und kennt Gott und die Welt.« Sie kräuselte die Lippen. »Mama meint, dass es für ihre Geschäfte gut ist, wenn ihr Foto hin und wieder in der *Gala* erscheint, deshalb hat sie ihn eingeladen.«

Sie stellte sich direkt vor ihn, ihr blumiger Duft drang in seine Nase. »Er gilt übrigens auch als Adelsexperte. In jüngeren Jahren hat er in London gelebt und ausführlich aus dem britischen Königshaus berichtet. Außerdem kennt er jeden Adligen, der in Deutschland Rang und Namen hat.«

Auf dem Weg nach Hause ließ Erik das Gespräch mit Elena noch einmal Revue passieren. Sie war eine interessante und auch attraktive Frau, gar keine Frage, aber er hatte noch nie mehr für sie empfunden als Freundschaft, auch wenn ihre Mutter das gerne anders sah.

17

Ein Hahn krähte in der Ferne, als Mona am nächsten Morgen in ihrem kuscheligen Bett die Augen aufschlug. Sie streckte die Arme über den Kopf und rekelte sich seufzend. Es war wirklich eine gute Idee gewesen hierherzukommen. Bestimmt waren ihre Mutter und ihre Omi schon in der Küche und bereiteten ein leckeres Frühstück vor. Die beiden waren Frühaufsteherinnen, ganz im Gegensatz zu ihr. Besonders als Schülerin war ihr das morgendliche Hochkommen schwergefallen. Meistens war sie auf den letzten Drücker in der Schule erschienen. Mona schob die Decke beiseite, tapste zum Schreibtisch und knipste die Lampe an. Sie setzte sich auf den Drehstuhl und rieb die nackten Füße aneinander. Dann öffnete sie die Mappe mit ihren Skizzen. Das Bild von Solveig mit Friedolin auf der Schulter war ihr besonders gut gelungen. *Die Eulenfrau* hatte sie es genannt. Hoffentlich ging es dem Vogel mittlerweile besser. Wenn sie wieder auf Gut Schwansee war, würde sie anhand dieser Vorlage mit einem Werk in Öl beginnen, das hatte sie sich fest vorgenommen.

Jens Iversen fuhr gerade mit dem Traktor über den Hof, als Mona nach einem ausgiebigen Frühstück das Altenteil verließ. Er hob die Hand, begrüßte sie mit einem kurzen »Moin!« und tuckerte weiter in Richtung Winterweiden. Sie ging zu dem Stall, in dem die Milchkühe gehalten wurden. Der vertraute süßliche Geruch, der ihr beim Betreten entgegenströmte, versetzte sie sofort zurück in ihre Kindheit. Sie hatte immer, wenn sie Zeit hatte, auf dem Hof mitgeholfen: Ställe einstreuen, füttern, mit den Kindern der Feriengäste spielen oder Ausflüge organisieren und begleiten. Oft hatte sie auch ihrer Mutter beim Kochen geholfen oder zusammen mit ihr die Ferienwohnungen geputzt, Betten bezogen oder Gäste vom Bahnhof in Flensburg abgeholt. Für sie hatte sich das alles aber nie nach Arbeit angefühlt, sondern einfach nur einen Heidenspaß gemacht.

»Mona, wie schön!« Janina, die Hofchefin, kam ihr mit weit ausgebreiteten Armen entgegen. Am Zipfel ihrer Arbeitsschürze hing ein rotwangiger Junge, dessen strohblondes Haar unten aus seiner zu großen Mütze quoll. Nachdem sich die Frauen herzlich umarmt hatten, zeigte sie auf ihren Sohn. »Kennst du eigentlich schon unseren Jüngsten?« Mona schüttelte den Kopf, kniete sich vor ihm hin und reichte ihm die Hand. »Na, wie heißt du denn?«

Statt einer Antwort verzog er das Gesicht, wandte sich ab und streckte die Hände hoch. »Arm!«

Janina zog den Jungen auf ihre Hüfte. »Nimm's nicht persönlich, Torben fremdelt zurzeit.«

Mona stand wieder auf und lächelte. »Kein Problem.« Sie deutete mit dem Kopf auf den riesigen Berg Silage auf der Stallgasse. »Kann ich dir helfen?«

»Das wäre wirklich super.« Janina hielt ihr eine Mistgabel entgegen. »Du weißt ja, wie es geht.« Sie schnupperte an der Hose ihres Sohnes und rümpfte die Nase. »Dieser junge Mann braucht nämlich eine frische Windel.«

Mona blieb einen Moment an ihr Arbeitsgerät gelehnt stehen und schaute den beiden nach, bis sie verschwunden waren. Dann machte sie sich an die Arbeit und verteilte die Silage an die rund dreißig Kühe, die schon erwartungsvoll ihre Köpfe durch die Abtrennung steckten, denn die Tiere liebten das durch Gärung entstandene Grünfutter sehr. Mona hatte ein besonderes Faible für die Schwarzbunten, die sie mit ihren großen Augen anblickten. Die Wiederkäuer strahlten so etwas Gemütliches und Zufriedenes aus. Die Tiere konnten sich bei der Familie Iversen frei bewegen, in mit Stroh ausgefüllten geräumigen Laufställen, und kamen sogar jetzt im Winter auf die Weide. Mona wusste, dass das in vielen Milchviehbetrieben in Schleswig-Holstein anders war. Dort gab es in den Ställen zwar auch mindestens einen Gang zum Herumlaufen, aber die Kühe ruhten in Liegeboxen, die oft nur mit Matten oder Sägespänen ausgelegt waren, wodurch die Tiere leicht Druckstellen bekamen oder sich an den Gelenken verletzten.

Nachdem Mona die Silage verteilt hatte, nahm sie einen Besen in die Hand und fegte ruckzuck die Gasse. Sie besuchte den Stall mit den hundert Mastschweinen, die ebenfalls auf Stroh gehalten wurden und auch nach draußen konnten. Dort gab es mehrere Schlammkuhlen, in denen sich die Tiere ausgiebig suhlten.

Nach ihrem ersten Rundgang schnappte Mona sich ihr altes Fahrrad, das im Schuppen für die landwirtschaftlichen Geräte untergebracht war, und radelte auf dem Auweg in Richtung Ostsee. Zwischendurch hielt sie an und schickte ihrer Mutter eine WhatsApp-Nachricht, dass sie spätestens zum Mittagessen wieder zu Hause sein würde.

Ein kalter Gegenwind erschwerte die Fahrt, aber sie trat ordentlich in die Pedale und genoss die Bewegung in der frischen Luft. Sie bog in die Haffstraße ab, bis sie nach einer knappen halben Stunde schließlich Westerholz erreichte. Mona stellte ihr Fahrrad auf der Wiese ab und schlenderte hinunter zum Naturstrand. Zu ihrer Linken sah sie das in Schwedenrot gestrichene Häuschen der DLRG. Wenn man der Promenade weiter folgte, gelangte man nach Langballigau, wo Besucher im Sommer Strandkörbe mieten konnten und es auch Cafés, Restaurants, Fisch- und Eisbuden gab. Bei Familien war dieser Strandabschnitt daher besonders beliebt. Mona überquerte den teilweise steinigen Sand, bis sie die Wasserkante erreicht hatte. Die Hände tief in die Taschen vergraben, ließ sie den Blick über die Flensburger Förde schweifen. Nebelschleier lagen über dem Wasser, trotzdem konnte Mona die dänische Halbinsel Kegnæs deutlich erkennen. Sie schloss die Augen, atmete tief durch und ließ das Rauschen der Wellen auf sich wirken. Herrlich! Erst jetzt wurde ihr klar, wie sehr sie die Ostsee und den Strand vermisst hatte. In Hamburg gab es auch viele Möglichkeiten, ans Wasser zu kommen. Hunderte Kanäle, auch Fleete genannt, durchzogen die Stadt, und an der Außen- und Binnenalster fand man zu jeder Jahreszeit ein lauschiges Plätzchen. Das alles konnte jedoch nicht das Meer ersetzen, und zum ersten Mal, seit sie wieder in ihrer alten Heimat war, empfand sie ihre Entscheidung, wieder hierherzukommen, als hundertprozentig richtig.

Mona lief weiter in Richtung Steilküste, bis sie zu dem aus Holz gezimmerten Badesteg gelangte, der die Attraktion dieses Strandabschnittes war. Dort hatte sie immer mit ihren Freundinnen die Beine baumeln lassen, bis es irgendwann zu heiß wurde und sie über die zwei Treppen direkt ins Wasser springen konnten.

Der Benachrichtigungston ließ sie aufhorchen. Sie hatte Erik ihre Handynummer gegeben, deshalb machte ihr Herz einen kleinen Sprung. Es war aber ihre Mutter, die ihr ein Foto von ihrem Lieblingsgericht geschickt hatte – Pfannkuchen mit selbst gemachtem Apfelmus. »Essen ist fertig!«

Knapp eine Stunde später kostete Mona die im Ofen warm gehaltene Mehlspeise, während die Augen ihrer Mutter und ihrer Omi erwartungsvoll auf sie gerichtet waren. »Einfach nur köstlich«, sagte sie seufzend, woraufhin die beiden Frauen zufrieden nickten und sich ebenfalls ihrem Mittagessen widmeten. Als sie fertig waren, schickte Mona die beiden raus. »Ihr könnt euch jetzt ausruhen, den Rest erledige ich.«

Mona band sich eine Schürze um, trug das Geschirr ab und spülte es mit der Hand. Drei Pfannkuchen, die übrig geblieben waren, deckte sie mit einem Wachstuch ab und stellte den Teller in den Kühlschrank. Anschließend wischte sie den Tisch, den Herd und die Arbeitsflächen, fegte den Küchenboden und hängte die Handtücher an die dafür vorgesehenen Haken. Durch das Fenster sah sie, dass ihre Mutter im Garten war, in dem es jetzt im Winter natürlich nicht viel zu tun gab. Spätestens im Februar, wenn die Schneeglöckchen und Krokusse ihre Köpfe durch die frisch geharkte Erde steckten, würde sich die Fläche hinter dem Altenteil dank ihres grünen Daumens von einer Woche zur anderen in ein blühendes Paradies verwandeln.

Mona ging nach oben und holte das Heft hervor, in dem die Zahlungen von Eriks Mutter notiert waren. Sie hatte das Gefühl, dass jetzt der richtige Zeitpunkt gekommen war, um das Thema anzusprechen.

Ihre Mutter saß auf dem Sofa, als sie die Stube betrat. »Mona, wie schön!« Sie klopfte auf den Platz neben sich. »Setz dich zu mir.«

Ihre Augen weiteten sich, als ihr Blick auf das Heft fiel, das sie in den Händen hielt. »Wo hast du das her?«

Mona deutete mit dem Kopf zum Bücherregal. »Ich habe es durch Zufall gefunden.« Sie blickte ihrer Mutter, auch wenn es schwerfiel, direkt in die Augen. »Wieso hast du von Gräfin Bardelow achtzehn Jahre lang Geld bekommen?«

Mona bemerkte, dass sich die Wangen ihrer Mutter röteten, aber sie antwortete nicht, sondern presste stattdessen die Lippen aufeinander. »Du hattest nicht das Recht, es einfach mitzunehmen«, presste sie schließlich hervor. Sie faltete die Hände in ihrem Schoß. »Ich habe schon ewig danach gesucht.«

»Das beantwortet aber nicht meine Frage«, erwiderte Mona mit Nachdruck. »Die Zahlungen beginnen in meinem Geburtsjahr und enden, als ich achtzehn geworden bin.«

»Das Geld hat sie freiwillig gezahlt«, erwiderte ihre Mutter und verschränkte die Arme vor der Brust. »Ich habe die Gräfin nicht dazu aufgefordert.«

»Aber dafür musste es doch einen Grund gegeben haben. Waren das etwa Unterhaltszahlungen?« Mona spürte, wie ihre Stimme zitterte. Fast bereute sie es schon, das Thema überhaupt angesprochen zu haben.

Ihre Mutter drehte sich zu ihr. »Warum kannst du die Vergangenheit nicht einfach ruhen lassen?« In ihrer Stimme schwang Verzweiflung mit, und so wagte Mona es nicht, noch weiter auf dieser Angelegenheit herumzureiten, jedenfalls fürs Erste. Sie seufzte und presste den Rücken an die Lehne des Sofas. Bald würde sie aber eine

Antwort einfordern, nahm sie sich fest vor, denn diese war sie ihr nach all den Jahren wirklich schuldig. Eine Weile schwiegen sie. Draußen regnete es mittlerweile heftig, der Wind peitschte die Tropfen gegen die Scheibe. Schließlich streckte ihre Mutter die Hände zu ihr aus. »Wir waren doch ein wunderbarer Frauenhaushalt – du, Oma und ich, oder? Wir sind immer gut ohne einen Mann ausgekommen, oder?« Ein zaghaftes Lächeln huschte über ihr immer noch jugendlich wirkendes Gesicht. »Ich finde, das sollte auch so bleiben.«

»Dann erzähl mir wenigstens, woher du die Frau kennst«, sagte Mona.

»Ich habe auf dem Gut der von Bardelows als Hauswirtschafterin gearbeitet«, erwiderte ihre Mutter zögernd.

»Warum hast du mir nie davon erzählt?«

Die Miene ihrer Mutter war unergründlich. »Ich war dort nur ein paar Monate beschäftigt«, erwiderte sie mit einer abwehrenden Handbewegung. »Diese Zeit war wirklich nicht der Rede wert.«

Als Mona um 22 Uhr hoch in ihr Zimmer ging, fühlte sie sich erschöpft. Der Tag war schön, aber auch anstrengend gewesen. Besonders die Radtour zur Ostsee hatte an ihren Kräften gezehrt. Erleichtert streckte sie sich auf ihrem Bett aus und zog die Decke bis zur Brust. Nur ihre kleine Lampe, die auf dem Nachttisch stand, erhellte das Zimmer. Das Gespräch mit ihrer Mutter ging ihr einfach nicht aus dem Kopf. Wie konnte man nur so stur sein? Natürlich hatte sie eine schöne Kindheit gehabt hier in Dollerup, und im Grunde hatte ihr ein Vater auch nie gefehlt. Trotzdem hätte sie ihn, wenn er noch lebte, gerne einmal kennengelernt.

Sie stammte schließlich von ihm ab, hatte vielleicht bestimmte Charaktereigenschaften oder Fähigkeiten von ihm geerbt. Ein paar Tage nachdem sie zehn Jahre alt geworden war, hatte sie ihre Geburtsurkunde mit dem Satz »Vater unbekannt« auf dem Schreibtisch ihrer Mutter entdeckt. Mona hatte sich zunächst nicht getraut nachzufragen, was das zu bedeuten hatte, aber die zwei Worte kreisten seitdem immer wieder in ihrem Kopf herum. Später hatte sie ihre Mutter häufig darauf angesprochen, aber nie eine zufriedenstellende Antwort erhalten. Es war zum Verrücktwerden! Ihre Gedanken wanderten zurück zu dem Essen mit Erik, der nur wenig von seiner Familie erzählt hatte. Er hatte noch eine Schwester, die Viktoria Cecilia hieß, aber von allen nur Viky genannt wurde. Wenn ihre Mutter auf dem Anwesen der von Bardelows gearbeitet hatte, war sie sicher auch seinem Vater Hektor des Öfteren begegnet. Mona lief plötzlich ein kalter Schauder über den Rücken. Wäre es möglich, dass ihre Mutter mit diesem Mann tatsächlich – wie sie schon vermutet hatte – eine Affäre gehabt hatte und sie selbst das Ergebnis war? Mona presste die Lippen aufeinander. Wenn das stimmte, wären sie und Erik tatsächlich verwandt.

18

Am Ende des Kiesweges erhob sich das Herrenhaus seiner Familie. Der rote Backstein leuchtete, und die imposante Treppe, die sich nach oben hin verjüngte, war ein echter Hingucker. Die Rahmen der Sprossenfenster waren weiß gestrichen, und eine Schleswig-Holstein-Fahne, die an dem zweimal abgeknickten Dach befestigt war, flatterte im Wind. Zu dem Anwesen gehörten auch rund zweihundert Hektar Land, das überwiegend extensiv bewirtschaftet wurde. Eine Herde Galloways hielt die Wiesen kurz und sorgte dafür, dass die Büsche, Stauden und der Rasen nicht unkontrolliert wucherten.

Sein Vater Hektor verdiente sein Geld mittlerweile in erster Linie als Immobilien- und Anlageberater. Darüber hinaus hatten seine Eltern in einem Nebengebäude komfortable Ferienwohnungen errichtet und boten unter dem Slogan »Wellness verpflichtet« einen exklusiven Urlaub auf ihrem Anwesen an. Aus diesem Grund hatten sie auch eine Reithalle neben den Stallungen gebaut, damit die Gäste ihre Pferde mitbringen konnten. Außerdem hatten sie in einer ehemaligen Scheune einen Saunabereich eingerichtet. Nach dem Schwitzen konnten die Urlauber sich in dem ebenfalls neu angelegten Schwimmteich abkühlen. Das Angebot kam unglaublich gut an, vor allem Gäste aus Städten wie Berlin, Frankfurt und München verbrachten ihre freie Zeit auf dem Anwesen seiner Familie, zumal seine Mutter einen exquisiten Familienanschluss bot, also die Gäste in ihr privates Leben miteinbezog. Besonders beliebt waren Veranstaltungen wie Weinverkostungen, Lesungen oder Präsentationen exklusiver Modelabels im Gartensaal.

Die Unternehmungen seiner Eltern hatten allerdings zu erheblichen Konflikten mit der Familie Cornelius von Gut Schwansee geführt. Vor allem der älteste Sohn Nathan hatte sich maßlos darüber geärgert, dass seine Familie ihm Konkurrenz machte. Das Verhältnis zu ihren unmittelbaren Nachbarn war ohnehin problematisch, der Grund dafür lag in der Vergangenheit. Den von Bardelows hatte nämlich Gut Schwansee bis in die Fünfzigerjahre gehört. Aber sein Großvater, Gregor Philipp, war ein Spieler und Lebemann gewesen und hatte das gesamte Vermögen der Familie in kürzester Zeit durchgebracht. Deshalb mussten sie damals das Gut an Artur Cornelius verkaufen, der mit seiner Frau Lydia mittlerweile in einem Seniorenheim in Eckernförde lebte.

Erik liebte das knirschende Geräusch, das entstand, wenn er die Kiesauffahrt seines Elternhauses hinaufging. Kaum hatte er den Fuß auf die Treppe gesetzt, öffnete sich auch schon die schwere Eichentür, und seine zierliche Mutter Beatrice breitete die Arme aus. »Erik, wie schön!«

Sie nahm seinen Mantel in Empfang. »Hast du Lust auf einen Tee?«

»Sehr gern, den könnte ich jetzt wirklich gut brauchen.« Er rieb die Hände aneinander. »Ganz schön kalt draußen.« Erik folgte ihr in die Küche, in deren Mitte ein langer Tisch stand, an dem er und sein Schwester Viky oft ihre Schularbeiten erledigt hatten. »Ist Papa auch da?«

Seine Mutter schob ihm eine Tasse und den Teller mit Keksen entgegen. »Nein, er ist mit dem Hund raus, müsste aber bald wieder zurück sein.«

Der frisch aufgebrühte Darjeeling schmeckte köstlich. Erik wusste, dass seine Eltern den Tee von einem Bekannten aus Potsdam bezogen, der den First Flush direkt aus Indien importierte. »Wie geht es dir?«, fragte ihn seine Mutter. »Läuft die Kanzlei?« Seine Mutter war damals nicht begeistert gewesen, als er der renommierten Kanzlei Fuchs & Berger den Rücken gekehrt hatte, um sich selbstständig zu machen. Das war wahrscheinlich der Grund, warum sie immer nachfragte, wenn sie sich sahen.

»Alles bestens«, erwiderte er. »Ich soll euch von Judith grüßen.«

»Das ist aber nett.« Seine Mutter nippte an ihrer Tasse. »Hat sie den Tod von Gustav denn einigermaßen überwunden?«

»Du kennst sie doch, sie hält sich tapfer.«

»Ich habe gehört, dass es mit dem Testament Probleme gibt?«

»Nicht direkt«, erwiderte Erik ausweichend, denn auch im Kreis seiner Familie fühlte er sich an die Schweigepflicht gegenüber seinen Klienten gebunden. Doch dann entschied er sich, seine Mutter zumindest in Ansätzen über sein Mandat zu informieren. »Gustav hat seiner Lebensgefährtin«, er vermied das Wort *Geliebte* absichtlich, »sein Haus auf Sylt vererbt. Außerdem soll sie jeden Monat eintausend Euro erhalten.«

Seine Mutter stellte die Tasse ab. »Davon wusste ich gar nichts. Wie heißt diese Frau denn?«

»Mona Linau«, erwiderte Erik. »Sie war seine Studentin und später auch Meisterschülerin und lebte mit ihm in einer Wohnung in Winterhude.« Er griff sich einen Keks und biss ein Stück davon ab. »Ich habe das Vermächtnis im Namen von Judith, Elena und Frederik angefochten, es wird wohl zum Prozess kommen.« Seine Mutter nickte, sagte aber nichts. Erik hatte das Gefühl, als ob sie mit ihren Gedanken ganz woanders war. »Beschäftigt dich irgendetwas?«, fragte er schließlich.

»Nein, überhaupt nichts«, antwortete sie eine Spur zu schnell. »Schmeckt dir der Tee?«

»Ausgezeichnet.«

Für einen Augenblick hingen die Worte in der Luft, aber dann wurde die nur angelehnte Küchentür aufgestoßen, und Barko kam schwanzwedelnd hereingestürmt. Der Deutsch Kurzhaar legte die feuchte Schnauze zwischen Eriks Beine, der ihn ausgiebig am Kopf kraulte. Als sein Vater kurz darauf erschien und dabei den Geruch nach feuchter Erde und Gras in die Küche trug, erhob sich Erik. Sie klopften sich gegenseitig auf die Schulter, dann zog er mit seinen verdreckten Fingern am Reißverschluss der abgewetzten Barbourjacke. Erik vermutete, dass er einen Rundgang zu den Weiden gemacht und mit Sicherheit den einen oder anderen Zaunpfahl zurechtgerückt hatte. Seine Mutter warf ihm einen mahnenden Blick zu, woraufhin er kurz nickte, wieder den Raum verließ, kurz danach nur im Pullover und mit blitzsauberen Händen zurückkehrte und nun ebenfalls ein Tasse Tee bekam.

Etwas später zogen sich Erik und sein Vater mit einem kleinen Glas Scotch ins Büro, das ehemalige Kontor des Gutes, zurück. Nachdem Hektor ein weiteres Scheit Holz in den Kamin gelegt hatte, nahmen sie beide auf den Sesseln davor Platz. Im stillen Einvernehmen betrachteten sie die knisternden Flammen und hingen ihren Gedanken nach. Barko war ihnen gefolgt und machte es sich auf dem abgewetzten Perserteppich gemütlich, indem er sich lang hinlegte, die Vorderbeine kreuzte und seinen Kopf ablegte. Ein paar Sekunden später war er eingeschlafen und schnarchte leise. Sein Vater lachte auf. »Na, da ist aber einer müde.«

Dann unterhielten sie sich über ihre Arbeit. Hektor erzählte, dass er kurz davor war, ein altes Rittergut in Mecklenburg-Vorpommern an einen Investor aus Köln zu verkaufen. »Der will daraus ein exklusives Hotel machen.«

»Tourismus ist das Gebot der Stunde.« Erik streckte die Beine aus. »Eure Ferienwohnungen sind doch auch gut gebucht, oder?«

»Es läuft ganz ordentlich«, erwiderte sein Vater mit dem für ihn typischen Understatement. Zufällig wusste er von seiner Mutter, dass alle Wohnungen bereits für das kommende Jahr gebucht waren, zumindest in der Saison ab den Osterferien. Angesichts der Tatsache, dass die Räumlichkeiten erst vor einem Jahr fertiggestellt worden waren, konnte man durchaus von einem Erfolg des Konzeptes »Wellness verpflichtet« sprechen.

»Die Investitionen waren jedenfalls beachtlich«, grummelte sein Vater, woraufhin Barko kurz den Kopf hob und ein Ohr aufrichtete.

»Ihr habt aber dafür auch etwas richtig Gutes bekommen«, erwiderte Erik und nippte an seinem Glas.

»Für das Geld, das dieser Hamburger Architekt dafür kassiert hat, kann man das ja wohl auch erwarten.« Sein Vater sprang aus dem Sessel, griff sich ein weiteres Stück Holz und legte es in den Kamin.

Erik nutzte den Moment, um endlich das Thema anzusprechen, das ihm die ganze Zeit auf der Seele brannte. »Kennst du eigentlich Herman Lüdecke?«

Hektor, der mittlerweile wieder in seinem Sessel saß, antwortete zunächst nicht. Erik ließ kurz den Blick von der Seite über das Gesicht seines Vaters gleiten. Sein rechter Mundwinkel zuckte leicht, ansonsten wirkte er unbeeindruckt. »Nee, kenne ich nicht.« Er faltete die Hände und drückte sie aneinander, bis die Gelenke leise knackten. »Wieso fragst du?«

Erik erzählte ihm in bewusst neutralem Ton von der Begegnung mit dem Adelsexperten auf Judiths Geburtstagsfeier. Er deutete auf das Muttermal unterhalb seines rechten Ohrläppchens. »Er sagte, dass er mich daran erkannt habe.«

Sein Vater zuckte mit den Schultern. »Na und? Das hast du seit deiner Geburt.«

»Er sprach von einem schlimmen Ereignis, das ich mit dir – also meinem Vater – erlebt haben soll. Hast du eine Ahnung, was er damit gemeint haben könnte?«

»Nein, aber warum hast du ihn nicht einfach gefragt?«

Erik seufzte. »Unser Gespräch wurde unterbrochen. Später habe ich ihn nicht mehr gefunden.«

Sein Vater machte eine abwehrende Handbewegung. »Diese Schreiberlinge sind doch alle gleich. Schlag mal irgendeine Zeitung auf, da steht fast überall nur Blödsinn drin.«

Sie wechselten das Thema, und als seine Mutter sie zum Abendessen rief, kehrten sie in die Küche zurück. Sie bot ihm an, doch zu Hause zu übernachten, aber Erik winkte ab. »Das ist lieb von dir, aber ich muss morgen früh raus.«

Auf dem Weg nach Eckernförde drehten sich seine Gedanken um das Gespräch mit seinem Vater. Er wurde das Gefühl nicht los, dass er ihm etwas verschwiegen hatte.

Sie hatten normalerweise ein offenes und von gegenseitiger Wertschätzung geprägtes Verhältnis. Natürlich hatte es auch schwierige Phasen gegeben, aber er hatte sich immer mit seiner Familie verbunden gefühlt und auch den Respekt genossen, der ihnen in der Öffentlichkeit entgegengebracht wurde. Schließlich ließ sich der Stammbaum der Familie von Bardelow bis ins Mittelalter zurückverfolgen. Sie gehörten zur Schleswig-Holsteinischen Ritterschaft, deren berühmteste Tat der Vertrag von Ripen war, der am 5. März 1460 mit König Christian I. von Dänemark geschlossen wurde. »Auf ewig« sollten Schleswig und Holstein ungeteilt zusammenbleiben: »... dat se bliven ewich tosamende ungedelt.« Es gab wohl kaum einen Schleswig-Holsteiner, der diesen Satz nicht kannte. Zumindest, was die Generation seiner Eltern betraf. Sehr oft hatte sich zudem sein Name als Türöffner erwiesen, zumal er kurz nach Beendigung des Studiums auch noch den Doktor der Rechtswissenschaft erworben hatte.

Erik war froh, als er endlich zu Hause ankam. Es war ein anstrengender Tag gewesen, und er freute sich, endlich in den heimischen vier Wänden zu sein. Er hängte den Mantel an die Garderobe, ging ins Schlafzimmer und zog sich um. Normalerweise würde er jetzt noch ein wenig an der Küste entlangjoggen, aber es war bereits stockdunkel, und außerdem hatten die Temperaturen mittlerweile den Gefrierpunkt erreicht. Vierzig Minuten auf dem Laufband waren genauso gut. Er wählte seine Lieblingsplaylist auf Spotify und legte los, als der erste

Titel über die mobile Lautsprecherbox erklang, die er in die Ecke gestellt hatte: *Eye oft the tiger* von *Survivor*. Der Song war zwar uralt, gab ihm aber immer den richtigen Kick, um mit dem Training zu starten. Erik lief sich die ersten fünf Minuten erst einmal warm, dann wählte er eine vierprozentige Steigung und erhöhte das Tempo. Nach dieser Intervalleinheit kam wieder eine lockere Phase. Heute gelangen ihm acht Wiederholungen, und damit war er mehr als zufrieden. Er joggte langsamer, bis sich seine Herzfrequenz wieder normalisiert hatte. Danach übte er ein paar gerade Schläge am Boxsack und ließ es für heute gut sein.

Er warf sich ein Handtuch über die Schultern, ging in die Küche, füllte sich ein großes Glas mit Wasser aus dem Hahn und trank es in einem Zug aus. Nachdem Erik geduscht hatte, zog er sich eine frische Jogginghose und ein T-Shirt über. Barfuß ging er ins Wohnzimmer, setzte sich aufs Sofa und streckte die Beine aus. Er griff nach der Fernbedienung, rief Netflix auf und zappte sich durch das Serienangebot. Erik fragte sich, ob sein Vater ihm etwas aus seiner Kindheit verheimlichte. War irgendetwas geschehen, über das seine Eltern Stillschweigen vereinbart hatten, und wenn ja, warum? Gedankenverloren wählte er eine Blacklist-Folge der siebten Staffel aus. Vielleicht hatte sein immer wiederkehrender Albtraum ja wirklich damit zu tun?

Während er auf den Bildschirm starrte, flackerte die Erinnerung an das Treffen mit Mona auf. Früher hätte er nach so einem Abend die Frau mit Sicherheit nicht einfach zu Hause abgesetzt, sondern wäre mit ihr im Bett gelandet. Komischerweise hatte er nicht einen Moment über diese Möglichkeit nachgedacht, als sie dicht neben ihm im Auto saß und seine Nerven vibrieren ließ. Sie zog ihn geradezu magisch an mit ihren großen Augen, den langen Wimpern, ihrer grazilen Figur und dem geheimnisvollen Lächeln. Erik hatte den Eindruck, dass ihre Schönheit für sie überhaupt nicht wesentlich war, und das nahm ihn noch mehr für sie ein. Er spürte ein Ziehen in der Brust und musste feststellen, dass er dagegen überhaupt nichts tun konnte. Doch seine Gefühle durften ihm jetzt nicht den Blick fürs Wesentliche verschleiern. Er hatte die Klage gegen sie beim Nachlassgericht eingereicht, und er ging fest davon aus, dass es demnächst zu einem Termin kommen würde. Dann würde er beweisen müssen, dass sich Mona ihr Erbe durch sexuelle Gefälligkeit erschlichen hätte. Natürlich konnte er das Mandat noch niederlegen, aber das widersprach seiner Berufsehre. Nein, er musste da jetzt durch, und er wusste, dass er dazu in der Lage war. Es war kein Problem für ihn, sich nur auf seinen Verstand zu konzentrieren und alles andere auszublenden. Außerdem liebte er seinen Beruf. Nachdem er lange nicht gewusst hatte, ob er studieren oder doch lieber eine Ausbildung machen sollte, hatte ihn ein Bekannter mit zu einer Vorlesung geschleppt. Es ging um das Zustandekommen eines Kaufvertrages durch Angebot und Annahme. Eigentlich etwas ganz Alltägliches, jedoch ergaben sich aus diesem kleinen juristischen Bereich unendlich viele Varianten und Probleme. War es möglich, ein Angebot durch Schweigen anzunehmen? Oder eventuell durch eine bestimmte Handlung? Erik war sofort in seinem Element gewesen, und bereits am nächsten Tag bewarb er sich für einen Studienplatz.

Er durchlief das Studium ohne große Probleme, ganz im Gegensatz zu den meisten seiner Mitstudenten, die etwas vollkommen anderes erwartet hatten und schon nach wenigen Monaten wieder aufgaben. Für ihn war die Rechtswissenschaft eine Offenbarung, und das hatte sich bis heute nicht geändert. Gesetze regelten das Leben miteinander und entfalteten ihre Wirkung vor allem dann, wenn es Probleme zwischen Menschen, Unternehmen oder auch Staaten gab. Deshalb waren die Vorschriften als Basis für alle zwischenmenschlichen Beziehungen unverzichtbar, davon war er felsenfest überzeugt.

Erbschaften waren besonders streitträchtig, das war jedenfalls seine Erfahrung und auch die vieler seiner Kollegen, die Fachanwälte im Erb- und Familienrecht waren. Oft fühlten sich Hinterbliebene vom Erblasser ungerecht behandelt oder nicht genügend wertgeschätzt. Dabei ging es nicht immer nur ums Geld. Auch Möbel, Schmuck, Gemälde oder gerahmte Fotografien konnten Streitigkeiten auslösen, die verbittert bis zur letzten Instanz ausgefochten wurden. Erik hoffte, dass es in diesem Fall nicht so weit kommen würde. Er nahm sich jedenfalls vor, sein Bestes zu geben, um die Rechte von Judith und ihren Kindern zu verteidigen. Nur eine Sache gefiel ihm dabei überhaupt nicht: Er musste davon ausgehen, dass Mona ihn danach hasste.

19

Mona blinzelte und zog sich die Decke bis über die Ohren. Sie fror, obwohl sie mit einer Jogginghose und dicken Wollsocken ins Bett gegangen war. Ihr Herz machte einen Sprung, als sie die digitale Anzeige ihres Weckers erblickte. Es war schon nach acht Uhr, sie würde sich hoffnungslos verspäten. Dann fiel ihr ein, dass heute Sonnabend war – Wochenende! Erleichtert drehte sie sich auf die Seite zum Fenster. Es war heller als sonst und noch stiller. Sie richtete sich auf, hopste aus dem Bett und zog die Gardinen beiseite. Auf der Scheibe hatten sich Eisblumen gebildet, große und kleinere, die sich nach allen Seiten verzweigten und zu einem großen Kunstwerk zusammengewachsen waren. Mona ließ die Finger über die Fläche gleiten, wodurch ein kleiner Teil auftaute. Sie drückte die Nasenspitze gegen das Glas: Es hatte geschneit! Noch immer fielen dicke, weiße Flocken vom Himmel und verwandelten den Park vor ihrem Haus in eine Wintermärchenlandschaft. Ein warmes Kribbeln breitete sich von Monas Schulter über den Rücken bis zu ihren kalten Füßen aus.

In wenigen Minuten war sie wintertauglich angezogen.

Sie trug ihre alte Skihose, einen dicken Pullover, eine Winterjacke und natürlich ihre Lieblingsmütze. Mona öffnete die Tür und hielt erschrocken die Luft an. Es war wirklich eiskalt. Sie nestelte die Handschuhe aus der Tasche, steckte stattdessen den Haustürschlüssel hinein und lief mit dem Gesicht zum Himmel gerichtet durch den Schnee. Flocken fielen auf ihre herausgestreckte Zunge und schmolzen in Bruchteilen von Sekunden zu Wasser, das ein wenig nach Eisen schmeckte.

»Huhu!«

Mona zuckte zusammen und sah die Umrisse von zwei Personen, die langsam auf sie zusteuerten.

»Mona, wir sind's!« Es waren Sina und Leni, die einen Schlitten hinter sich herzogen. Die drei Frauen begrüßten sich überschwänglich. »Ist das nicht der Hammer?«, fragte Sina und knuffte ihr in die Seite. »Wir wollen in den Wald.«

Leni kramte ein Taschentuch aus ihrem Mantel und putzte sich die Nase. »Dort ist ein kleiner Hügel.« Ihre Augen leuchteten. »Da kann man super runterrodeln. Hast du nicht Lust mitzukommen?«

Kurze Zeit später stapften die drei Frauen über den Feldweg, der das Wäldchen vom Strand von Waabs abgrenzte. »Hier bin ich mit Nathan entlanggeritten, nachdem wir uns kennengelernt haben«, sagte Leni, die den Schlitten zog. Sie erzählte, wie er sie danach, als sie die Ostsee erreicht hatten, auf die Probe gestellt hatte. »Ich hatte Lino, der ist eigentlich ganz lieb, aber als wir im Wasser waren, hat er versucht, sich hinzulegen.«

Sina, die ihre Mütze tief in die Stirn gezogen hatte, nickte grinsend. »Das macht er immer, und das wusste Nathan natürlich genau.«

»Du sagst es«, erwiderte Leni, während sie sich den Schal noch enger um den Hals wickelte. »Ich bin jedenfalls klitschnass geworden.«

Mona schmunzelte. »Was sich neckt, das liebt sich!«

Sina deutete auf einen schmalen, schneebedeckten Pfad: »Da geht's lang.« Abwechselnd zogen sie den Schlitten durch den Wald, bis sie eine Senke erreichten, die von unberührtem Schnee bedeckt war. Am Rande standen Laubbäume, deren Blätter weiße Häubchen hatten. Andächtig blieben die Frauen stehen und schauten nach oben. »Das ist wirklich wie im Märchen«, sagte Mona schließlich leise, woraufhin ihre neuen Freundinnen nickten. Sina schob den Schlitten an den Rand und setzte sich mit gespreizten Beinen darauf. »Vorbei mit der Ruhe, jetzt wird gerodelt!«

Sie stemmte ihre Stiefel in den Schnee, umfasste das Zugseil mit beiden Händen und stieß sich mit voller Kraft ab. Jauchzend schoss sie die Anhöhe in wenigen Sekunden hinunter, denn die Abfahrt war nur etwa zwanzig Meter lang. Sina drehte sich lachend um. »Nicht schlecht für einen Flachlandtiroler, oder? Wer will als Nächste?«

Die drei Frauen rodelten einzeln, zu zweit und zum

Schluss sogar zu dritt den Hügel hinunter und hatten einen Mordsspaß. Mona konnte sich gar nicht mehr erinnern, wann sie das letzte Mal Schlitten gefahren war, es musste eine kleine Ewigkeit seitdem vergangen sein. Es war herrlich – das war wirklich einmal ein Dezember, wie es sich gehört!

Durchgefroren und durchnässt, aber rundherum glücklich erreichten sie nach ihrem Ausflug die Toreinfahrt von Gut Schwansee. Paul war gerade dabei, mit einer elektrischen Fräse den Hof und die Wege vom Schnee zu befreien. Die gefütterte Schneehose schlackerte ihm um die Hüften, hielt aber dank eines breiten Gürtels, der die sonst für ihn üblichen Hosenträger ersetzte.

Mona verabschiedete sich von Sina und Leni. »Vielen Dank, dass ihr mich mitgenommen habt. Das hat total Spaß gebracht.«

Sina wedelte mit der Hand. »Das ist doch selbstverständlich, du gehörst doch jetzt zu uns.«

Mona wollte sich schon umdrehen, aber Leni hielt sie am Ärmel fest. »Morgen geht es los mit den Vorbereitungen für unseren Weihnachtsmarkt. Hast du nicht Lust mitzuhelfen?«

Mona zögerte einen Moment, denn eigentlich hatte sie sich vorgenommen, mit dem Porträt von Solveig zu beginnen, aber als sie die erwartungsvollen Gesichter der beiden Frauen bemerkte, nickte sie. »Na klar, sehr gern!«

Als Mona die Tür zu ihrer warmen Wohnung öffnete, merkte sie erst richtig, wie durchgefroren sie war. Ihr Blick fiel auf das Schreiben von Erik, das er ihrem Anwalt geschickt hatte, nachdem Dr. Wildner in ihrem Auftrag auf die Klageschrift reagiert hatte. Stirnrunzelnd zog sie im Flur die Stiefel aus und stellte sie auf ein paar Lagen Zeitungspapier. Der Ton zwischen den beiden Anwälten war schärfer geworden, und Mona war nun klar, dass Erik die Interessen der Familie Adomeit ohne Rücksicht auf sie vertreten würde. Sie wusste nicht, ob sie wütend oder traurig sein sollte, und wollte nicht daran denken, inwieweit sich all das auf ihre private Beziehung auswirken würde. Wahrscheinlich würden sie sich nach dem Prozess einfach aus dem Wege gehen. Mona schob diese trüben Gedanken jedoch energisch beiseite, denn sie freute sich sehr, dass Leni und Sina an sie gedacht und sie zum Rodeln eingeladen hatten. Die beiden waren wirklich supernett und so herrlich unkompliziert.

Mit anderen Frauen hatte sie oft Probleme, nur mit Vivian nicht, aber sie hatten sich ja schließlich auch schon als Kinder in der Grundschule kennengelernt. Sie war ihre beste Freundin, und Mona empfand ihre unkomplizierte und selbstverständliche Beziehung als großes Geschenk. Auch wenn sie sich längere Zeit nicht treffen konnten, fühlte sich ein Wiedersehen mit Vivian niemals fremd an, und sie konnten immer sofort an ihre Gespräche anknüpfen.

Andere Frauen hingegen sahen in ihr wohl in erster

Linie eine Konkurrentin, besonders während des Kunststudiums hatte sie kaum Anschluss zu ihren Mitstudentinnen gefunden. Zunächst hatte sie sich mit Jenny angefreundet, und das war zu Beginn auch wirklich schön gewesen. Sie hatten die gleichen Kurse belegt, hatten am Wochenende tolle Nächte in Hamburger Clubs verbracht oder gemeinsam Kunstausstellungen besucht. Bis Jenny begann, ihr alles nachzumachen. Zunächst war es ganz harmlos gewesen. Mona hatte sich einen roten Pullover gekauft, und ein paar Tage später trug Jenny den gleichen. Kurz darauf hatte sie sich die Haare stufig schneiden lassen, und nur einen Tag später kam ihre Freundin mit der gleichen Frisur in den Hörsaal. Damals war bei ihr das erste Mal ein mulmiges Gefühl entstanden, aber sie hatte sich nicht getraut, Jenny darauf anzusprechen. Doch so war es weitergegangen. Sie hatte sich Mini-Tattoos auf den Rippenbogen stechen lassen, kurze Zeit später besuchte ihre Freundin ebenfalls ein Studio. Dann hatte sie sich die Wimpern verlängern lassen, woraufhin Jenny nur einen Tag später ebenfalls ihre Augen auf diese Weise betonte.

Dennoch blieb ihre Freundschaft bestehen, und Mona hatte für sich beschlossen, das Ganze als vorübergehende Phase zu bewerten. Doch als Mona sich in Gustav verliebte und seine Meisterschülerin wurde, spitzten sich die Dinge zu. Jenny teilte ihr mit, dass sie ebenfalls intensive Gefühle für Gustav hegte und um ihn kämpfen würde. Zunächst hatte Mona das Ganze nicht ernst genommen, aber ihre Freundin schickte ihrem Partner E-Mails und lauerte ihm geradezu auf. Als Gustav sie eines Tages schroff abblitzen ließ, begann sie, schlimme Gerüchte zu verbreiten. Irgendwann hatte Mona dann den Kontakt mit ihr abgebrochen.

Am nächsten Morgen saß Mona am Küchentisch und blickte aus dem Fenster in den Park. In der Nacht hatte es noch weiter geschneit, und laut Vorhersage war kein Ende in Sicht. In gut drei Wochen war Weihnachten, und sie würde in diesem Jahr den Heiligen Abend zum ersten Mal seit fast vier Jahren mit ihrer Mutter und ihrer Omi verbringen. Auf der einen Seite freute sie sich auf ein heimeliges Fest in Dollerup, aber andererseits erfüllte sie diese Aussicht mit tiefer Wehmut. Gustav war nun schon über ein Jahr nicht mehr an ihrer Seite, und noch immer spürte sie tief in ihrem Herzen einen tiefen und dumpfen Schmerz. Das Weihnachtsfest im vergangenen Jahr war vollkommen an ihr vorbeigerauscht, sie konnte sich im Grunde nur noch vage daran erinnern. Der Schmerz um den Verlust von Gustav hatte noch alles überschattet. Sie hatte eine Kerze angezündet und kurz mit ihrer Mutter und mit Vivian telefoniert, aber das war auch schon alles gewesen. Mona blickte auf die Küchenuhr, die über der Tür befestigt war, und erschrak. In zwanzig Minuten musste sie beim Treffpunkt für die Helfer sein, die sich zum Aufbau des Weihnachtsmarktes bereit erklärt hatten.

Kurze Zeit später erreichte sie atemlos den Innenhof des Gutes, auf dem schon die Arbeiten für die Errichtung der Buden begonnen hatten. Mona entdeckte Sina und Leni und gesellte sich zu ihnen. In diesem Moment erschien auch Bernhard und begrüßte alle Helfer, die sich vor dem Eingang zum Herrenhaus versammelt hatten. An seiner Seite stand eine Frau, deren Haare streng zurückgekämmt waren und die mit hoch erhobenem Kopf die Ansammlung von Helfern betrachtete. Sie trug eine Barbourjacke, kniehohe Lederstiefel und hatte ein buntes Tuch um den Hals geschlungen.

Leni stieß Mona in die Seite. »Das ist Susanne, Bernhards Frau«, flüsterte sie.

Mona nickte. »Oh, alles klar«, erwiderte sie leise. Dann beugte sie sich noch näher an ihre Freundin heran. »Sie sieht irgendwie streng aus.«

Leni grinste. »Ja, das ist sie auch, aber wenn man sich von ihr nicht einschüchtern lässt, kann man mit Susanne gut klarkommen.«

Bernhard verteilte bereits die ersten Aufgaben. Die drei Freundinnen sollten zusammen mit drei weiteren Helferinnen Girlanden aus Tannenzweigen binden, mit denen die Reithalle geschmückt werden sollte, denn dort waren während der Zeit des Weihnachtsmarktes Aufführungen geplant. Mona erfuhr, dass die Eröffnung des Weihnachtsmarktes wie in jedem Jahr am dritten Advent stattfinden sollte und er bis zum Heiligen Abend geöffnet wäre. Sina erzählte ihr, dass erfahrungsgemäß besonders am letzten

Tag noch unheimlich viele Weihnachtsbäume quasi »auf den letzten Drücker« einen Käufer fänden.

Gut gelaunt machten sich die drei Freundinnen auf den Weg. Paul hatte ganze Arbeit geleistet, der gesamte Innenhof und die Wege zum Stall, dem Außenreitplatz und der Reithalle waren vom Schnee geräumt und mit Sand bestreut. Leni winkte Nathan zu, der gerade ein schwarzes Pferd mit erhobenem Schweif und geblähten Nüstern auf den Paddock führte. »Das ist Moonlight«, sagte Leni. »Er ist vom Trakehner-Verband zum Zuchthengst gekürt worden.«

Mona steckte die Hände tiefer in die Taschen. In Angeln gab es viele Pferdezüchter, vor allem von Holsteiner Pferden, deshalb war ihr das Vokabular geläufig. Sie lächelte. »Das ist ja toll! Werden denn auch hier von ihm abstammende Fohlen geboren?«

»Ja, und das wird bestimmt ganz wunderbar!«

Sie erzählte Mona, dass sie vor zwei Jahren bei der Geburt eines Fohlens der Stute Babuschka dabei gewesen war. »Ich habe es auf den Namen Blueberry getauft, süß nicht?«

In der Zwischenzeit hatten sie die Reithalle erreicht. Sina schob die Eingangstür auf. »Da wären wir.«

Sie betraten die Reitbahn, die mit ihrer Holzverkleidung und den breiten Fenstern an den Seiten modern und hell wirkte. In der Mitte war ein Tapeziertisch aufgestellt, auf dem Berge von Tannenzweigen lagen. Einige Frauen standen dort bereits und befestigten Zweige an einer Girlande, die bestimmt schon drei Meter lang war. Die drei gesellten sich zu ihnen, wurden kurz eingewiesen und legten los.

Zwei Stunden später waren sie fertig. Sie hatten die Girlanden entlang der Bande festgenagelt, und Paul hatte zudem noch eine Lichterkette hineingewunden. Er hob den Daumen, und eine Frau löschte das Licht. Im nächsten Moment leuchteten die bunten Lampen zwischen den Zweigen, und ein Raunen ging durch die Halle. Zufrieden mit ihrer Arbeit machten sich Mona, Leni und Sina wieder auf den Weg in den Innenhof. Dort hatten andere Helfer auf der Mitte der runden, weiß umzäunten Koppel gegenüber des alten Hengststalls einen bestimmt sechs Meter hohen Weihnachtsbaum aufgestellt. Bernhard, der sich in der Zwischenzeit eine gefütterte Schirmmütze mit Ohrenklappen übergezogen hatte, kam ihnen entgegen. Er hob die Hand und grinste verschmitzt, als er vor ihnen stand. »Will doch höpen, dat wi noch een beten Tiet tosammen hebt?«

Zehn Minuten später saßen Mona, Sina und Leni an einem der Holztische im Gewölbekeller, der sich unter dem Herrenhaus befand. Im offenen Kamin prasselte ein Feuer und verbreitete eine wohltuende Wärme. Der gesamte Bereich bestand aus mehreren mit roten Backsteinen gemauerten Räumen, die allesamt von dunklen Holzbalken gestützt wurden. Die Frauen hatten ihre dicken Jacken, Mützen und Schals abgelegt und hielten blaue Keramikbecher mit dem Aufdruck der Silhouette von Gut Schwansee zwischen den Händen. Mona trank den Punsch in kleinen Schlucken und ließ den Geschmack von Vanille, Sternanis und Orangenschale auf der Zunge zergehen. Sie genoss es, wie sich die Wärme mit jedem Schluck weiter in ihr ausbreitete.

Nathan und Hendrik kamen herein und setzten sich zu ihnen. Mona hatte die beiden Brüder schon kennengelernt, aber bisher hatte sie kaum etwas mit ihnen zu tun gehabt. Die beiden schälten sich aus den dicken Jacken. »Ganz schön warm hier«, sagte Nathan, der ältere der beiden. Er war bestimmt über einen Meter neunzig groß, schlank und wirkte auf sie sehr gelassen, so als könne ihn nichts und niemand aus der Ruhe bringen, während Hendrik mit den blonden Locken und hellen Augen den eher lebhaften, extrovertierten Typ verkörperte. Sie kamen sofort ins Gespräch, und Mona fühlte sich wohl in ihrer Gegenwart.

Bernhard stellte einen Teller voller Schmalzbrote auf den Tisch: »Denn wünsch ik goden App'tiet.«

Heißhungrig machten sie sich alle darüber her. Normalerweise war Mona nicht gerade ein Fan von Schmalzbroten, aber nach der Arbeit und zusammen mit dem leckeren Punsch schmeckten die Stullen einfach köstlich.

Als Mona kurze Zeit später von der Toilette zurückkam, begegnete ihr Susanne Cornelius. Bernhards Frau blieb stehen, musterte sie kurz und streckte ihr dann die

Hand entgegen. »Wir haben uns ja noch gar nicht begrüßt.«

Mona spürte, wie sie errötete. »Stimmt«, erwiderte sie mit belegter Stimme. »Nett, Sie kennenzulernen.«

»Ich hoffe, Sie haben sich schon gut eingelebt?«

»Ja, das kann man wohl sagen, mir gefällt es wirklich sehr gut hier«, erwiderte Mona, die sich unter dem kritischen Blick der Gutsherrin etwas unbehaglich fühlte.

Susanne Cornelius runzelte kurz die Stirn, doch gleich entspannten sich ihre Gesichtszüge wieder. »Das freut mich zu hören«, erwiderte sie schließlich in einem neutralen Tonfall. Dann hob sie die Hand und winkte einer Person zu, die wohl hinter Mona aufgetaucht war. »Wir sehen uns!«

Erleichtert blickte Mona Bernhards Frau hinterher, die eine ältere Dame im grünen Wollmantel überschwänglich begrüßte, und kehrte dann zum Tisch ihrer neuen Freunde zurück. Sie war froh, dass sie die längst überfällige Begegnung mit der Gutsherrin einigermaßen galant gemeistert hatte. Susanne Cornelius war sehr freundlich, doch irgendwie hatte sie Respekt vor ihr, und es war nicht das gleiche unbeschwerte Gefühl wie mit den anderen Gutsbewohnern.

Später verließen sie alle zusammen den Gewölbekeller, blieben noch einen Moment auf dem gepflasterten Bereich vor der Tür stehen und verabschiedeten sich herzlich voneinander.

Mona war schon auf dem Weg zum Park, als sie in den Taschen ihrer Jacke vergeblich nach den Handschuhen tastete, und so kehrte sie um. Sie waren ihr wohl herausgefallen, denn sie lagen tatsächlich unter dem Tisch. Als sie die Tür des Gewölbekellers wieder aufstieß, blieb sie abrupt stehen. Auf dem Vorplatz des Herrenhauses stand Erik, und sie hielt die Luft an. Einen langen Moment sahen sie sich einfach bloß in die Augen. Ohne den Blick abzuwenden, ging er schließlich auf sie zu, bis er direkt vor ihr stand.

»Ich muss mit dir reden.«

Mona schob das Kinn nach vorne. »Ich wüsste nicht, worüber.« Am liebsten hätte sie ihn einfach beiseitegeschubst, diesen scheinheiligen Rechtsverdreher.

»Ich kann verstehen, dass du wütend bist.«

Die Worte hingen zwischen ihnen, aber Mona antwortete nicht. Er wirkte auf sie ehrlich zerknirscht, aber so leicht wollte sie ihn nun auch nicht davonkommen lassen. Sein Blick ruhte jedoch unbeirrt auf ihr.

»Also?«

»Okay, aber nur kurz«, gab sie schließlich seufzend nach.

20

Die Fackeln, die auf beiden Seiten der Brücke befestigt waren, warfen Lichter auf den zugefrorenen Graben, der das Herrenhaus der Familie Cornelius umgab. Erik stand mit Mona Seite an Seite am Rand der hüfthohen Mauer. Er spürte ihre Nähe so intensiv, dass es ihm fast den Atem nahm. Sie blickten beide auf die Eisdecke, die teilweise mit glitzerndem Schnee bedeckt war, und schwiegen. Schließlich berührte er sie vorsichtig an der Schulter. »Mona …«

Blitzschnell drehte sie sich zu ihm um, und Erik hatte das Gefühl, als ob ihre Augen Feuer sprühten. »Was willst du von mir?«, fauchte sie und verschränkte die Arme vor der Brust. Erik presste die Zähne aufeinander. In seinem Kopf schwirrten Satzteile, aber als sein Blick ihre Lippen streifte, vergaß er, was er ihr eigentlich hatte sagen wollen. Mona legte den Kopf schief. »Also?«

»Du solltest die Klage nicht persönlich nehmen …«, begann er, bemerkte aber im selben Moment, dass diese Worte falsch gewählt waren. Monas Augenbrauen schnellten nach oben. »Du stellst mich als Erbschleicherin dar!«, zischte sie ihm entgegen. »Das ist erbärmlich!«

»Ich vertrete nur die Interessen meiner Mandanten. Das ist meine Pflicht als Anwalt, verstehst du das nicht?« Er streckte die Hand nach ihr aus, aber sie wich zurück. »Letztendlich wird das Gericht entscheiden.«

Sie hob den Kopf und sah ihn herausfordernd an. »Du machst es dir aber verdammt leicht, mein Lieber. Keiner zwingt dich, die Familie Adomeit zu vertreten.«

»Das mag sein, aber ich habe meine Gründe dafür.«

Ihre Augen verdunkelten sich. »Dann ist wohl alles gesagt.« Sie schob sich an ihm vorbei. »Einen schönen Abend noch.« Erik blieb stehen. Dieses Gespräch hatte sich vollkommen anders entwickelt, als er es sich vorgenommen hatte. »Mona, warte!« Er lief hinter ihr her, packte sie an der Schulter, damit sie endlich stehen blieb. Sie wirbelte herum. »Spinnst du!«

Verdammt, diese Frau brachte ihn aus der Fassung.

»Ich möchte nicht, dass wir so auseinandergehen.«

Mona verschränkte die Arme vor der Brust. »Sondern?«

In Eriks Kopf wirbelten die Gedanken durcheinander, denn er suchte fieberhaft nach den richtigen Worten. »Ich würde gern mehr Zeit mit dir verbringen«, brachte er schließlich mühsam hervor.

Ihre Augenbrauen schnellten nach oben, aber sie erwiderte nichts. Ob das ein gutes oder eher schlechtes Zeichen war, konnte er nicht beurteilen. Schließlich entschied er sich, die Flucht nach vorne zu wagen.

In der Nacht war es noch einmal kälter geworden, und im Laufe des Tages hatte es auch wieder geschneit. Erik hatte ihr die halbe Nacht Nachrichten geschrieben und Fotos vom Schlittschuhlaufen geschickt, aber sie war nicht darauf eingegangen. Was fiel ihm ein? Sollte er doch bleiben, wo der Pfeffer wuchs!

In der Schule war heute alles gut gelaufen. Nur Amelie bereitete ihr weiterhin Sorgen. Die Kleine wirkte immer bedrückter, deshalb hatte sie sich in der Kunststunde besonders viel Zeit für sie genommen.

Mona arbeitete sich mit dem Schieber durch den Schnee vor ihrer Haustür. Der einzige Nachteil dieses Wetters war, dass sie jeden Tag zwei Mal den Weg zum Theater räumen musste. Andererseits brachte sie die Arbeit an der frischen Luft auf andere Gedanken. Als sie den Kopf wieder hob, machte ihr Herz einen kurzen Aussetzer. Eine Kutsche, die von einem Schimmel gezogen wurde, kam auf ihr Haus zugefahren. Der Atem des Pferdes, das durch den Schnee stampfte, bildete helle Wolken, die langsam in den grauen Winterhimmel schwebten. Mona hatte das Gefühl, als ob alles in Zeitlupe geschah. Träumte sie, oder spielte sich diese Szene gerade tatsächlich vor ihren Augen ab?

Sie blinzelte, als die Kutsche nur wenige Meter vor ihr zum Stehen kam. Erik saß auf dem Bock, eingehüllt in einen grauen Mantel, dessen Kragen hochgeschlagen war. »Mona, wie schön!« Er befestigte die Leinen, sprang herunter, klopfte dem schnaubenden Pferd auf die Flanke und kam ihr entgegen. »Ich möchte dich zum Schlittschuhfahren abholen.«

»Das ist nicht dein Ernst, oder?« Ihre Absage war doch eindeutig gewesen.

Erik legte den Kopf schief. »Ich weiß, dass du mir einen Korb gegeben hast, aber vielleicht willst du es dir doch noch einmal überlegen?«

Mona antwortete nicht, sondern starrte ihn nur weiter ungläubig an.

»Ich habe alles vorbereitet«, fuhr er fort. »Du brauchst einfach nur einzusteigen.«

Seine Stimme klang so, als ob er keinen Widerspruch dulden würde, und Mona musste sich eingestehen, dass ihr das gefiel. Außerdem konnte sie nun wirklich nicht der Aussicht auf eine winterliche Kutschfahrt widerstehen. Als sie deshalb zögernd nickte, breitete sich ein strahlendes Lächeln auf seinem Gesicht aus.

Erik nahm ihre Hand, führte sie zu der Kutsche und half ihr beim Aufsteigen. Er setzte sich neben sie und nahm die Leinen und die Peitsche in die Hand. »Los geht's!«

Mona verspürte plötzlich das dringende Bedürfnis, sich in den Arm zu kneifen. Sie war in einem Wintermärchen gelandet! Erik lenkte die Kutsche, nachdem sie die Einfahrt zum Park durchfahren hatten, nach links. »Wir nehmen die große Runde«, sagte er und deutete mit dem Kopf auf das Schafsfell, das er ihr über die Beine gelegt hatte. »Sitzt du bequem?«

Mona nickte, immer noch ein wenig überrumpelt.

»Alles wunderbar.« Und das stimmte: Alles fühlte sich plötzlich ziemlich zauberhaft an.

Sie fuhren über einen Feldweg, der geräumt geworden war, an den Seiten türmten sich kleine weiße Hügel. Dahinter breiteten sich die schneebedeckten Felder aus, auf denen kleine Gruppen von Krähen schwarze Tupfen bildeten. In der Ferne sah Mona wieder die zwei Windräder, deren Rotorblätter sich jedoch heute fast wie in Zeitlupe drehten, denn es war nahezu windstill. Der Weg machte eine Kurve, dann passierten sie ein Wäldchen und gelangten schließlich zu dem Wirtschaftsweg, der zu dem Anwesen der Familie von Bardelow führte.

Das Geräusch klappernder Hufe drang in Monas Ohren, es klang so ganz anders als das Motorengeräusch, das die erste Begegnung mit Erik auf diesem Weg untermalt hatte. Sein unverschämtes Verhalten hatte sie an dem Tag so dermaßen auf die Palme gebracht. Auch sein Überfall heute war eigentlich eine Unverschämtheit – aber jetzt saß sie hier und hatte sich schon lange nicht mehr so wohl neben einem Mann gefühlt.

Die Erinnerung an Gustav streifte ihr Bewusstsein. Sie konnte nicht anders, als sich zu fragen, ob er wohl damit einverstanden sein würde, was gerade geschah. Sie schob den Gedanken jedoch schnell wieder zur Seite, denn sie wollte den Ausflug mit Erik einfach genießen. Ein Liebespaar würde ohnehin nicht aus ihnen werden, schon deshalb, weil sie vielleicht verwandt miteinander waren. Außerdem war er einfach nicht ihr Typ.

Tief in ihre Gedanken versunken hatte Mona gar nicht mitbekommen, dass sie das Herrenhaus der von Bardelows bereits erreicht hatten. Sie hielten aber nicht vor dem imposanten Gebäude, sondern Erik lenkte die Kutsche weiter bis zu den Stallungen dahinter. Dort half er ihr beim Absteigen und übergab das Gefährt einem Mitarbeiter des Betriebes, der Mona mit einem knappen Gruß bedachte und sich dann um das Pferd kümmerte. Erik nickte Mona zu. »Komm, den Rest können wir zu Fuß gehen.«

Der See lag inmitten des Waldes, der an das Herrenhaus und die Nebengebäude angrenzte. Erik konnte immer noch nicht glauben, dass Mona tatsächlich an seiner Seite war. Die Wut darüber, dass sie sich ebenfalls einen juristischen Beistand gesucht hatte, war mittlerweile verraucht, dafür war er Profi genug. Und es war nun mal ihr gutes Recht. Erik hatte sie mit seinem Auftritt in der Kutsche komplett überrumpelt, das war ihm schon bewusst. Als sie ihm auf der Brücke der Familie Cornelius zunächst eine Abfuhr erteilt hatte, war in ihm erst recht der Kampfgeist erwacht, und er hatte sich richtig ins Zeug gelegt und alles aufgeboten, was ein Mann seines Standes zur Verfügung hatte. Erik führte Mona zwischen zwei dicht mit Schnee beladenen Tannen in den Wald hinein. Der kleine Trampelpfad war noch nicht geräumt, deshalb sackten sie mit den Schuhen ein. Wenn man sich längere Zeit auf diese Weise fortbewegen musste, war es sehr anstrengend, aber sie hatten den See bereits nach wenigen Minuten erreicht. Mona schlug die Hände vor dem Mund zusammen. »Wow, das ist ja wie im Märchen!«

»Man tut, was man kann«, erwiderte Erik schmunzelnd. Er deutete mit der Hand auf eine Bank und eine kleine Holzhütte am Rande der Eisfläche, die er gestern mit dem Schneeschieber noch freigeschaufelt hatte. »Dort können wir uns hinsetzen.«

Er geleitete Mona zu der Hütte, öffnete die Tür und holte zwei Paar Schlittschuhe und einen Korb heraus. Als Kinder hatten er und seine Schwester Viky ganze Tage hier am See verbracht – im Winter auf dem Eis, im Sommer im und am Wasser. Irgendwann hatte ihr Vater die kleine Hütte bauen lassen, sodass sie Badetücher, Schlittschuhe und Federballschläger einfach hier lagern konnten.

Erik reichte ihr die Damenschlittschuhe seiner Schwester. »Hier, die müssten dir eigentlich passen«, sagte er. »Die sind Größe 39, lassen sich aber noch verstellen.«

Mona schenkte ihm ein kleines Lächeln, und sofort spürte er ein Kribbeln im Nacken, deshalb wandte er schnell den Blick ab.

Er war zuerst fertig, deshalb versprach er, das Eis zu testen. Er wusste jedoch, dass nichts passieren konnte, da das Wasser an der tiefsten Stelle nur ein Meter fünfzig tief war. Und nach dem schon wochenlang anhaltenden Frost war der See mit Sicherheit fast überall mit genügend dickem Eis bedeckt. Er lief in gleichmäßigen Zügen einmal am Ufer entlang, dann bremste er ab und reichte Mona die Hand. »Bist du schon mal Schlittschuh gefahren?«

Sie warf den Kopf in den Nacken. »Natürlich, was glaubst du denn? Ich bin schließlich auch auf dem Land aufgewachsen.«

Sie liefen Seite an Seite, ohne sich zu berühren. »Ach ja, und wo?«

»In Dollerup…« Sie drehte sich zu ihm um, und ihre Blicke verfingen sich.

»Das ist ein schöner Ort«, erwiderte er rasch und schaute wieder nach vorn. »Ich mag die ganze Gegend dort.«

»Für mich war es trotzdem gut, nach dem Abi nach Hamburg zu gehen, sonst wäre ich da langfristig versauert.« Sie machte eine halbe Drehung und fuhr gekonnt rückwärts weiter. »Man kann übrigens auch in Hamburg Schlittschuh laufen, zum Beispiel in der Eisarena.«

»Davon habe ich schon gehört, die ist im Planten un Blomen, oder?«

Sie nickte und vollführte eine Pirouette. Eriks Atem stockte, denn Mona sah aus wie ein Filmstar. »Außerdem gibt es noch das Alstervergnügen, dort war ich immer mit…« Sie hielt inne und blickte gedankenverloren an ihm vorbei. Wahrscheinlich dachte sie gerade an Gustav, stellte Erik im Stillen bedauernd fest. Er deutete auf die Bank. »Hast du Lust auf einen heißen Tee?«

Er begleitete sie bis zum Rand der Eisfläche. »Setz dich doch schon, ich komme gleich.«

Erik zog sich die Schlittschuhe aus und griff nach seinen Schuhen. Dann holte er den Korb, den er neben der Hütte abgestellt hatte. Mona drehte sich zu ihm um, als er zurück zum Ufer kam. Ihre Wangen waren gerötet, und erneut huschte ein Lächeln über ihr Gesicht. Er erwischte sich bei dem Gedanken, was er alles dafür tun würde, damit sie ihn immer auf diese Weise ansah.

Er setzte sich neben sie, holte die Thermoskanne und zwei Keramikbecher heraus und reichte ihr einen davon. »Das hat Spaß gemacht«, sagte sie, nachdem sie den ersten Schluck getrunken hatte. Erik nickte und nippte ebenfalls an seinem Becher. Eine Windböe wirbelte den Schnee auf dem Eis auf und trieb ihn zum Ufer. Die Wipfel der Tannen, die rund um den See in den Himmel wuchsen, bewegten sich langsam hin und her. Erik legte den Kopf in den Nacken. Monas linke Hand lag nur wenige Zentimeter neben ihm auf der Bank, und am liebsten hätte er sie umfasst und ihren Körper auf seinen Schoß gezogen. Er griff in den Korb und zog zwei in Papier eingewickelte Sandwiches hervor. »Ich hoffe, du magst Tomate und Mozzarella?«

Sie nahm den Snack, den er in der Küche seiner Eltern zubereitet hatte. »Was ist das denn für eine Frage?« Dann wickelte sie das Brot aus, presste die beiden Hälften zusammen und biss mit geschlossenen Augen hinein. »Köstlich!«

Ein warmes Gefühl durchströmte ihn, als er sie beim Essen beobachtete. Er hatte sie eingeladen, weil er etwas über ihre Beziehung zu Gustav erfahren wollte, aber nun kam ihm dieses Ansinnen doch etwas niederträchtig vor. Und wenn er ehrlich war, war das auch noch nicht die ganze Wahrheit. Mona war eine sehr schöne Frau, und er war schließlich auch nur ein Mann. Vor echten Gefühlen für sie musste er sich aber hüten, denn sonst würde alles sehr kompliziert werden.

Als sie nach dem Imbiss auf die Eisfläche zurückkehrten, spürte Erik einen unangenehmen Druck in der Brust. Er durfte sich auf gar keinen Fall in Mona Linau verlieben, zumindest so lange nicht, bis die Verhandlung vor dem Nachlassgericht stattgefunden hatte. Alles andere käme einem Verrat an Judith, Elena und Frederik gleich, und das durfte er nicht zulassen.

Sie liefen noch gut eine Stunde, bis es anfing zu dämmern. Erik unterbrach seinen Lauf und holte eine Fackel aus der Hütte, die er neben der Bank in den Schnee steckte. Er nahm sein Feuerzeug aus der Manteltasche und entfachte sie, dann kehrte er auf das Eis zurück, wo Mona stehen geblieben war. Plötzlich veränderte sich etwas zwischen ihnen, das er sich nicht erklären konnte. Ihr Anblick übte einen so starken Sog auf ihn aus, dass er sich direkt zu ihr gleiten ließ. Nun trennten sie nur noch wenige Zentimeter. Mona stand kerzengerade vor ihm, ihre dunklen Augen waren auf ihn gerichtet. Sein Herz schlug schnell und hart gegen den Brustkorb, als er ihre Hände ergriff und sie an sich zog. Die Flammen spiegelten sich auf ihren Wangen, und Erik strich ihr eine Strähne aus dem Gesicht. Die Stille des Waldes hüllte sie ein wie ein Kokon. Mona öffnete den Mund, als wollte sie etwas sagen, aber er legte ihr zwei Finger auf die Lippen. »Pscht …«

Sie blinzelte abwartend, deshalb wagte er sich weiter vor. Langsam näherte er sich ihr, ihr Duft drang in seine Nase, und er hatte das Gefühl, als ob kein Ereignis der Welt ihn jetzt noch aufhalten konnte. Als sich ihre Lippen berührten, explodierte ein Meer von Farben in seinem Kopf. Er zog sie noch enger an sich, bis sie mit einem Seufzen seinen Kuss leidenschaftlich erwiderte. Als sie sich schließlich trennten, blieben sie Hände haltend voreinander stehen. Mona lächelte scheu, und in diesem Moment war es um ihn geschehen. Er hatte keine Ahnung, wohin das Ganze führen sollte, aber es fühlte sich verdammt gut an.

21

Der Duft des heißen Kakaos, den Sina hinter dem Tresen zubereitete, versetzte Mona sofort in eine bessere Stimmung. Sie wischte gerade die Tische im Hofcafé ab, denn auch hier sollte alles im besten Licht erscheinen, wenn der Weihnachtsmarkt von Gut Schwansee in wenigen Tagen eröffnet wurde. Der Unterricht in der Schule war mehr oder weniger an ihr vorbeigerauscht, sie hatte sich überhaupt nicht richtig konzentrieren können. Die Erlebnisse mit Erik auf dem Eis und besonders der Kuss ließen sie nicht los. Er hatte ihr einen wunderschönen romantischen Nachmittag beschert, aber das hatte ihr Verhältnis eigentlich nur noch weiter verkompliziert. Mona bereute es, sich auf die Unternehmung eingelassen zu haben, aber andererseits hatte sie auch jede Sekunde genossen.

Leni kam zur Tür herein und schüttelte sich den Schnee vom Mantel. Kurze Zeit später saßen die Frauen an einem Tisch vor drei Bechern und einer Schale mit selbst gebackenen Plätzchen. Der Kakao war dickflüssig, süß und mit einer Sahnehaube gekrönt, in der rosafarbene Mini-Marshmallows aufblitzten.

Mona bemerkte, nachdem sie den ersten Schluck probiert hatte, dass ihre Freundinnen vielsagende Blicke austauschten. »Wie war denn dein Treffen mit Erik?«, fragte Sina betont beiläufig.

Mona kräuselte die Stirn. »Woher wisst ihr denn davon?« Ihre Stimme klang merkwürdig schrill, und am liebsten hätte sie im Nachhinein das ganze Rendezvous wieder rückgängig gemacht.

Leni zwinkerte ihr lächelnd zu. »Der Landfunk auf Gut Schwansee funktioniert eins a.«

Sina, die neben ihr saß, berührte kurz Lenis Hand und beugte sich nach vorn. »Der Stallbursche der Familie von Bardelow ist ein Kumpel von Paul, und die haben sich gestern Abend wohl zufällig beim Einkaufen getroffen.«

Mona lehnte sich im Stuhl zurück. »Okay, was wollt ihr wissen?«

Erst nachdem sie den beiden Frauen jedes Detail des Treffens geschildert hatte, gaben sie sich zufrieden. Leni nahm einen großen Schluck und wischte sich mit dem Handrücken die Sahne vom Mund. »Das ist so romantisch!« Sie seufzte hingebungsvoll. »Wie im Märchen.«

Mona spürte, wie sie errötete. »Ja, so war es tatsächlich.«

Sina legte die Hand auf ihren Unterarm. »Ich freue mich so für dich.«

Mona nahm sich ein Plätzchen, das mit einer hellen Glasur überzogen war, und ließ den Blick zwischen ihren Freundinnen hin und hergleiten. »Ihr seid echt lieb! Ich bin froh, dass wir uns hier kennengelernt haben.«

Die drei setzten ihre Unterhaltung unbekümmert fort und futterten fast alle Kekse auf. Plötzlich hielt sich Leni die Hand vor den Mund, und alle Farbe wich aus ihrem Gesicht. Sie stieß sich von der Tischkante ab, sodass der Stuhl fast auf den Boden gefallen wäre, wenn Sina ihn nicht im letzten Moment aufgefangen hätte. »Ich muss mal auf die Toilette«, presste sie schließlich hervor, und schon war sie verschwunden. Mona und Sina guckten ihr kopfschüttelnd hinterher. »Hoffentlich wird sie nicht krank«, murmelte Sina. Kurze Zeit später kehrte Leni jedoch mit einem strahlenden Lächeln an den Tisch zurück. »Alles okay«, sagte sie, nachdem sie sich wieder hingesetzt hatte. »Mir war nur ein bisschen übel.«

Bernhard steckte den Kopf ins Hofcafé und bat die Frauen, beim Abladen der Weihnachtsbäume zu helfen. »Na klar!«, erwiderten sie wie aus einem Munde, räumten schnell den Tisch ab und machten sich auf den Weg nach draußen.

Mit wenigen Schritten erreichten die Freundinnen den runden Platz vor dem ehemaligen Hengststall, auf dem die Weihnachtsbäume für den Verkauf aufgestellt werden sollten. Mona ließ ihren Blick über den Innenhof schweifen. Die Arbeiten an den Verkaufsbuden waren mittlerweile gut vorangeschritten. Überall hämmerten und klopften die Handwerker, Fahrzeuge transportierten Materialien heran, und dazwischen wuselte Bernhard mit seinem Walkie-Talkie herum. Mona schmunzelte.

Offensichtlich wurden diese Geräte, die in ihrer Kindheit weit verbreitet waren, immer noch produziert, obwohl es mittlerweile doch Smartphones und entsprechende Apps gab. Ein knatterndes Geräusch riss sie aus ihren Gedanken. Ein Traktor mit einem Anhänger, auf dem die Tannenbäume gestapelt waren, kam auf sie zugefahren. Obendrauf saßen zwei Männer, und als das Gespann nur wenige Meter vor ihnen hielt, erkannte sie auch den einen von ihnen. Es war Erik, und sie mutmaßte, dass der kräftige Mann, der die graue Schirmmütze tief ins Gesicht gezogen hatte, sein Vater war. Sina hatte schon des Öfteren von Hektor Graf von Bardelow erzählt, denn mit ihm hatte es in der Vergangenheit wohl öfter Streit gegeben. Alles hatte mit dem Windrad begonnen, das Bernhard auf seinem Land errichtet hatte. Mittlerweile hatten sich die Männer aber über dieses Thema verständigt und das zweite Windrad sogar zusammen finanziert. Mona richtete ihren Blick auf Erik, und als sich ihre Augen trafen, nickte er ihr zu. Ehe sie sich's versah, stand er schon vor ihr, und seine plötzliche Nähe nahm ihr fast den Atem. »Hi!«, begrüßte er sie knapp und drehte sich dann zu dem Mann um, mit dem er gekommen war. »Darf ich bekannt machen: mein Vater Hektor.«

Er wandte sich wieder zu ihr. »Mona Linau.«

Eriks Vater zwinkerte ihr zu und reichte ihr die Hand. »Schön, dass wir uns mal treffen.« Dann musterte er sie eingehend. »Meine Frau hat mir schon von Ihnen erzählt.«

Sie wechselten ein paar Höflichkeitsfloskeln, und Mona

nutzte die Zeit, ihn eingehender zu betrachten. Er war fast genauso groß wie sein Sohn, hatte aber eine sehr viel kräftigere Statur. Seine Gesichtszüge wirkten im Vergleich zu denen von Erik etwas gröber, aber vielleicht lag das auch an seinem Alter. Feine rote Äderchen schimmerten durch die Haut seiner Wangen und Nase. Mona fragte sich, ob er vielleicht hin und wieder zu tief ins Glas schaute. Als er sich die Lederhandschuhe abstreifte, ließ sie ihren Blick über die kräftigen Hände gleiten – ganz das Gegenteil zu denen seines Sohnes. Sie bemerkte einen Siegelring an seinem rechten Ringfinger, der einen gekrönten Greif zeigte, wahrscheinlich ein Teil des Wappens der Familie von Bardelow. Im Großen und Ganzen stellte sie keine besonders auffällige Ähnlichkeit fest, Erik schien nach seiner Mutter zu kommen.

Kurze Zeit später nahmen sie und Sina den ersten Weihnachtsbaum in Empfang, den Hektor ihnen von der Ladefläche herunterreichte. Leni kam ihnen zu Hilfe, und gemeinsam schleppten sie ihn zum Verkaufsplatz. Es dauerte fast eine Stunde, aber dann standen alle Tannen nach Größe geordnet auf der Rasenfläche. Mittlerweile war es fast 16 Uhr, und Mona verabschiedete sich von ihren Freundinnen. Bevor sie ging, hielt sie noch einmal Ausschau nach Erik, konnte ihn aber nirgends entdecken.

Sie zog die Mütze tiefer ins Gesicht, steckte die Hände in die Taschen ihres Mantels und machte sich auf den Weg nach Hause. Es dämmerte schon, deshalb aktivierte sie die Taschenlampenfunktion ihres Handys. Zum Glück war der Weg zum Theater vom Schnee geräumt worden. Zu Hause angekommen, öffnete sie den Briefkasten und nahm den Stapel Post heraus, den sie im Flur auf den kleinen Tisch neben der Garderobe legte. Schnell ging sie ins Schlafzimmer, zog sich aus und schlüpfte in eine Cargohose und einen weiten Pulli.

Mit der Post in der Hand ließ sie sich auf ihr Sofa fallen. Mona streckte die Beine von sich. Es waren anstrengende, aber auch schöne Stunden gewesen, dachte sie, während sie die Briefe und Werbebroschüren durchsah. Ihr Blick blieb an einem formell aussehenden Umschlag hängen. Absender war das Nachlassgericht in Hamburg. Ein schmerzhaftes Ziehen in der Kehle nahm ihr fast den Atem, als sie den Text überflog. In knapp zwei Wochen, am 18. Dezember, war der Termin, zu dem sie erscheinen sollte. Natürlich hatte Dr. Wildner sie schon vorgewarnt, dass die Gerichtsverhandlung bald stattfinden würde, aber sie hatte nicht mehr in diesem Jahr und schon gar nicht so kurz vor Weihnachten damit gerechnet.

Sie würde Erik vor Gericht gegenüberstehen. Daran gab es nun keinen Zweifel mehr. Mona ließ die Hand mit dem Brief in den Schoß sinken. Sie durfte sich auf gar keinen Fall weiteren romantischen Gefühlen hingeben. Stattdessen würde sie sich nach Rücksprache mit ihrem Anwalt optimal auf diesen Termin vorbereiten. Gustav hatte sie nun einmal in seinem Testament bedacht, und wenn das seine Weise war, bei ihr zu bleiben, dann wollte sie dieses Erbe annehmen. Sie würde das Haus auf Sylt in seinem Sinne mit Leben füllen. Mona hatte noch nicht viel darüber nachgedacht, aber in diesem Moment kam ihr die Idee, dort einen Ort der Kunst und der Begegnung zu schaffen. Mona atmete tief durch. Sie hatte nichts zu verbergen und konnte sich guten Gewissens dieser Verhandlung stellen. Was sollten Judith, Elena oder Frederik, die als Zeugen geladen waren, schon über sie aussagen können? Als sie sich in Gustav verliebt hatte, führte er schon lange sein eigenes Leben, und er hatte ihr mehrmals bestätigt, dass er für seine Noch-Ehefrau nur noch freundschaftliche Gefühle empfand. Diese ganze Gerichtsverhandlung hätte doch wirklich nicht sein müssen. Wenigstens hätten die Erben mit ihr vorher das Gespräch suchen können – so hätte sie jedenfalls gehandelt.

Mona nahm den Skizzenblock in die Hand und blätterte gedankenverloren darin. Vielleicht war es doch gut, dass dieses Thema vor Gericht geklärt wurde. Andererseits konnten die Angehörigen, wenn das Urteil zu Monas Gunsten ausfallen sollte, weitere Rechtsmittel dagegen einlegen. Sie hoffte inständig, dass es nicht so weit kommen würde.

Auf einmal wurde sie von einem großen Tatendrang erfasst. Sie klemmte sich ihre Zeichnungen unter den Arm, zog sich schnell die Kapuzenjacke und die Schuhe über und verließ ihr Haus. Es schneite schon wieder, dicke Flocken segelten langsam vom Himmel, während sie schnellen Schrittes um die Ecke ging. Außer Atem öffnete sie die Tür zum Atelier, das sie jetzt immer heizte. Eine wohlige Wärme empfing sie, und sie schüttelte sich, um die Nässe loszuwerden. Mona hängte die Jacke an den Haken neben der Tür, kickte die Schuhe in die Ecke und betätigte den Lichtschalter. Sie schob die Füße in Filzpantoffeln und ging dann zu der Staffelei. Voller Vorfreude zog sie das Tuch von dem Gemälde, an dem sie gerade arbeitete: *Die Eulenfrau* hatte den Weg vom Skizzenbuch auf die Leinwand angetreten, erste Konturen zeichneten sich bereits auf der rauen Oberfläche ab.

Ihr Porträt von Gustav hatte sie immer noch nicht beendet. Sie wollte und konnte nicht daran weiterarbeiten, deshalb hatte sie es kurzerhand abgenommen und in dem Regal in der Ecke des Raumes verstaut.

Sie setzte sich auf den Schemel und ließ die Anfänge des Gemäldes von Solveig und des Uhus Friedolin auf sich wirken. Sie hatte das Foto, das sie von den beiden mit dem Handy gemacht hatte, ausgedruckt und an den Rand geheftet und daneben die Skizze aus ihrem Block. Die fast fotorealistische Darstellung war ihr bereits gut gelungen, aber sie hatte einen anderen Blickwinkel gewählt, nämlich schräg von der Seite, sodass der Eindruck einer Bewegung entstanden war. Außerdem hatte sie den Gesichtsausdruck verändert, Solveig sah jetzt aus, als sei sie in ihre innere Welt abgetaucht.

Mona wollte in ihren Bildern stets einmalige, ganz besondere Momente der Selbstvergessenheit einfangen, die ansonsten vielleicht für immer verloren gewesen wären. Sie versuchte sozusagen im Nachhinein, die Zeit anzuhalten, indem sie sich ihre Beobachtung vor der Leinwand vergegenwärtigte und auf »Stopp« drückte. Das jedenfalls war ihr Anliegen als Künstlerin, ihr innerer Antrieb, aber bislang hatte sie es noch niemandem gegenüber so genau in Worte gefasst, noch nicht einmal gegenüber Gustav. Abstrakte Kompositionen waren ein wesentlicher Bestandteil seiner Arbeit gewesen. Mit von ihm selbst gemischten Pigmenten hatte er neue, farbenprächtige, großflächige Welten geschaffen, die jeden sofort in ihren Bann zogen. Aber auch er hatte zum Teil gegenständlich gemalt und immer großes Verständnis für ihre Arbeiten aufgebracht. Mona nahm den Pinsel in die Hand. Es war schon spät, aber sie musste diesen inspirierenden Moment unbedingt ausnutzen. Vielleicht würde sie dieses Bild sogar der Öffentlichkeit präsentieren. Den Wunsch, ihre Arbeit mit anderen Kunstbegeisterten zu teilen, hatte sie lange nicht verspürt, doch sie ahnte, dass ihr ein Meilenstein gelungen war. Sie wusste zwar noch nicht, wie sie es anstellen konnte, aber ihr würde schon etwas einfallen.

22

Die Sicht war miserabel. Mona drosselte noch einmal das Tempo und wischte mit dem Lappen über die beschlagene Windschutzscheibe. Die Lüftung ihres Autos war wirklich ein Witz. Sie war auf dem Weg zur Schule nach Eckernförde und etwas spät dran, da sie bis drei Uhr morgens in ihrem Atelier gearbeitet hatte und deshalb nur schlecht aus dem Bett gekommen war. Außerdem knurrte ihr Magen, weil sie keine Zeit mehr gehabt hatte zu frühstücken. Nun scherte auch noch ein Traktor vor ihr ein, sodass sie nur noch Schritt fahren konnte. Mist! Mona trommelte nervös auf das Lenkrad und atmete erleichtert aus, als sie das Fahrzeug endlich überholen konnte.

Zum Glück fand sie einen vom Schnee frei geräumten Parkplatz direkt vor dem Schulgebäude, schnappte sich ihre Tasche und stieg aus. Sie rannte zum Eingang, kam zwischendurch ins Schlittern, konnte sich aber immer wieder fangen. Mona fischte das Handy aus der Tasche. Noch acht Minuten bis zum Unterrichtsbeginn, sie würde es also doch knapp schaffen. Erleichtert atmete sich tief durch, nichts hasste sie mehr als Unpünktlichkeit. In Windeseile gelangte sie zum Lehrerzimmer, begrüßte die Kollegen, hängte ihren Mantel in die Garderobe und schnappte sich die Unterrichtsmaterialien aus ihrem Fach. Auf dem Weg zum Kunstraum klingelte ihr Handy. Auf dem Display erschien der Name des Anrufers: Dr. Wildner.

»Frau Linau?« Die Stimme ihres Anwaltes klang leicht verzerrt.

»Ja?«

»Gut, dass ich Sie erreiche.« Er räusperte sich. Mona hatte den Unterrichtsraum erreicht und gab den Schülerinnen und Schülern ein Zeichen, dass sie schon reingehen konnten. Dann konzentrierte sie sich wieder auf den Anruf. »Ich wollte Ihnen nur mitteilen, dass Dr. von Bardelow noch eine Zeugin benannt hat, eine ehemalige Studienkollegin von Ihnen.«

Monas innere Alarmglocken schrillten, als ihr Anwalt ihr den Namen mitteilte: Jenny Unger. Dr. Wildner versicherte ihr, dass sie sich trotzdem keine Sorgen machen müsste. »Wir kriegen das hin.«

Mona war außer sich. Wie konnte ihr Erik das antun? Am liebsten wäre sie sofort zu ihm gefahren, um ihn zur Rede zu stellen. Dieser verlogene Mistkerl. Auf einmal erschien ihr das Treffen mit ihm in einem ganz anderen Licht. Hatte er sie womöglich nur aushorchen wollen? Sie ballte die Hände zusammen. Sie war so was von naiv! Mona stellte das Handy auf lautlos und betrat den Klassenraum. Ihre Schüler blickten sie erwartungsvoll an, und sie zwang sich zu einem Lächeln. »Guten Morgen.«

Erik war bewusst, dass seine Beweisführung vor Gericht auf einer ziemlich wackeligen Grundlage stehen würde. Es fiel ihm schwer, sich auf die Arbeit zu konzentrieren. Immer wieder schossen Erinnerungen an das Treffen mit Mona auf dem zugefrorenen See durch seine Gedanken. Als er sich den Augenblick vergegenwärtigte, wie sich dort im Schein des Feuers ihre Lippen zum ersten Mal berührt hatten, verspürte er ein Ziehen im ganzen Körper. Er musste sie unbedingt wiedersehen!

Mit einem Blick auf die Uhr versicherte er sich, dass sie jetzt um die Mittagszeit bestimmt noch in der Schule war. Er schrieb ihr eine WhatsApp-Nachricht: »Können wir uns sehen?« Dann klickte er auf ihr Profilbild. Es zeigte aber nicht sie, sondern eine blonde Frau, auf deren Schulter eine Eule saß. Das war kein Foto, sondern ein Gemälde, das ihn sofort gefangen nahm. Er klickte darauf, um es zu vergrößern, und wollte es abspeichern, aber das ließ die App nicht zu. Deshalb machte er einen Screenshot des Bildes. Erik fragte sich, ob Mona es gemalt hatte. Durch Ines hatte er mittlerweile eine kritische Sichtweise auf Kunstwerke entwickelt, und er war sich ziemlich sicher, dass dieses Gemälde etwas Besonderes war. Als er sich gerade wieder seinem Schriftsatz zuwenden wollte, ertönte das Signal einer eingehenden Nachricht. Er nahm das Handy in die Hand, entsperrte das Display und las die Antwort, die Mona ihm geschickt hatte: »Wir sehen uns vor Gericht.«

Erik hielt für einen Moment die Luft an, dann ließ er sie zischend entweichen. Er starrte auf die Worte, deren Sinn er zwar verstand, aber deren Bedeutung er nicht wahrhaben wollte. Andererseits fragte er sich selbstkritisch, was er stattdessen erwartet hatte. Verdammt! Die Aussage von Jenny Unger war ein wichtiger Bestandteil seiner Prozessstrategie. Natürlich hatte er auch Judith, Elena und Frederik als Zeugen genannt, aber er wusste aus Erfahrung, dass die Aussagen von Familienmitgliedern, die sich durch ein Testament benachteiligt fühlten, von den meisten Richtern sehr genau hinterfragt wurden. Jenny Unger hingegen hatte mit Mona studiert, sie waren sogar beste Freundinnen gewesen, das jedenfalls hatte Harry Steinfeld in Erfahrung gebracht.

Erik legte das Handy auf den Schreibtisch. Es war seine anwaltliche Pflicht, vor Gericht alle Beweise vorzutragen, die eine mögliche Sittenwidrigkeit des Vermächtnisses untermauerten. Trotzdem plagten ihn Gewissensbisse, weil er mit Mona nicht darüber gesprochen hatte. Seit sie in sein Leben getreten war, stand seine bisher wohlgeordnete Welt kopf. Seine Gedanken wanderten zurück zu dem Moment, als er sie das erste Mal gesehen hatte, dort auf dem Friedhof in Hamburg-Ohlsdorf im Dezember vergangenen Jahres. Sie hatte so zerbrechlich gewirkt, wie ein Engel, der gerade vom Himmel gefallen war. Dann ihre Begegnung auf dem Wirtschaftsweg, als er sie so unfreundlich angeraunzt hatte, weil sie das Durchfahrt-verboten-Schild missachtet hatte. Wenn er jetzt daran dachte, würde er sich am liebsten selber ohrfeigen. Plötzlich hatte er eine Idee. Er rief die Webseite von Gut Schwansee auf und fand die Telefonnummer des Hofcafés. Erleichtert atmete er auf, als Sina bereits nach dem dritten Klingeln abnahm. Erik kam gleich zur Sache: »Weißt du, wann Mona heute Schluss hat?«

»Wieso willst du das wissen?«, erwiderte Sina mit einem Unterton, der ihn hellhörig machte. Er hatte sie und Leni zusammen mit Mona beim Abladen der Weihnachtsbäume gesehen. Wahrscheinlich waren die drei Frauen mittlerweile befreundet, und er befürchtete, dass die Partnerinnen von Nathan und Hendrik inzwischen über das Date auf dem See Bescheid wussten.

»Ich muss sie unbedingt sprechen«, erwiderte er in einem neutralen Tonfall. Es knackte in der Leitung, und Erik war kurz davor durchzudrehen. »Sie hat heute in der Schule eine Weihnachtsfeier«, erwiderte Sina schließlich. »Ich glaube, bis 17 Uhr.«

Erik bedankte sich überschwänglich, verließ sein Büro und schaute kurz bei Regine Schuhmacher vorbei. »Ich muss zu einem Termin.«

Seine Mitarbeiterin lächelte. »Kein Problem, ich halte hier die Stellung.«

Der Geruch von Weihnachtspunsch erfüllte die Luft des abgedunkelten Lehrerzimmers, in dem die Weihnachtsfeier des Kollegiums stattfand. Auf den zusammengerückten Tischen standen weihnachtliche Gestecke aus Tannenzweigen, Windlichter und Keramikteller mit Weihnachtsgebäck. Die Stimmung war gelöst, denn die Zeugniskonferenzen waren vorbei, und alle freuten sich auf die bevorstehenden Weihnachtsferien. Schulleiter Peter Weimann hatte sich zu Beginn für die gute Zusammenarbeit bedankt, die Ereignisse des Jahres Revue passieren lassen und einen Ausblick auf das kommende Jahr präsentiert. Er kündigte unter anderem an, dass die marode Sporthalle mithilfe der Gemeinde saniert werden solle, woraufhin Nina Vollmer, die neben Mona saß, losprustete. »Wer's glaubt!« Die unbedingt notwendigen Renovierungsarbeiten in der Schule seien ein Dauerthema. »Die Toiletten sind doch eine einzige Katastrophe«, schimpfte ihre Kollegin.

Mona dachte an die losen Klodeckel, die gesprungenen Spiegel und die nicht funktionierenden Seifenspender und nickte zustimmend. »Schlimmer geht es wirklich nicht.«

Mona freute sich, dass sie sich in der kurzen Zeit so gut eingelebt hatte. Sie hatte mittlerweile sogar schon an einer Fortbildung am Institut für Qualitätsentwicklung an Schulen in Schleswig-Holstein teilgenommen, und das hatte ihr wider Erwarten richtig Spaß gemacht. Die Arbeit mit den Kindern und jungen Erwachsenen gefiel ihr sehr, das hatte sie zu Beginn gar nicht für möglich gehalten.

Immer wieder war sie erstaunt über den Einfallsreichtum und die Kreativität ihrer Schülerinnen und Schüler. Natürlich gab es auch einige, die unmotiviert oder bockig waren, aber bislang hatte sie immer den richtigen Dreh gefunden, um sie zum Mitmachen zu bewegen.

Mona ließ ihre Augen durch das Lehrerzimmer gleiten und begegnete vollkommen unvorbereitet Davids Blick. Ein Schauder lief über ihren Rücken, als ihr bewusst wurde, dass er sie womöglich schon die ganze Zeit beobachtete. Seine Augen wirkten glasig, und sie fragte sich, ob er Alkohol getrunken hatte, aber hier wurde keiner ausgeschenkt, sondern bloß Kinderpunsch. Mona rutschte unbehaglich auf dem Stuhl hin und her und war froh, als Peter Weimann neben ihr erschien und sie zu einem Gespräch in sein Zimmer bat.

Mit pochendem Herzen folgte sie ihrem Chef durch die Gänge, aber der Gedanke, dass er womöglich an ihrer Arbeit etwas auszusetzen haben könnte, erwies sich als vollkommen unbegründet. Im Gegenteil, er gab ihr zu verstehen, dass er überaus zufrieden mit ihr sei, erkundigte sich nach den geplanten Weiterbildungsmaßnahmen im kommenden Jahr und entließ sie mit den »besten Wünschen« für das bevorstehende Weihnachtsfest. Mona kehrte erleichtert zur Feier zurück, aber die hatte sich in der Zwischenzeit schon so gut wie aufgelöst. Sie half den letzten Kollegen beim Abräumen der Tische, danach verabschiedeten sich alle herzlich voneinander, und einer nach dem anderen verließ die Schule. Mona war schon draußen vor der Tür, als ihr einfiel, dass sie den Autoschlüssel in ihrem Fach vergessen hatte, deshalb kehrte sie noch einmal um. Außer Atem erreichte sie schließlich den Parkplatz. »Mona!« Es war David, der auf einmal vor ihr stand. Er trug eine dicke Winterjacke, und aus der Wollmütze quollen blonde Strähnen hervor. Als er sich ihr schwankend noch weiter näherte, hob sie abwehrend die Hände. »Ich muss los, wir reden ein anderes Mal, okay?«

Mona ging weiter in Richtung ihres Autos, aber er stellte sich ihr in den Weg. Sein alkoholisierter Atem wehte ihr entgegen, und sie drehte angewidert den Kopf weg. »Du bist ja betrunken!« David trat noch näher an sie heran und versuchte, den Arm um ihre Schulter zu legen, aber sie stieß ihn weg. »Lass mich in Ruhe, David!«

Mona bemerkte im Schein der Straßenlaterne in seinen Augen ein Glimmen, das ihr Angst einflößte, deshalb wich sie ein Stück zurück. »Geh nach Hause, okay?«

Für einen Moment hatte Mona das Gefühl, als ob er ihrer Aufforderung Folge leisten wollte, aber plötzlich packte er sie am Handgelenk. Mit einem groben Ruck zog er sie an sich. »Mona, du weißt, dass ich dich immer noch liebe, oder?«

Statt einer Antwort versuchte sie sich aus seiner Umklammerung zu befreien, aber er drückte einfach fester zu, sodass ihr fast die Luft wegblieb. Panik durchflutete sie. »David!«

»Lass sie los, aber sofort!«

Wie aus dem Nichts war plötzlich Erik aus der Dunkelheit getreten. Er packte David am Kragen und drehte ihm den Arm auf den Rücken. »Aua, spinnst du?«, jaulte er auf. Mona hielt den Atem an. Als Erik den Griff etwas lockerte, wedelte David beschwichtigend mit der freien Hand. »Schon gut, schon gut!« Er fasste sich an die Schulter, warf Mona noch einen schmerzverzerrten Blick zu und lief mit eiligen Schritten davon.

23

Der Scheibenwischer quietschte leise, und als Mona in den Rückspiegel blickte, sah sie die Scheinwerfer von Eriks Mercedes. Ihr Herz pochte immer noch schnell in der Brust, und sie bemerkte, dass sie leicht zitterte. Nachdem er David in die Flucht geschlagen hatte, bestand er darauf, sie nach Hause zu fahren, und sie war ihm sehr dankbar dafür. Sie wollte aber ihr Auto nicht vor der Schule stehen lassen, denn am nächsten Tag hatte sie bereits zur ersten Stunde Unterricht. Schließlich hatte sie eingewilligt, dass er ihrem Auto wenigstens folgen durfte.

Sie erreichten Gut Schwansee und passierten die Hofeinfahrt. Mona hatte eigentlich gehofft, dass die Angelegenheit nun erledigt sei, aber er war tatsächlich immer noch hinter ihr. Sie umfasste das Lenkrad fester und biss sich auf die Lippe. Es stresste sie, dass er womöglich noch mit ihr reden wollte, denn dazu hatte sie ehrlich gesagt keine Lust. Die Fronten waren ihrer Ansicht nach doch mittlerweile geklärt. Er und sie würden sich bald vor Gericht sehen, was dank Erik unangenehmer ausfallen würde, als es nötig gewesen wäre, und deshalb machte es doch überhaupt keinen Sinn, sich privat zu treffen. Sie parkte ihr Auto, stieg aus, drehte sich um und winkte ihm zum Abschied. Erik jedoch zog die Bremse an und öffnete die Tür. »Wir müssen reden.«

»Ich wüsste nicht, worüber, aber meinetwegen«, erwiderte sie achselzuckend, öffnete die Tür und ließ ihm den Vortritt. Als er Anstalten machte, sich die Schuhe auszuziehen, schüttelte sie energisch den Kopf. »Das ist nicht nötig.« Sie nahm seinen Mantel in Empfang. »Wir können in die Küche gehen.«

Als sie ihm kurze Zeit später folgte, saß er bereits am Tisch vor dem Fenster. »Möchtest du etwas trinken?«

Als er nickte, öffnete sie den Kühlschrank und schaute hinein. »Ich habe leider nur Mineralwasser.«

»Gern.«

Sie nahm die Flasche heraus, drehte ihm den Rücken zu und holte zwei Glaser aus dem Hängeschrank. Als sie damit zum Tisch ging, flogen ihre Augen zu seinen, aber als sie sich ihm gegenüber auf den Stuhl gesetzt hatte, zwang sie sich, wieder wegzuschauen.

»Danke, dass du mir geholfen hast«, sagte sie schließlich, und ihre Stimme klang belegt.

Erik nahm das Glas, das sie ihm hinschob. »Wer war das, wenn man fragen darf?«

Mona lehnte sich im Stuhl zurück und erzählte ihm die Kurzversion ihrer Bekanntschaft. »Ich war ziemlich geschockt, als ich ihm hier das erste Mal begegnet bin, aber bisher hat er sich benommen. Ich dachte, ich hätte die Dinge klargemacht.«

»Das hat ja gut geklappt«, erwiderte Erik mit einem ironischen Unterton.

»Du sagst es!«, erwiderte Mona.

Erik nahm einen Schluck, stellte das Glas ab und stützte seine Ellenbogen auf die Tischkante. »Warum hast du mir diese komische WhatsApp-Nachricht geschrieben?«

Seine Frage kam etwas unerwartet, und Mona spürte, wie ihr Puls in die Höhe schoss. »Kannst du dir das nicht denken?«

Ohne den Blick von ihr abzuwenden, verschränkte er die Arme vor der Brust.

Mona fragte sich, ob er wirklich ahnungslos war oder kleine Spielchen mit ihr trieb. »Mein Anwalt hat mir mitgeteilt, dass du Jenny Unger als Zeugin benannt hast.«

»Das stimmt«, antwortete er, ohne dabei eine Miene zu verziehen.

»Du weißt aber schon, dass wir befreundet waren?«

Die Spannung zwischen ihnen war plötzlich so intensiv, dass Mona kaum atmen konnte. Sie hätte gern gewusst, ob das an ihrem Gesprächsthema lag oder ob etwas ganz anderes im Spiel war. Er sah schon ziemlich sexy aus in seinem engen schwarzen Pullover, unter dem seine Brustmuskeln sich deutlich abzeichneten. Seine grauen Augen ruhten auf ihr, und die Erinnerung an den Kuss auf dem zugefrorenen See durchzuckte sie plötzlich wie ein Stromschlag.

»Ja, das ist mir bekannt«, durchbrachen seine Worte schließlich die Stille. Mona musste sich erst einmal ins Gedächtnis rufen, was sie eigentlich gefragt hatte.

»Ist sie nicht irgendwie befangen?«

»Wie meinst du das?«

»Na ja, sie war auch mal in Gustav verliebt.« Als sie seinen erstaunten Gesichtsausdruck wahrnahm, redete sie erst einmal nicht weiter, sondern warf ihm einen herausfordernden Blick zu. »Das ist also neu für dich«, sagte sie schließlich triumphierend. Mona war gespannt darauf, welche Erklärung er ihr jetzt auftischen wollte, aber er schwieg. »Lass uns über etwas anderes reden«, sagte er schließlich. Er räusperte sich.

»Was macht eigentlich deine Malerei?«

Mit dieser Frage hatte Mona am wenigsten gerechnet, aber ihr sollte es doch egal sein. Wenn er derartig unvorbereitet in die Gerichtsverhandlung ging, konnte es für sie nur von Vorteil sein. Sie stand auf und machte eine einladende Handbewegung. »Komm mit, ich zeige dir mein Atelier.«

Monas Werk von der Frau mit der Eule war in Wirklichkeit noch beeindruckender als auf dem Foto. »Wow!«, sagte er daher aus tiefstem Herzen, »das ist wirklich großartig.«

»Danke, das freut mich.«

Sie stand nur wenige Zentimeter neben ihm, und er hatte das Gefühl, als ob ihre Gegenwart auf seiner Haut brannte. »Wie bist du auf die Idee gekommen?«

Mit der Hand wies sie auf zwei Korbstühle, die neben einem Regal in der Ecke standen. Er schob sie heran, und sie setzten sich. Dann erzählte sie ihm noch einmal in allen Details von der Waldohreule, die sie verletzt im Park gefunden hatte und die nun von Solveig, der Frau auf ihrem Gemälde, aufgepäppelt wurde.

»Dann ist das deine Eule, die auf dem Handschuh sitzt?«

Mona schüttelte den Kopf. »Nein, das ist Friedolin, ein Uhu.« Sie schlug ihre langen, schlanken Beine übereinander. »Aber die beiden sehen sich ähnlich, da muss ich dir recht geben.«

»Das ist ein schöner Augenblick, den du eingefangen hast«, sagte er aufrichtig. »Man hat das Gefühl, als hättest du mit diesem Bild die Zeit angehalten.«

Sie drehte ihm den Kopf zu. Da war sie wieder, diese Spannung zwischen ihnen, und er fragte sich, ob sie genauso empfand.

»Danke, das ist lieb von dir«, sagte sie, und ihre Stimme klang rau.

»Willst du denn weiter als Künstlerin arbeiten?«

»Auf jeden Fall«, erwiderte sie. »Mein Traum wäre natürlich eine Ausstellung, aber es wäre auch großartig, wenn sich ein Galerist für meine Arbeiten interessieren würde.«

»Hast du denn noch andere Bilder?«

»Ja, aber nicht hier. Ich habe sie nach Gustavs Tod bei meiner Mutter und Omi in Dollerup eingelagert.«

Mona rieb sich die Oberarme. »Ich glaube, es ist besser, wir gehen zurück. Ich heize hier zwar, aber bei der Kälte draußen wird es doch nicht so richtig warm.«

Erik sprang auf und reichte ihr die Hand. Als sie dann vor ihm stand, trennten sie nur wenige Zentimeter. Das Flackern in ihren Augen ließ seine Nerven, die ohnehin schon fast schmerzhaft angespannt waren, vibrieren. Sanft legte er den Arm um ihre schmale Taille und zog sie näher zu sich heran. Ein Glücksgefühl durchströmte ihn, als sie es ohne Widerstand geschehen ließ und den Kopf an seine Schulter lehnte. Ihr seidiges, duftendes Haar kitzelte seine Nase. Er strich ihr behutsam über den Rücken und umschloss dann sanft mit beiden Händen ihren Po, der sich rund unter seinen Fingern wölbte. Begehren flammte in ihm auf, aber er wollte sie nicht drängen, sondern wartete stattdessen auf ein Zeichen von ihr. Sie war so unglaublich weich und verführerisch. Als sie endlich ihren Kopf zu ihm drehte, bemerkte er, dass er die ganze Zeit den Atem angehalten hatte, sodass er kurz tief Luft holen musste. Er strich ihr mit dem Daumen über ihr hübsches Kinn, dann ließ er seine Lippen folgen. Langsam wanderte er über ihre Wange weiter zu ihrem Mund. Sie hatten sich zwar schon auf dem zugefrorenen See geküsst, aber diesmal war es etwas anderes. Es war ein gegenseitiges Nehmen und Geben, ein spielerisches Entdecken und Erobern. Erik löste eine Hand von ihrem Hintern und schob sie stattdessen unter den engen Baumwollpulli, den sie trug. Ihre Haut fühlte sich heiß an, fast als hätte sie Fieber. Er küsste sie noch inniger, während seine Finger weiter nach oben wanderten, bis zum Ansatz ihrer Brust. Sie trug einen BH, der mit Spitzen besetzt war. Als er den Verschluss öffnen wollte, stieß sie ihn langsam, aber unmissverständlich zurück. »Ich kann das nicht«, hauchte sie.

»Das ist doch okay«, erwiderte er, doch seinen verletzten Gesichtsausdruck konnte er nicht verbergen. »Ist es wegen Gustav?«

»Auch …« Sie blickte ihm direkt in die Augen, und ein warmes Gefühl durchströmte ihn. »Aber es gibt noch einen anderen Grund«, fuhr sie fort. »Es könnte sein, dass wir miteinander verwandt sind.«

Die Fahrt nach Eckernförde dauerte eine halbe Stunde, und die Zeit brauchte Erik auch, denn er musste die Informationen, die er von Mona bekommen hatte, erst einmal verdauen.

Nachdem sie das Atelier verlassen hatten und in die Wohnung zurückgekehrt waren, hatte sie ihm von den Zahlungen seiner Mutter erzählt, die im Jahr von Monas Geburt begonnen und bis zu ihrer Volljährigkeit angedauert hatten. Monas Mutter habe für ein paar Monate in dem Betrieb seiner Eltern gearbeitet, und deshalb habe Mona einfach eins und eins zusammengezählt. Eriks Gedanken wirbelten durcheinander. Wenn das alles stimmte und sein Vater tatsächlich eine Affäre mit ihrer Mutter gehabt hätte, dann wären sie in der Tat Halbgeschwister. Irgendetwas in seinem Inneren wehrte sich allerdings vehement gegen diese Vorstellung. Das Verhältnis seiner Eltern war zwar nicht immer problemlos gewesen, aber welche Ehe war das schon? Sie waren jetzt fast fünfunddreißig Jahre ein Paar und zweiunddreißig davon verheiratet. Im Großen und Ganzen war ihr Familienleben von Liebe und gegenseitiger Wertschätzung geprägt gewesen. Nach außen hin präsentierte sein Vater gern das Raubein, aber das gehörte zu seinem Selbstverständnis als Mann. Kurzum: Er konnte sich beim besten Willen nicht vorstellen, dass sein Vater das alles für eine kurze Affäre aufs Spiel gesetzt hatte.

Seine erste Reaktion auf Monas Worte war ganz simpel gewesen. Er hatte ihr angeboten, seine Eltern einfach zu fragen, was die Zahlungen zu bedeuten hatten. Irgendetwas musste ja dahinterstecken. In jeder Familie gab es Geheimnisse und Ereignisse, die, oft in stillem Einvernehmen, unter den Teppich gekehrt wurden. Wahrscheinlich lag das in der Natur des Menschen, denn das Leben musste weitergehen, und was einmal geschehen war, ließ sich nun einmal nicht ändern. Das war zwar eine Binsenweisheit, aber im Kern steckte da doch viel Wahrheit drin.

Erik hatte die Parkgarage seines Wohnblocks erreicht und betätigte die Fernbedienung. Er war froh, dass er sein Auto bei den eisigen Temperaturen nicht draußen abstellen musste, zumal die Parkplätze noch nicht alle vom Schnee geräumt waren. Als er es verschlossen hatte, öffnete er die Stahltür zum Hausflur. Es roch angenehm nach Zitrone, wahrscheinlich hatte die Reinigungsfirma, die einmal die Woche den Flur reinigte, heute ihren Dienst verrichtet. Es gab zwar einen Fahrstuhl, aber Erik nutzte die Treppe für einen Sprint, zumal er nach der Begegnung mit Mona irgendwie runterkommen musste. Die Abfuhr, die sie ihm erteilt hatte, war natürlich verständlich, hatte sich aber trotzdem wie eine kalte Dusche angefühlt. Gab es wirklich die Möglichkeit, dass sie verwandt waren? Was könnte es zu bedeuten haben, dass seine Mutter achtzehn Jahre lang Geld an Esther Linau überwiesen hatte? Er musste sich eingestehen, dass sowohl der Zeitraum als auch die Höhe der Zuwendung Monas Interpretation einer Unterhaltszahlung zuließ. Doch warum sollte seine Mutter die geleistet haben, wenn doch allenfalls sein Vater als Erzeuger infrage kam? Für Erik passte das alles nicht zusammen. Außerdem regten sich andere Gefühle in ihm als die, die normalerweise zwischen Geschwistern – und auch Halbgeschwistern – üblich waren.

Als er kurze Zeit später im Bademantel auf dem Sofa saß, kamen ihm plötzlich die merkwürdigen Worte von Herman Lüdecke, dem Adelsexperten von Judiths Geburtstagsfeier, in den Sinn. »Tut mir leid, was damals passiert ist«, hatte er gesagt. Was konnte er gemeint haben? Gab es auch in seiner Familie irgendetwas, von dem er nichts wusste oder wissen sollte? Es war wirklich an der Zeit, dass er die ganze Wahrheit über sich und sein Leben erfuhr.

24

Die Verkäuferin ließ den flüssigen Teig auf die heiße Platte fließen und verteilte ihn mit einem Schieber. Sofort roch Mona den Duft nach frisch gebackenen Crêpes und konnte es kaum erwarten, die Leckerei endlich zu kosten.

»Was möchten Sie denn darauf haben?« Die Frau mit dem runden, rosigen Gesicht klappte den dünnen Pfannkuchen mit einem flachen Wender gekonnt zusammen.

Mona ließ den Blick über die Liste gleiten, die vorne an der Verkaufsbude angepinnt war: Zucker und Zimt, Apfelmus, Nutella… Sie las weiter, es gab auch herzhafte Varianten: Käse, Schinken, geröstete Zwiebeln… Nein, sie blieb doch lieber beim Altbewährten und deutete auf das Behältnis mit der Zuckermischung. Lächelnd nahm sie die Pappschale in die Hand und blieb an einem hüfthohen Tisch stehen. Vorsichtig biss sie ein Stück ab, und seufzend stellte sie fest, dass der Crêpe genauso schmeckte, wie sie es erhofft hatte: fluffig und süß.

Während sie aß, schaute sie sich auf dem frisch eröffneten Weihnachtsmarkt von Gut Schwansee um. Die mit Tannenzweigen und bunten Lichterketten geschmückten Holzbuden reihten sich eine neben der anderen rund um den Innenhof. Es gab Bratwurst, Wildsuppe, Kaffee und Kuchen und natürlich Punsch, aber auch frisch gebrannte Mandeln und Zuckerwatte. Langsam füllte sich der Hof mit Menschen, und Stimmengewirr durchdrang die kalte Winterluft. In der Nacht zuvor hatte es nicht geschneit, aber die Temperaturen waren noch weiter gesunken. Den Mittelpunkt bildete der große Weihnachtsbaum im Zentrum der Verkaufsfläche, um dessen Zweige sich eine Lichterkette rankte. Sie sah, wie einige potenzielle Käufer bereits die Tannen aus der gutseigenen Schonung betrachteten, und die ersten Besucher trugen auch schon ihre Weihnachtsbäume zu ihren Autos.

Mona faltete die Pappe zusammen, wischte sich mit der Papierserviette den Mund ab und warf alles in den Mülleimer. Gerade wollte sie sich auf den Weg zum Herrenhaus machen, denn dort im Gewölbekeller gab es einen Kunsthandwerksmarkt, als ihr Sina entgegenkam. Die beiden Frauen umarmten sich herzlich, und dann zog Sina sie zu einer größeren, länglichen Bude, in der zwei Männer am Grill standen. Der eine von ihnen war Samuel Ratje, mit dem Sina im Hofcafé zusammenarbeitete und den Mona bei der Rettung der Eule schon kurz kennengelernt hatte. Über den Verkaufstresen hinweg reichte sie ihm die Hand, und er schüttelte sie ausgiebig. »Nett, dich wiederzusehen«, sagte er und deutete mit dem Kopf auf eine perfekt gegrillte Bratwurst. »Darf ich dich einladen?«

Mona lachte. »Nein danke, ich habe gerade einen Crêpe verdrückt, aber das nächste Mal sehr gern.«

Der andere Mann wirkte neben Samuel wie ein großer, freundlicher Bär. Sie reichten sich ebenfalls die Hand, und Mona erfuhr, dass er Albert Lorenzen hieß und früher der Chef des Hofcafés gewesen war. Er hatte vor einem Jahr einen Herzinfarkt erlitten, erzählte ihr Sina, als sie ihren Rundgang fortsetzten, und trat seitdem beruflich etwas kürzer. »Er hat in Eckernförde ein kleines Café gepachtet, das erst um 10 Uhr öffnet, und er kann seitdem pünktlich Feierabend machen.«

Die beiden Frauen erreichten die Tür zum Gewölbekeller und stürzten sich in das Gewühl. In den gemauerten Räumen reihte sich ein Verkaufsstand an den anderen: Es gab selbst gebastelte Strohsterne, Kerzen in allen Farben und Größen, Weihnachtsbaumkugeln, aber auch Schaffelle, selbst gestrickte Schals und Mützen sowie Weihnachtskarten. Mona blieb an einem Stand mit geschnitzten Waldtieren stehen, sie brauchte noch Geschenke für ihre Mutter und Omi. Eigentlich hatten sie schon vor vielen Jahren beschlossen, sich nichts mehr zu schenken, aber eine Kleinigkeit wollte sie trotzdem mitbringen. Sie nahm ein Reh in die Hand, das ein wenig an die Figuren erinnerte, die im Erzgebirge geschnitzt werden, und betrachtete es eingehend. »Zwanzig Euro«, sagte der Mann hinter dem Verkaufstisch, dessen runder Bauch sich unter dem grauen Wollpulli spannte. »Fünfzehn«, erwiderte Mona, ohne zu zögern, obwohl sie normalerweise eigentlich nicht handelte, aber hier in dieser heimeligen Atmosphäre machte es Spaß.

Der Mann runzelte die hohe Stirn. »Für den Preis gebe ich das Tier nicht her.«

Sie einigten sich schließlich auf achtzehn Euro, und Mona wählte noch einen Hirsch dazu aus. Der Verkäufer steckte die Tiere in eine Papiertüte und nahm das Geld entgegen. »Viel Spaß damit.«

Nachdem Mona noch ein paar selbst gestrickte Handschuhe für ihre Omi erworben hatte, begegnete sie Sina, die ebenfalls erfolgreich gewesen war. Sie hatte für ihre Eltern einen Aufbewahrungskorb aus Filz für Brennholz gekauft. Sina strahlte über das ganze Gesicht. »Darüber werden sich die beiden bestimmt freuen, dann kann nämlich der olle Korb endlich weg.«

Die beiden schlängelten sich durch das Gedränge bis zu dem Raum, in dem Essensstände und Tische aufgebaut waren. Sie hatten Glück: Ein Pärchen erhob sich gerade, und sie ergatterten die beiden frei gewordenen Plätze. Während sich Mona aus der dicken Jacke pellte, lief Sina zu einem Stand und kehrte mit zwei Bechern Kinderpunsch zurück. Da der Landfunk von Gut Schwansee bestimmt ohnehin bald die Nachricht von Eriks Heldentat vor der Schule und seinem Besuch in ihrer Wohnung verbreiten würde, erzählte sie Sina lieber gleich davon.

»Ihr habt euch also schon wieder geküsst!«, stellte Sina lächelnd fest. »Das ist doch wunderbar.«

Ihrer Ansicht nach war die Situation nicht ganz so

vertrackt, wie Mona sie sah. »Ich finde, du solltest ihm eine Chance geben. Das Gericht wird über die Erbangelegenheit entscheiden, und danach ist doch alles geklärt, oder?«

Mona nahm den Flyer von Gut Schwansee in die Hand, der auf dem Tisch lag. »Ja, schon«, erwiderte sie nachdenklich. »Ich finde es aber unmöglich, dass er Jenny als Zeugin benannt hat.«

»Er ist der Anwalt der Familie Adomeit«, stellte Sina mit einem sachlichen Tonfall fest. »Bestimmt wird dein Anwalt gut auf dieses Thema vorbereitet sein.«

»Stimmt, daran habe ich noch gar nicht gedacht.«

»Siehst du! Alles wird sich zum Guten wenden, schließlich ist bald Weihnachten.«

Die Tür wurde aufgestoßen, und kalte Luft strömte herein. Mona drehte sich um. Es war Hendrik, der kurz die Hand hob und wenige Sekunden später vor ihrem Tisch stand. Sina machte eine einladende Geste, und er setzte sich neben sie. Seine Wangen waren gerötet, und in den blonden Locken hatten sich Eiskristalle verfangen. Er legte den Arm um Sinas Taille und zog sie enger an sich heran. Die beiden waren ein wirklich schönes Paar, stellte Mona fest, genau wie Leni und Nathan. Sie fühlte einen klitzekleinen Stich im Herzen. Ihre Gedanken wanderten zu der Szene, die sich vor der Schule abgespielt hatte. Es hatte ihr imponiert, wie Erik sie verteidigt hatte. Die Situation mit David war wirklich brenzlig gewesen, und sie fragte sich, wie das in Zukunft mit ihm werden sollte.

Wie er dann hinter ihr hergefahren war, als wäre sie eine Prinzessin, die es zu beschützen galt. Dann seine anerkennenden und fundierten Worte, die er zu ihrem neuesten Werk geäußert hatte. Ihr Gefühl sagte ihr, dass er das alles nicht nur gesagt hatte, um ihr zu schmeicheln. Als Mona sich nun die Zärtlichkeiten ins Gedächtnis rief, die sie ausgetauscht hatten, wurde ihr Hals ganz trocken. Sie nippte an ihrem Becher.

»Mona?« Sie schüttelte den Kopf. Es war Hendrik, der sie angesprochen hatte. »Hörst du mir überhaupt zu?«

»Ja, eigentlich schon«, stammelte sie. »Was hast du noch einmal gesagt?«

Hendrik grinste schief. »Mein Vater lässt fragen, ob du ihm beim Verkaufen der Weihnachtsbäume helfen könntest. Einer seiner Mitarbeiter hat wohl abgesagt.«

Kurze Zeit später stand Mona auf der Verkaufsfläche und beriet ihren ersten Kunden, einen kleinen dicken Mann, der ein möglichst »billiges« Exemplar suchte. Bernhard, der nur ein paar Meter von ihr entfernt ebenfalls in ein Verkaufsgespräch verwickelt war, hatte sie kurz eingewiesen. Zum Glück war sie vor ein paar Wochen mit Sina und Leni im Planwagen in die Schonung von Gut Schwansee gefahren, so konnte sie die meisten Fragen gut beantworten.

Bernhard, der gerade eine ältere Dame im grünen Lodenmantel beriet, war offensichtlich in seinem Element. Seine Kundin sagte gerade, dass sie »nur mal gucken«

wollte, da sie eigentlich schon eine Edeltanne auf der Terrasse stehen habe. Bernhard hielt ihr trotzdem einen besonders schön gewachsenen Baum unter die Nase: »Der Trend geht zum Zweitbaum, gnädige Frau!«, sagte er. Er zwinkerte Mona vielsagend zu, als die Dame tatsächlich zuschlug und ihren Ehemann heranwinkte, der den Kauf mit einem strengen Blick quittierte, sich die Tanne aber trotzdem unter den Arm klemmte. Seine Ehefrau folgte ihm triumphierend. Bernhard blickte den beiden nach. Dann wandte er sich Mona zu. »Dat hett richtig Spooß maakt.«

Er stellte sich neben sie und steckte die Geldscheine, die er soeben verdient hatte, in die Brusttasche seines Arbeitsoveralls.

»Un wat drückt di si op de Seel?«

Als sie ihm einen fragenden Blick zuwarf, wechselte er wieder ins Hochdeutsche. »Dich bedrückt doch irgendwas?« Als sie nicht antwortete, nickte er bedächtig. »Ich kann mir schon vorstellen, was los ist.« Er suchte ihren Blick. »Es hat nicht zufällig etwas mit Erik zu tun?«

Mona seufzte. »Dann ist der Landfunk also auch schon zu dir durchgedrungen?«

»Na klar, mir entgeht nichts.« Er zog eine Packung Hustenbonbons aus der Tasche und hielt sie ihr hin.

»Nein, danke.«

Er runzelte kurz die wettergegerbte Stirn, steckte einen Bonbon in den Mund und sprach lutschend weiter. »Der Junge war früher nicht ohne«, sagte er und deutete mit dem Kopf auf den Innenhof. »Meine Jungs haben sich dort beim Rapsfest vor zwei Jahren mit ihm und seinen Kumpels eine ganz schön fiese Prügelei geliefert.«

Mona rückte ihre Mütze, die ihr in die Stirn gerutscht war, wieder zurecht. »Ich habe davon gehört.«

»Nu loot man nich den Koop hangen«, sagte Bernhard sanft. »Er hat sich mittlerweile doch gut im Griff, oder?«

Mona nickte. »Ja, ich glaube schon.«

Sie wollte das Thema wechseln, deshalb deutete sie auf die Reihe von Tannenbäumen, die sich schon deutlich gelichtet hatte. »Der Verkauf läuft ganz gut, oder?«

»Eigentlich schon, aber die Leute wollen nichts ausgeben.« Er kratzte sich nachdenklich am Kinn. »Viele kommen am vierten Advent und würden dann am liebsten alles geschenkt haben.«

Ein lautes Motorengeräusch ließ sie aufhorchen. Mona erkannte den Traktor, mit dem Erik und sein Vater beim letzten Mal gekommen waren, doch diesmal sah sie nur Hektor. Er brachte eine weitere Fuhre mit Tannenbäumen. Bernhard zückte sein Walkie-Talkie und rief ein paar Helfer herbei. Mona rückte die Bäume zurecht und kam dabei ganz schön ins Schwitzen, aber es machte ihr auch unheimlich viel Spaß. Als sie fertig waren, bedankte sich Hektor bei ihr. Er war schon auf dem Weg zurück zu seinem Gefährt, als er sich noch einmal umdrehte. »Ich wollte Sie übrigens noch zu unserem Neujahrsfest einladen«, sagte er. »In diesem Jahr wird auch die Familie Cornelius dabei sein.« Er schob das kantige Kinn nach vorn. »Mein Sohn hat darauf bestanden.« Er zog sich die Lederhandschuhe aus und reichte ihr die Hand. »Also?«

Mona zögerte einen Moment, schlug dann aber ein. »Danke, ich komme sehr gern.«

25

Die Bedienung, eine dünne rothaarige Frau mit akkurat gezupften Augenbrauen, stellte zwei Gläser Astra Pilsener auf dem Tisch ab, der noch die klebrigen Ränder der Gäste aufwies, die zuvor dort gesessen hatten. Herman Lüdecke, der Erik gegenübersaß, nestelte am Revers seines Tweedjacketts und wartete offenbar auf ein Zeichen von ihm.

Sie saßen in einer Kneipe in der Nähe des Millerntors, der Adelsexperte hatte diesen Treffpunkt vorgeschlagen. Fast eine halbe Stunde hatte Erik auf der Autobahn nach Hamburg im Stau gestanden und dann ewig nach einem Parkplatz gesucht. Mit Ach und Krach war es ihm trotzdem gelungen, pünktlich zu der Verabredung zu erscheinen. Nachdem die Servicekraft zum Tresen zurückgekehrt war, um dort weiter Bier zu zapfen, holte er einen Briefumschlag, in dem sich zweihundert Euro befanden, aus der Innentasche seines Blazers hervor. Sein Gegenüber drehte den Kopf kurz nach rechts und links und ließ das Geld dann in seiner Tasche verschwinden. Sie tauschten ein paar Floskeln aus und prosteten sich zu.

Herman Lüdecke stellte das Glas ab, verschränkte die Finger seiner beiden Hände ineinander, bis die Knochen knackten, und nickte Erik aufmunternd zu. »Was wollen Sie wissen?«

Erik lehnte sich im Stuhl zurück. Eigentlich hatte er ihm schon am Telefon alles gesagt und dabei auch das »Honorar« für die Informationen ausgehandelt, aber vielleicht gehörte dieser Mann zu den Menschen, denen man alles zwei Mal erzählen musste. »Sie haben mich doch als Mitglied der Familie Bardelow erkannt, oder?«

Sein Gegenüber kniff die Augen zusammen, und Erik hatte den Eindruck, als ob er sich wirklich neu konzentrieren musste. Während er auf die Antwort wartete, strich er mit dem Finger über das Muttermal unterhalb seines rechten Ohrs. Herman Lüdeckes Augenbrauen schnellten plötzlich nach oben. »Ja, so einen Leberfleck hatte Ihr Vater auch.« Lüdeckes weit aufgerissene Augen blieben an ihm kleben, und Erik rutschte unbehaglich auf dem Stuhl hin und her. Soweit er wusste, war er der Einzige in der Familie, der eine solche Hautveränderung aufwies. Seine erste Begegnung mit dem Klatschreporter kam ihm in den Sinn. Erik wurde einfach nicht schlau aus den Worten des Adelsexperten, aber er wollte jetzt auch noch nicht aufgeben. »Sie sagten auf Judiths Geburtstag, dass es Ihnen leidtäte, was damals passiert sei?«

Der Adelsexperte wirkte irritiert. »Habe ich das?« Er griff zum Glas und leerte es in einem Zuge. »Sie waren doch noch ein Kind«, sagte er schließlich gedehnt. Dann rülpste er hinter der vorgehaltenen Hand. Erik hätte ihn am liebsten geschüttelt, aber er war sich sicher, dass das auch nichts bringen würde. Die Bilder des Albtraumes kamen ihm in den Sinn. Hatte er als Kind womöglich irgendetwas erlebt, das er komplett verdrängt hatte?

Plötzlich ließ Lüdecke die Faust auf den Tisch fallen. »Ihr Vater hat Sie allein gelassen.« Er beugte sich über den Tisch. »Das war ein Skandal damals, ein richtig großer Skandal.« Dann verdunkelte sich sein Blick, und Erik hatte das seltsame Gefühl, als ob er in seine eigene Welt abgetaucht war. Mehr war aus diesem selbst ernannten Adelsexperten dann auch nicht mehr herauszubekommen, und Erik ärgerte sich bereits, dass er überhaupt nach Hamburg gefahren war. Jetzt kurz vor Weihnachten und dem anstehenden Jahreswechsel türmten sich die Aufgaben, die er noch erledigen musste, und stattdessen hatte er seine Zeit und recht viel Geld für einen vermeintlichen Informanten verschwendet, der offenbar nicht ganz klar im Oberstübchen war.

Als er wieder Richtung Autobahn fuhr, rief er Judith an. Er berichtete ihr in Kurzform von dem Treffen mit Herman Lüdecke. Wenn es irgendetwas gab, das in seiner Kindheit passiert war, dann würde sie es doch bestimmt wissen, schließlich war sie damals schon mit seinen Eltern befreundet gewesen. Leider hatte sie auch keine Ahnung, was der Journalist gemeint haben könnte. Außerdem habe sie sich mittlerweile auch von ihm distanziert, weil er doch nicht über die Kontakte verfüge, mit denen er immer geprahlt habe. Es rauschte kurz in der Leitung. »Judith, bist du noch dran?«

»Ja, bin ich.« Erik hörte, wie sie einatmete. »Es geht das Gerücht um, dass Herman Lüdecke an Alzheimer erkrankt ist.«

Als Erik endlich in sein Büro zurückkehrte, war es bereits dunkel, und Regine Schuhmacher hatte schon Feierabend gemacht. Die Irritation, die durch die Worte des Adelsexperten entstanden war, hatte sich immer noch nicht aufgelöst, und das machte ihn ganz verrückt. Er hängte den Mantel in die Garderobe, schaltete das Licht an und holte sich eine Flasche Mineralwasser aus dem Kühlschrank. Dann lehnte er sich mit dem Rücken gegen die Küchenablage und trank in kleinen Schlucken. Dieser Termin in Hamburg war ein richtiger Reinfall gewesen, er war jetzt kein bisschen klüger als vorher. Wenn sein Informant wirklich krankheitsbedingt Probleme mit dem Gedächtnis hatte, ließ das die ohnehin spärlichen Informationen noch mal in ganz anderem Licht erscheinen. Trotzdem ließ Erik das Gefühl nicht los, dass etwas nicht in Ordnung war, und das hatte mit seiner Familie zu tun. Seine Wutausbrüche waren schon als Kind berüchtigt gewesen. Allerdings hatten seine Eltern ihn nie bestraft, sondern immer mit viel Verständnis und Geduld reagiert. Wenn Viky hingegen mal über die Stränge geschlagen hatte, gab es gleich Hausarrest für sie, oder sie wurde nach dem

Abendessen direkt aufs Zimmer geschickt. Zum Glück hatten diese offensichtlichen Ungerechtigkeiten ihr geschwisterliches Verhältnis nie getrübt, aber Erik war sich ziemlich sicher, dass auch sie die unterschiedlichen Reaktionen seiner Eltern nicht verstanden hatte.

Plötzlich kam ihm eine Idee. Nachdem er die leere Flasche in den Korb für das Leergut gestellt hatte, ging er über den Flur in sein Büro. Er ließ den Blick über den Rücken der Akten gleiten, die in dem Regal gegenüber vom Schreibtisch standen, und nahm eine mit der Aufschrift »Privat« heraus. Er setzte sich an den Schreibtisch und blätterte durch die Dokumente, bis er zu seiner Geburtsurkunde gelangte. Das letzte Mal hatte er sie gebraucht, als er einen Reisepass beantragt hatte, und sich den Inhalt gar nicht genau angeschaut. Er überflog den weißen Ausdruck mit der schwarzen Schrift: *Geburtsurkunde* stand ganz oben, dann folgte *Standesamt Eckernförde* und *Registernummer*. Schließlich kam sein Name *Erik Graf von Bardelow*, das Datum seiner Geburt, sein Geschlecht, der Geburtsort *Eckernförde* und die Namen seiner Eltern: Beatrice Constance Gräfin von Bardelow und Hektor Graf von Bardelow.

Erik presste die Fingerspitzen aufeinander. Allerdings gab es noch eine weitere mögliche Erklärung. Vielleicht war er als Kind innerfamiliär adoptiert worden? In Adelskreisen war dieser Vorgang jedenfalls nicht unüblich. Vor allem, um bestimmte Zweige der Verwandtschaft zu erhalten, die ansonsten aussterben würden. Erst vor Kurzem hatte er darüber einen Artikel in einer juristischen Fachzeitung gelesen. Die Geburtsurkunde zeigte nur den aktuellen Zustand. Wenn er die Wahrheit über seine Herkunft wissen wollte, musste er sich Einsicht in das Geburtenregister verschaffen, denn dort waren immer die Namen der leiblichen Eltern und gegebenenfalls der Adoptiveltern genannt.

Mona war fix und fertig, als sie nach ihrer Arbeit auf dem Weihnachtsmarkt endlich wieder zu Hause war. Ihr Rücken schmerzte vom langen Stehen, und ihre Füße fühlten sich an wie Eisklumpen. Trotzdem war sie rundum zufrieden, denn es hatte unheimlich viel Spaß gemacht, zusammen mit Bernhard Weihnachtsbäume zu verkaufen. Er war wirklich ein Schatz, stellte sie fest, als sie sich die Stiefel von den Füßen zog, nachdem sie auf einem ihrer Küchenstühle Platz genommen hatte. Irgendwie hatten sie von Anfang an einen guten Draht gehabt. Es hatte nie ein Gefühl der Fremdheit zwischen ihnen gegeben, was natürlich auch daran lag, dass er sie Anfang November mit offenen Armen empfangen hatte.

Nachdem sie die Stiefel in den Flur gestellt hatte, kehrte Mona in die Küche zurück und setzte sich Teewasser auf. Sie schmunzelte innerlich, als sie an das Chaos dachte, das zu Beginn in ihrer neuen Bleibe geherrscht hatte. Bernhard hatte ihr gleich geholfen, mit Paul das Bett aufgebaut und war auch sonst jederzeit für sie da gewesen, wenn etwas nicht funktionierte. Das war wirklich schön und erfüllte sie mit tiefer Dankbarkeit. Bald neigte sich dieses Jahr dem Ende zu, und als sie an Gustav und den Tag dachte, an dem er gestorben war, fühlte sie sich zwar immer noch traurig, aber es tat nicht mehr so furchtbar weh wie am Anfang. Kommende Woche würde sie mit Judith, Elena und Frederik um das Erbe streiten müssen, das er ihr zugedacht hatte, aber auch das würde danach der Vergangenheit angehören, egal wie es für sie ausging.

Sie war glücklich darüber, dass sie den Job als Kunstlehrerin gefunden hatte, der auch wirklich gar nicht schlecht bezahlt war. Es war ihr wichtig, auf eigenen Beinen zu stehen und nicht von dem Vermächtnis abhängig zu sein. Das Haus auf Sylt war natürlich ein unglaubliches Geschenk, und sie war sehr dankbar dafür, dass er ihr diese einmalige Immobilie zugedacht hatte. Aber sie war einfach froh, wenn dieser Termin vor dem Nachlassgericht endlich hinter ihr lag und die Dinge geklärt waren. Wie auch immer. Sie hatte bislang noch nie vor einem Gericht erscheinen müssen, aber ihr Anwalt Dr. Wildner hatte ihr den Ablauf ganz genau erklärt. Er hatte ihr versprochen, immer in ihrer Nähe zu bleiben, und sie wissen lassen, dass er auch auf die Zeugenaussage von Jenny Unger sehr gut vorbereitet war. Er wolle allerdings erst einmal warten, was »die junge Dame«, wie er sich auszudrücken pflegte, wohl vortragen würde.

Mona nahm das kochende Wasser vom Herd und brühte sich ihren Tee auf. Mit der Tasse in der Hand setzte sie sich an den Tisch neben dem Küchenfenster, der mittlerweile zu ihrem Lieblingsplatz geworden war. Es hatte schon wieder geschneit, und die Schneedecke im Park wurde immer dicker. Teilweise ragten die Bäume aufgrund der Verwehungen nur noch zur Hälfte heraus, und auf der Rasenfläche gab es kein Durchkommen mehr. Sie fragte sich, wie es Piet wohl ging, sie hatten lange nichts mehr von Solveig gehört, aber bestimmt hatte die Familie jetzt kurz vor Weihnachten auch ganz anderes zu tun, als sie und ihre Freundinnen mit Fotos und Infos zu versorgen.

Mona umfasste mit beiden Händen die Tasse und freute sich über die Wärme, die sich auf ihren Handflächen ausbreitete. Ihre Gedanken wanderten zu dem Moment, als Erik sie geküsst hatte. Seine Berührungen waren so zärtlich und einfühlsam gewesen, und sein liebevoller Blick hatte mehr gesagt als tausend Worte. Es war sinnlos, jetzt über das alles nachzudenken. Wenn der Prozess vorbei war, würde sie weitersehen. Es hatte sich so verdammt gut angefühlt, aber gleichzeitig hatte sie das schlechte Gewissen geplagt. Zwar hatte ihr Gustav in seinem Schreiben zugestanden, sich neu zu verlieben, aber trotzdem kam ihr das alles immer noch wie ein Verrat vor. Umso mehr, als Erik – Ironie des Schicksals – in dem Nachlassstreit die Gegenseite vertrat. Es war richtig gewesen, ihm ihre Grenze aufzuzeigen, aber nun quälte sie der Gedanke, dass er jetzt womöglich nichts mehr von ihr wissen wollte.

26

Das Gebäude, in dem sich das Amtsgericht St. Georg befand, sah ganz anders aus, als Mona es erwartet hatte. Es war Teil des »Hauses der Gerichte«, eines modernen Gebäudekomplexes mit viel Glas und Stahl. Ihr Anwalt, Dr. Wildner, stand zu seinem Wort und wich ihr nicht von der Seite, als er mit ihr durch die Gänge schritt, bis sie den Sitzungssaal erreichten, in dem die Verhandlung stattfinden würde. Vor der Tür hatte sich bereits die Familie Adomeit eingefunden: Sie erkannte Judith, die ein blaues Kostüm trug und den Wintermantel über den Unterarm gelegt hatte. An ihrer Seite standen Elena und Frederik, die ebenfalls den hanseatischen Dresscode beachtet hatten. Gustavs Sohn hatte einen grauen Anzug mit gleichfarbiger Krawatte und blütenweißem Hemd gewählt, seine Tochter war in einem schwarzen Etuikleid erschienen.

Mona nickte der Familie zu, aber alle drei reagierten nicht, sondern wandten sich von ihr ab. In diesem Moment kam Erik um die Ecke. Mona stockte der Atem, denn in der matt glänzenden schwarzen Robe sah er ziemlich angsteinflößend aus. Er warf ihr einen kurzen Blick zu, den Mona nicht deuten konnte. War er ihr wohlgesinnt, oder würde er jetzt sein wahres Gesicht zeigen? Ein Gefühl der Panik breitete sich in ihr aus, und am liebsten hätte sie sich umgedreht und wäre wieder hinausgerannt. Dr. Wildner tätschelte ihren Arm, als ob er ihren inneren Zustand erahnen würde. »Alles wird gut«, flüsterte er und wies mit dem Kopf auf die Tür des Sitzungssaales, die von einem Gerichtsmitarbeiter geöffnet wurde, der die mündliche Verhandlung ankündigte.

»Es wird um Eintritt in den Gerichtssaal gebeten.«

Dr. Wildner schob Mona sanft in Richtung Eingang: »Es geht los!«

Nacheinander betraten alle den spartanisch eingerichteten Raum, nahmen Platz und richteten den Blick auf den mit hellem Holz verkleideten, leicht erhöhten Tisch, an dem der Richter sitzen würde. Judith, ihre Kinder und Erik saßen Mona und ihrem Anwalt direkt gegenüber, zwischen ihnen stand nur ein schmaler Tisch mit einem Stuhl, auf dem die Zeugen gehört wurden. Das jedenfalls hatte ihr Dr. Wildner mit ruhiger Stimme erklärt.

Die Tür zum Gerichtssaal öffnete sich, und zwei Frauen, von denen eine Jenny Unger war, betraten den Gerichtssaal und setzten sich in den Zuschauerbereich. Monas ehemalige beste Freundin warf ihr einen kurzen Blick zu. Sie hatte sich kaum verändert, war lediglich etwas fülliger geworden und hatte sich ihre schulterlangen Haare kurz schneiden lassen. Sylvia Grotsch war die Haushälterin der Familie Adomeit und sollte ebenfalls als

Zeugin gehört werden. Sie blickte starr nach vorne und hatte ihre Handtasche, die sie in ihrem Schoß abgelegt hatte, fest umklammert. Der Richter, der Dr. Emil Gruber hieß, trat mit wehender Robe in den Sitzungssaal, und alle Anwesenden erhoben sich wie auf ein gemeinsames Zeichen.

Als dann endlich Ruhe eingekehrt war, fragte der Richter, ob Zeugen im Gerichtssaal seien, und als sich daraufhin Jenny und die Haushälterin meldeten, nickte er und bat die beiden, den Raum wieder zu verlassen. Mona warf ihrem Anwalt einen fragenden Blick zu. Er beugte sich zu ihr herüber. »Das ist das übliche Prozedere. Frau Unger und Frau Grotsch sollen später unbefangen aussagen können.«

Danach sprach der Richter die Namen aller Anwesenden in sein Diktiergerät. Mona rutschte unruhig auf dem Stuhl hin und her, ihre Nerven waren mittlerweile zum Bersten gespannt. Erik hingegen blätterte seelenruhig in der Akte, die vor ihm lag. Sie fragte sich, was wohl gerade in ihm vorging. War er wirklich so abgeklärt, dass ihn dies alles vollkommen kaltließ? Nun stellte Dr. Gruber die Situation dar, die zwischen ihr und der Familie Adomeit durch Gustavs Testament entstanden war. Während er mit klaren und deutlichen Worten die tatsächliche und auch die rechtliche Lage schilderte, wurde Mona auf einmal bewusst, dass der Letzte Wille ihres Lebenspartners eine für beide Parteien ungewöhnliche Situation geschaffen hatte. Wenn Judith und die Kinder den Prozess verloren, würden sie in Zukunft weiterhin verbunden bleiben, da Mona dann monatliche Zahlungen von ihnen erhalten würde. Als der Richter seinen Vortrag beendet hatte, schob er die Brille zurück. »Besteht die Möglichkeit einer gütlichen Einigung?«

Erik erhob sich. »Nein, Herr Richter, meine Mandanten sind nicht an einem Vergleich interessiert.«

Danach begann das streitige Verfahren, so nannte sich dieser Teil des Prozesses, das hatte ihr Dr. Wildner auf der Autofahrt nach Hamburg bereits erklärt. Sie war früh am Morgen nach Kiel gefahren, hatte in der Tiefgarage der Kanzlei geparkt und war dort in das Auto ihres Anwaltes umgestiegen.

Zunächst kam Judith zu Wort, dann Elena und Frederik, die angaben, dass Mona sich das Vermächtnis durch »ihre Verführungskünste« und »weiblichen Reize« erschlichen habe. »Mein Mann war dieser Studentin verfallen«, sagte Judith in einem eisigen Tonfall. »Bevor er sie kennengelernt hat, stand seine Familie an oberster Stelle!« Ihre Stimme klang auf einmal brüchig, und ihr Sohn reichte seiner Mutter ein Taschentuch, das sie mit einem kurzen Nicken entgegennahm. Sie tupfte sich mit einer theatralischen Geste die Augenwinkel. »Das Haus auf Sylt ist unser Familienrefugium«, fuhr sie mit tränenerstickter Stimme fort. »Als unsere Kinder klein waren, haben wir dort jeden Sommer mehrere Wochen verbracht.« Sie machte eine bedeutungsvolle Pause. »Gustav hat immer gesagt, dass das so bleiben soll, damit die Kinder und vielleicht später auch Enkelkinder dort Urlaub machen können.«

Als Judith ihre Ausführungen beendet hatte, atmete Mona kurz durch. Irgendwann würde diese Gerichtsverhandlung zu Ende sein, sprach sie sich innerlich Mut zu.

Elena und Frederik wiederholten im Großen und Ganzen die Aussage ihrer Mutter, hielten sich in ihren Formulierungen jedoch etwas zurück.

Nun war sie an der Reihe. »Frau Linau«, sagte der Richter in ruhigem Tonfall. »Schildern Sie doch bitte, wie Sie Professor Adomeit kennengelernt haben.«

Zu Beginn hämmerte Monas Herz gegen den Brustkorb, und ihre eigene Stimme klang seltsam dünn. Sie schilderte ehrlich und offen, wie sie ihm in der Hochschule für Bildende Künste zum ersten Mal begegnet war. Er sei ihr gleich sympathisch gewesen, außerdem habe sie ihn schon vorher für sein künstlerisches Schaffen bewundert. Judith machte ein schnippisches Geräusch, und der Richter reagierte mit einem mahnenden Blick. Er wandte sich wieder Mona zu. »Fahren Sie bitte fort und erzählen Sie uns, wie Sie ein Liebespaar wurden.«

Mona schilderte freimütig, wie sie Gustav später privat kennenlernte und sie sich das erste Mal küssten.

»Aber dabei blieb es nicht?«, unterbrach sie Dr. Gruber. Die Röte schoss ihr in die Wangen, doch sie zwang sich, die Frage des Richters wahrheitsgemäß zu beantworten. »Ja, das stimmt.«

»Haben Sie, nachdem Sie mit Ihrem Geliebten zusammengezogen waren, jemals über seinen Tod oder sein Testament gesprochen?«

Monas Herz machte einen kleinen Sprung, und sie hob abwehrend die Hände. »Nein, natürlich nicht.« Sie senkte die Stimme. »Das war überhaupt gar kein Thema zwischen uns.«

»Sondern?«

Der Druck in Monas Brust verstärkte sich, aber sie sprach trotzdem mit ruhiger Stimme weiter. »Unsere Arbeit, darüber haben wir sehr viel gesprochen, aber natürlich auch über Kunst im Allgemeinen und über alltägliche Dinge, wie zum Beispiel das Wetter oder die politische Lage.« Erneut gab Judith einen missbilligenden Ton von sich, und diesmal hob der Richter mahnend den Finger. »Sie halten sich jetzt zurück, sonst müssen Sie den Saal verlassen.«

Schließlich rief der Richter Sylvia Grotsch als erste Zeugin auf. Die langjährige Haushälterin der Familie Adomeit war immer noch nervös und schaute, während sie befragt wurde, wiederholt zu ihrer Arbeitgeberin, als wolle sie sich vor jeder Aussage ihrer Zustimmung versichern. Zum ersten Mal mischte sich Erik in das Geschehen ein: »Wie würden Sie die Ehe von Frau und Herrn Adomeit beschreiben?«

Ein Lächeln huschte über das Gesicht der Haushälterin, und sie betonte ausführlich, dass die beiden »überaus glücklich« miteinander gewesen seien. »Herr und Frau Adomeit waren immer ein Herz und eine Seele.«

Dr. Wildner meldete sich zu Wort. »Können Sie sich denn erklären, warum Gustav Adomeit sich eine eigene Wohnung gesucht hatte?«

Sylvia Grotsch zuckte kaum merklich zusammen. »Er brauchte wohl seinen Freiraum«, antwortete sie ausweichend und kniff die schmalen Lippen zusammen. »Mehr kann ich dazu nicht sagen.«

Dr. Gruber ließ es dabei bewenden. »Wenn Sie möchten, können Sie jetzt gehen, aber Sie dürfen auch gern im Zuschauerbereich Platz nehmen.«

Die Haushälterin nickte, erhob sich und wählte einen Stuhl in der Nähe des Ausganges.

Dr. Gruber widmete sich kurz dem Aufnahmegerät. Dann ließ er endlich Jenny Unger eintreten und bat sie, auf dem Zeugenstuhl Platz zu nehmen. Mona spürte, wie sich ihre Kehle schmerzhaft zusammenzog. Ihre innere Anspannung war kaum noch auszuhalten, und sie hoffte inständig, dass die Verhandlung möglichst schnell vorbei sein würde.

»Ja, wir waren sehr gute Freundinnen«, erwiderte Jenny auf die erste Frage des Richters. Sie hätten viel miteinander unternommen, sich auch während des Studiums gegenseitig unterstützt. »Aber dann hat sie sich an den Professor rangemacht«, sagte sie nun, und der boshafte Klang ihrer Stimme ließ Mona innerlich zusammenzucken.

Der Richter nickte bedächtig. »Könnten Sie das konkretisieren?«

»Mona hat ihn die ganze Zeit angehimmelt, und wenn eine Vorlesung zu Ende war, hat sie so lange gewartet, bis sie endlich mit ihm alleine war.«

Sie drehte sich um und warf Mona einen verächtlichen Blick zu. »Die beiden sollen es sogar im Kunstraum auf dem Tisch miteinander getrieben haben.«

Mona spürte ein Brennen in der Kehle, und ihre Augen füllten sich mit Tränen. Wie konnte ein Mensch nur so niederträchtig sein?

Dr. Wildner hob die Hand, woraufhin der Richter ihm kurz zunickte. Die sonore Stimme ihres Anwaltes erfüllte den gesamten Saal. »Frau Unger«, begann er mit Blick auf seine Unterlagen. »Wie war denn Ihr Verhältnis zu Professor Adomeit?«

Jenny fasste sich kurz ans Ohrläppchen. »Ganz normal«, sagte sie schließlich. »Er war halt mein Professor, mehr nicht.«

Mona fragte sich, worauf ihr Anwalt hinauswollte. Dr. Wildner hielt einen Zettel hoch. »Dies hier ist eine Abschrift einer Anzeige wegen nächtlicher Ruhestörung«, sagte er. »Demnach haben Sie mehrfach mitten in der Nacht an die Tür der Wohnung von Professor Adomeit geklopft und ihm ihre Liebe gestanden.« Er machte eine bedeutungsvolle Pause. »Dies geschah jedoch, lange bevor Frau Linau und er ein Paar wurden.« Nun fixierte er sie eindringlich. »Kann es sein, dass Sie eifersüchtig waren, als er sich für eine andere entschied?«

Jenny reagierte nicht, aber Erik ergriff das Wort. »Das

alles ist für diesen Rechtsstreit vollkommen unerheblich.« Er legte die Handflächen aufeinander. »Hier geht es allein um die Frage, ob durch das Testament des Erblassers Gustav Adomeit gegen die guten Sitten verstoßen wurde.« Er nahm seine Akte in die Hand. »Ich zitiere hier aus einem Urteil des Oberlandesgerichts Düsseldorf.« Alle Gesichter waren erwartungsvoll auf ihn gerichtet. »Eine Sittenwidrigkeit und Nichtigkeit liegt unter Umständen nach § 138 Abs. 1 BGB vor, wenn die Erbeinsetzung ausschließlich den Zweck hatte, die geschlechtliche Hingabe des Erben zu belohnen oder zu fördern.«

Unruhe breitete sich im Gerichtssaal aus, aber noch immer hingen alle Anwesenden an Eriks Lippen. »Die Frage, die hier zu klären ist, lautet also: Wollte Gustav Adomeit den Sex, den er mit seiner Partnerin gehabt hat, durch das Testament honorieren?«

Mona sackte im Stuhl in sich zusammen. Sie würde sich niemals mehr im Spiegel anschauen können, wenn das Gericht diese Auffassung unterstützte.

Erik und Dr. Wildner lieferten sich ein längeres Wortgefecht, doch schließlich beendete Dr. Gruber den Diskurs. »Ich glaube, wir haben alle genug gehört. Ich schlage vor, zum Ende zu kommen, und stelle daher noch einmal die Frage, ob doch eine Einigung in diesem Rechtsstreit denkbar sein könnte?«

Mona hob die Hand, und ein Raunen ging durch den Gerichtssaal. »Ich möchte etwas vorschlagen, wenn das möglich ist.«

27

Der Schnee, der den Strand von Eckernförde fast vollkommen bedeckte, glitzerte in der Sonne, die am beinahe wolkenlosen Himmel stand. Die Luft war klirrend kalt und das Wasser der Ostsee schon teilweise gefroren. Erik lief am Spülsaum entlang in Richtung Naturstrand, er war früh am Morgen etwas verkatert aufgewacht, weil er sich nach dem Gerichtstermin in Hamburg abends zu Hause ausnahmsweise ein paar Drinks genehmigt hatte. Noch immer konnte er nicht glauben, was gestern im Gerichtssaal passiert war. Es ärgerte ihn, dass er nicht selbst die Idee gehabt hatte. Mona hatte den Erben angeboten, zusammen im Grundbuch des Hauses auf Sylt eingetragen zu werden, das heißt, sie hatte auf einen Teil ihres Erbes verzichtet und vorgeschlagen, das Haus in Zukunft gemeinsam zu nutzen. Er hatte sich mit Judith, Elena und Frederik ausführlich beraten, und im Anschluss daran war es tatsächlich zu einem Vergleich gekommen, den der Richter sofort mit entspanntem Gesichtsausdruck verkündet hatte. Ein Urteil und eine durch ihn erforderliche schriftliche Begründung entfielen also, und alle Beteiligten konnten das Gerichtsgebäude schließlich mit einem guten Gefühl verlassen. Judith und die Kinder hatten sich sogar bei Mona für ihr Entgegenkommen bedankt – wenn auch erst, nachdem er Judith intensiv ins Gewissen geredet hatte. Zunächst hatte sie diese Lösung nämlich entschieden abgelehnt, aber letztendlich doch auf ihn gehört. Leider hatte er keine Gelegenheit mehr gehabt, mit Mona zu reden. Sie hatten nur kurz Blicke ausgetauscht, deren Bedeutung für Erik nicht greifbar war, dann war sie an der Seite ihres Anwaltes verschwunden.

Erik klappte den Mantelkragen hoch, denn der Wind trieb ihm die Tränen in die Augen. Noch ein paar Tage, dann war Weihnachten, aber bis dahin hatte er noch einiges im Büro zu erledigen. Außerdem war er am Donnerstag zu einem Umtrunk von Björn Lausen eingeladen. Sein Mandant war sehr zufrieden mit dem Entwurf des Gesellschaftervertrages für influenc.ly, der auch bereits notariell beurkundet worden war. Die Rechtsangelegenheit, die er für seinen Boxtrainingspartner Dietmar erledigt hatte, war ebenfalls erfolgreich gewesen. Er hatte die Firma, die versuchte, seinem Kumpel die Kunden abzuwerben, mit deutlichen Worten abgemahnt, sodass sie endlich Ruhe gab.

Dietmar hatte ihm überschwänglich gedankt und gebeten, ihm sofort eine Rechnung zu schicken, aber er hatte ihn stattdessen um einen privaten Gefallen gebeten. Sein Sportkumpel hatte ihm versichert, sich für die Zeit bis zu den Weihnachtsferien seines Anliegens anzunehmen. Danach müsse man weitersehen.

So weit war also alles geregelt, bis auf die Sache, die ihn am meisten beschäftigte. Er fragte sich, wie es mit ihm und Mona weitergehen würde, nachdem zumindest der Rechtsstreit nicht mehr zwischen ihnen stand. Sie hatte so blass ausgesehen im Gerichtssaal, während Jenny Unger ihre Aussage gemacht hatte. Bei dem Gedanken daran zog sich sein Magen schmerzhaft zusammen. Würde sie ihm das jemals verzeihen können? Noch immer konnte er nicht glauben, dass sie mit ihrer Initiative die Wende in der Gerichtsverhandlung bewirkt hatte. Ihr konkreter Vorschlag für einen Vergleich hatte die ganze negative Energie im Gerichtssaal von einer Sekunde auf die andere in Luft aufgelöst. Diese Frau war wirklich unglaublich.

Ein junges Paar in dicken Wintermänteln kam ihm eng umschlungen entgegen, und er wich den beiden mit einem Nicken aus. Erik war mittlerweile richtig durchgefroren. Er wählte für den Rückweg die Promenade aus, die gut geräumt und mit hellem Sand gestreut war.

Heiligabend würde er nach Hause fahren, und er freute er sich schon auf seine Schwester Viky, die ebenfalls versprochen hatte zu kommen. Sie studierte mittlerweile in Hamburg, deshalb sahen sie sich nicht mehr so oft wie früher. Seine Mutter würde mit Sicherheit wieder ein fantastisches Essen servieren. Er mutmaßte, dass es Wild geben würde, das sein Vater selbst erlegt hatte. So war nun einmal die Tradition. Ein Kirchgang war ebenfalls geplant, und vielleicht würde er mit seiner Schwester auch mal wieder ausreiten, das hatten sie schon lange nicht mehr gemacht.

Nach Weihnachten begannen dann auch schon die Vorbereitungen für das Neujahrsfest, zu dem sein Vater nicht nur zum ersten Mal die Familie Cornelius eingeladen hatte, sondern auch Mona. Er hoffte inständig, dass sie nicht allein im Salon des Herrenhauses erscheinen würde, sondern an seiner Seite.

Als Mona nach einem langen Spaziergang durch die verschneiten Felder wieder vor ihrer Haustür stand, schüttelte sie sich den Schnee vom Mantel, ehe sie in den Flur trat. Die frische Luft hatte ihr gutgetan, denn am Morgen war sie mit Kopfschmerzen aufgewacht, obwohl sie am Abend nur Pfefferminztee getrunken hatte. Nach der Gerichtsverhandlung hatte sie Dr. Wildner noch in Hamburg zu einem Essen in ein italienisches Restaurant eingeladen, aber sie hatte kaum einen Bissen herunterbekommen. Ihr Anwalt hatte sie mehrfach für ihren Vorstoß gelobt. »Das war grandios, meine Liebe!« Sie hatte ihm ebenfalls versichert, dass sie sehr zufrieden mit seiner Arbeit gewesen sei und ihn gebeten, sich um alles Weitere zu kümmern. Noch war Gustav Adomeit als alleiniger Eigentümer im Grundbuch des Hauses auf Sylt eingetragen, denn er hatte die Immobilie von seinen Eltern geerbt. Dr. Wildner versprach, alles Notwendige zu veranlassen.

»Ich hoffe nur, dass es keinen Streit darüber gibt, wer wann das Haus nutzen darf«, gab ihr Anwalt schließlich doch noch zu bedenken, aber über solche möglichen zukünftigen Probleme wollte sie jetzt wirklich nicht nachdenken.

Mona war froh, dass das Wochenende vor ihr lag. Heute würde sie auf jeden Fall noch einkaufen gehen und ihre Geschenke für ihre Mutter und Omi einpacken. Sie freute sich auf den Heiligen Abend und vor allem auf die Winterferien. Am kommenden Mittwoch war ihr letzter Arbeitstag, und danach würde sie direkt nach Dollerup fahren und bis zum zweiten Weihnachtstag dortbleiben.

Silvester würde sie in diesem Jahr wahrscheinlich alleine feiern, aber das war auch okay für sie. Sie war noch nie ein großer Fan dieses Festes gewesen. Dafür folgte ja dann gleich das Neujahrsfest auf dem Nachbarhof.

Sina und Leni freuten sich schon sehr auf das große Fest bei der Familie von Bardelow. Mona hatte zugesagt, sich mit den beiden auf jeden Fall vorher noch zu treffen, um die Kleiderfrage zu besprechen.

Mona ging ins Wohnzimmer und entfachte ein Feuer in ihrem Kachelofen. Für sie war das mittlerweile ein schönes Ritual geworden. Sie setzte sich aufs Sofa, legte eine Wolldecke über die Knie und schaute in die Flammen. Ihre Gedanken wanderten zu den Ereignissen, die sich im Gerichtssaal abgespielt hatten. Es hatte wehgetan, Erik als Rechtsbeistand der Gegenpartei zu sehen, aber andererseits war sie auch beeindruckt gewesen von seinem Auftreten. Er hatte überaus kompetent und souverän gewirkt, und mittlerweile verstand sie immer weniger, warum ihm der Ruf eines Schlägers vorauseilte. Nach der Gerichtsverhandlung hatten sie keine Gelegenheit gehabt, noch miteinander zu sprechen. Mona nahm Gustavs Brief in die Hand, den der Bote ihr kurz nach dem Einzug überbracht hatte, und überflog noch einmal den letzten Absatz:

»Liebe Mona, bleibe nicht allein, suche dir einen Gefährten, mit dem du dein Leben teilst – das wünsche ich mir wirklich aus ganzem Herzen. Ich liebe dich! Dein Gustav.«

Jetzt, mit einem gewissen Abstand, fragte sich Mona, aus welchem Grund er diese Zeilen verfasst hatte. Vielleicht hatte er schon längere Zeit Probleme mit dem Herzen gehabt, über die er nicht hatte reden wollen? Als sie nun darüber nachdachte, erinnerte sie sich an mehrere Arzttermine im Sommer des vergangenen Jahres. Auf ihre Frage nach dem Grund war seine Antwort jedes Mal »nur Routine« gewesen. Sie legte das Schriftstück zurück auf den Tisch. Es machte keinen Sinn, sich den Kopf darüber zu zerbrechen. Mona war dankbar für den Brief, denn er bestätigte sie in der Einschätzung, die sie immer von ihm gehabt hatte. Er war ein empathischer und kluger Mann gewesen, und sie würde die Erinnerung an ihn immer in ihrem Herzen tragen.

Die Stimmung im Lehrerzimmer war entspannt. Nach dem Gong, der das Ende der letzten Stunde vor den Weihnachtsferien angekündigt hatte, waren die meisten Kollegen dorthin geströmt, denn es gab noch Kinderpunsch und das restliche Weihnachtsgebäck. Einige waren auch direkt nach Hause gefahren, denn sie starteten noch am selben Nachmittag in den Winterurlaub. Mona sah, dass David sich mit Dr. Weimann unterhielt. Der Schulleiter nickte bedächtig und schüttelte ihm schließlich die Hand. Seit dem Vorfall auf dem Parkplatz war David ihr aus dem Weg gegangen, aber noch traute sie dem Frieden nicht.

Mona hatte alle ihre Sachen gepackt und winkte zum Abschied in die Runde. Auch sie wollte sich sofort auf den Weg nach Dollerup machen, denn laut Verkehrsvorhersage waren alle Straßen frei, und am Nachmittag sollte es wieder ordentlich schneien. Eiligen Schrittes lief sie in Richtung Ausgang, als die Tür aufging und ein Mädchen die Schule mit hängenden Schultern betrat.

»Amelie!« Sie kniete sich vor ihre Schülerin, deren gerötetes Gesicht tränenüberströmt war. »Was ist denn los?«

»Papa ist nicht gekommen«, erwiderte die Kleine schluchzend. Mona strich ihr sanft über die Wangen. »Wollte er dich abholen?«

Amelie nickte heftig, deshalb nahm Mona sie bei der Hand. »Komm, jetzt gibt es erst einmal einen heißen Kakao.«

Mona holte die Telefonliste von Amelies Klasse aus ihrem Fach im Lehrerzimmer, wo inzwischen Ruhe eingekehrt war, und zum Glück erreichte sie die Mutter ihrer Schülerin, die aufgeregt versprach, sich gleich auf den Weg zu machen.

»Deine Mama kommt gleich«, sagte sie. Ihr Herz schmerzte aus Mitleid. Es musste sich schlimm anfühlen, als einziges Kind nicht abgeholt zu werden. Sie brachte ihr einen Zeichenblock und Buntstifte, ging in die Lehrerküche und holte einen Becher aus dem Hängeschrank.

Als sie in das Lehrerzimmer zurückkam, nahm Amelie ihre Tasse mit einem kleinen Lächeln entgegen. »Aber du bleibst doch hier?«

Mona legte behutsam die Hand auf ihre Schulter. »Natürlich, ich warte mit dir, bis deine Mutter da ist.«

In der kurzen Zeit hatte das Mädchen ein Bild von einem Winterwald entworfen: Tannen, Schnee und ein Weihnachtsmann, der einen Schlitten hinter sich herzog. »Wow, das ist aber toll geworden«, lobte Mona sie.

Kurze Zeit später erschien Amelies Mutter, eine gehetzt wirkende Frau mit dunklen Schatten unter den Augen. Sie entschuldigte sich überschwänglich dafür, dass sich ihr Ex-Mann mal wieder nicht an die Abmachungen gehalten hatte, half ihrer Tochter beim Einpacken der Sachen und beim Anziehen und verabschiedete sich wortreich.

»Frohe Weihnachten!«, rief Mona ihnen hinterher, und die beiden erwiderten ihren Gruß. Dann waren sie verschwunden.

Beim Verlassen der Schule winkte Mona dem Hausmeister zu, der gerade ein letztes Mal den Weg frei schaufelte. Die beiden wünschten sich ebenfalls ein schönes Weihnachtsfest. Mona schmunzelte in sich hinein, denn der gute Geist der Schule wirkte mit seiner rundlichen Figur, dem gutmütigen Gesichtsausdruck und den Ohrenschützern wirklich wie ein großer Kuschelbär.

Als Mona fast den Parkplatz erreicht hatte, griff sie in die Tasche, fingerte den Autoschlüssel hervor, und als sie den Kopf wieder hob, stand David vor ihr und bat sie um »zehn Minuten«.

Mit vor der Brust verschränkten Armen richtete sie sich vor ihm auf und hörte sich ruhig an, was er zu sagen hatte, obwohl sie innerlich sehr angespannt war, aber das wollte sie ihm auf gar keinen Fall zeigen.

»Halt!«

David riss die Augen auf, als jemand ihn von hinten packte. »So Freundchen, das reicht!« Hinter ihm stand ein breitschultriger Hüne mit einer Wollmütze auf dem Kopf, der eine gefütterte schwarze Lederjacke und Springerstiefel trug.

Mona ließ vor Schreck die Tasche fallen, die der Kerl

sofort mit der freien Hand aufhob und ihr zurückgab. Dann lockerte er den Griff, und David massierte sich die Schulter. »Was soll das?«, brachte er schließlich hervor.

»Sie lassen diese Dame in Zukunft schön in Ruhe! Sie wissen doch, dass Sie sich Frau Linau nicht nähern dürfen, oder?« Er drehte sich zu Mona um. »Wenn er noch mal Ärger macht, melden Sie sich.« Er hielt ihr eine Visitenkarte unter die Nase.

»Dietmar Wegner, Wach- und Objektschutz?« Mona runzelte die Stirn. »Wer hat Sie beauftragt?«

»Ein Freund.«

»Ich glaube, hier liegt ein Missverständnis vor«, sagte Mona schließlich und nickte David zu.

Der straffte die Schultern und trat einen Schritt vor. »Ich habe meiner Kollegin nur mitgeteilt, dass ich um meine Versetzung gebeten habe.« Er warf Mona einen flehenden Blick zu. »Ja, das stimmt«, bestätigte sie seine Worte.

Der Sicherheitsmann nickte, dann hob er die Hand. »Dann mal nichts für ungut«, brummte er. »Wenn es doch noch einmal Probleme gibt, melden Sie sich einfach, Sie haben ja jetzt meine Nummer.«

Er wandte sich zum Gehen, aber Mona hielt ihn am Ärmel zurück. »Warten Sie! Wie heißt denn nun Ihr Auftraggeber?«

Als der Sicherheitstyp ihr Eriks Namen nannte, fiel sie aus allen Wolken. »Das ist nicht Ihr Ernst, oder?«

28

Die bunten Lichter des Hafens und der Bürogebäude am Ostufer leuchteten in der Dunkelheit. Im Sommer war die Sicht von der Bar des Atlantik Hotels aus natürlich weitaus besser, zumal man sich dann auf der Dachterrasse aufhalten konnte. Zurzeit blieb den Gästen nur der Blick durchs Panoramafenster. Jetzt, einen Tag vor Weihnachten, war es hier brechend voll. »Last Christmas« von Wham! dröhnte aus den Lautsprechern, die Barkeeper hinter dem Tresen mixten einen Drink nach dem anderen, und lautes Stimmengewirr und Gelächter durchdrangen den Raum. Erik und Björn hatten von ihrem Stehtisch aus eine gute Sicht auf das Geschehen. Nachdem die Webseite influenc.ly vor drei Tagen online gegangen war, stiegen die Zugriffe kontinuierlich, und Björn und sein Team bekamen jeden Tag Anfragen von Influencern, die sich auf der Plattform präsentieren wollten. Nach der Weihnachtsfeier in den Büroräumen des Start-ups waren sie noch auf einen Absacker hierhergekommen. Björn hob sein Glas. »Danke noch mal für deine gute Arbeit.«

»Gern geschehen«, erwiderte Erik, und die beiden prosteten sich zu. Sein Mandant beugte sich zu ihm herüber. »Könntest du dich nach Weihnachten auch noch mal um unsere Datenschutzerklärung auf der Webseite kümmern? Diese beknackte Datenschutzgrundverordnung macht mich wahnsinnig.«

»Klar!«, rief er gegen den Lärm an. »Kümmere du dich mal ums Kreative, ich nehme euch den langweiligen rechtlichen Kram ab.«

Björns Handy klingelte, deshalb machte er ein Zeichen, dass er kurz vor die Tür gehen werde. Erik nickte, nahm noch einen Schluck und folgte ihm mit seinem Blick, bis er in der Menschenmenge verschwunden war. Als er sich wieder umdrehte, hatte sich eine Blondine, die eine tief ausgeschnittene, enge Bluse trug, auf Björns Platz gesetzt. »Hi, Erik.«

Der Satz »Kennen wir uns?« lag ihm auf der Zunge, aber als sie ihm tief in die Augen schaute, fiel ihm wieder ein, wer sie war. »Josie, lange nicht gesehen.« Er nippte an seinem Glas. »Was machst du hier?«

Sie klimperte mit den langen Wimpern. »Mich langweilen.« Sie neigte sich zur Seite und zwirbelte eine Locke um den Zeigefinger. »Siehst du die Typen dahinten in der Ecke? Mit denen habe ich mich heute den ganzen Tag rumgeschlagen.« Die Herren in dunklen Anzügen, auf die sie gedeutet hatte, sahen in der Tat nicht so aus, als seien sie zu Späßen aufgelegt. Sie trugen beschriftete Bänder um den Hals, an deren Karabinerhaken eingeschweißte Namensschilder baumelten. Josie seufzte. »Eine Wirtschaftsdelegation aus München. Sie interessieren sich für unsere Software, mit der die Abläufe in Krankenhäusern digitalisiert werden können.«

»Hört sich interessant an«, sagte Erik aufrichtig. »Digital Health ist ein wichtiges Thema.«

»Du bringst es auf den Punkt. Wir haben Großes vor und sind auf der Suche nach Partnern, mit denen wir unseren Vertrieb international aufstellen können.« Sie warf ihm einen vielsagenden Blick zu, und normalerweise hätte sich Erik diese Chance nicht entgehen lassen. Er hatte Josie während des Studiums bei einer Medizinerparty kennengelernt. Sie hatten einen unglaublich lustigen Abend miteinander verbracht und waren dann im Bett gelandet. Doch schon damals war sie nicht an einer Beziehung interessiert gewesen, sondern hatte den Fokus auf ihre berufliche Zukunft gerichtet. Und Erik hatte diese Unverbindlichkeit zu schätzen gewusst.

Josie stand auf und winkte jemandem zu. Zu dem figurbetonten Oberteil trug sie einen matt glänzenden Rock und hohe schwarze Lackpumps. Sie legte die Hand auf seine Schulter und beugte sich zu ihm hinunter. »Ich muss los! Wenn du heute noch Lust auf Zweisamkeit hast, schreib mir einfach, okay?«

Normalerweise wäre es für Erik keine Frage gewesen, wie sich dieser Abend entwickelt hätte, aber etwas hatte sich verändert. Seine Gedanken kreisten ständig um Mona, Josies Reize erreichten ihn nicht. Dietmar hatte ihm eine WhatsApp-Nachricht geschrieben. Offensichtlich hatte sich das Problem mit ihrem Kollegen David von selbst gelöst, sodass er seinen Job als erledigt ansah. Darüber war Erik sehr erleichtert. Er zog sein Smartphone aus der Tasche. Mona hatte sich nicht gemeldet, und er überlegte, ob er sie nicht anrufen sollte. Doch dann tippte er schnell »Schöne Weihnachten« ins Dialogfeld der App. Nur ein Häkchen erschien, und er vermutete, dass sie wahrscheinlich auf dem Weg nach Hause oder bereits in Dollerup war. Der Empfang war auf dem Land oft schlecht. Vielleicht würde sie sich ja später melden, das hoffte er jedenfalls.

Eine Stunde später betrat er den Flur der Villa von Ines und Günther. Mittlerweile war es für ihn eine schöne Tradition geworden, am Tag vor Weihnachten bei ihnen vorbeizuschauen. Erik überreichte seiner guten Freundin eine Schachtel Schweizer Pralinen, die er von einer Manufaktur bezog. Die Kunstmäzenin achtete zwar penibel auf ihre Figur, hatte aber eine geheime Schwäche für die kleinen Köstlichkeiten. Nachdem er abgelegt hatte, folgte er ihr in die Küche. Sie bot ihm ein Glas Champagner an, aber er schüttelte den Kopf. »Eigentlich liebend gern, aber ich muss noch fahren.«

Sie deutete mit dem Kopf auf den Eichentisch, der vor der Fensterfront stand und in den eine Vertiefung eingelassen war, in der Töpfe mit Basilikum, Rosmarin und Petersilie standen. In der Mitte des mit Eichenparkett ausgelegten Raumes befand sich ein Block, der aus verschieden großen weiß verkleideten Einzelteilen bestand, die versetzt angeordnet waren, wodurch das massive Element eine gewisse Leichtigkeit ausstrahlte. Das Farb- und Gestaltungskonzept setzte sich in den in die Wand eingelassenen Schränken und Regalen fort, in denen Koch- und Backbücher nach Farbe und Größe sortiert waren. Die Küche musste ein kleines Vermögen gekostet haben und war wirklich mit allem ausgestattet, was das Herz eines Hobbykoches – und das war Günther mit Leib und Seele – höherschlagen ließ.

In der Zwischenzeit hatte Ines zwei Tassen Cappuccino zubereitet, die sie auf einem silbernen Tablett servierte. Sie unterhielten sich zwanglos, zwischendurch kam Günther in die Küche, sagte kurz Hallo, holte eine Flasche Mineralwasser aus dem Kühlschrank und verschwand wieder. Schließlich schob Ines ihre Tasse beiseite. »Wie geht es denn Mona Linau?« Sie zwinkerte ihm zu. »Ich habe gehört, dass sie auf ihr Erbe teilweise verzichtet hat?«

»Woher weißt du davon?«

Sie lächelte vielsagend. »Ich habe halt meine Quellen.«

Er nickte. »Ja, das stimmt. Ich denke, damit können jetzt alle gut leben.«

Ines verschränkte die Finger ineinander. »Hat Frau Linau denn ihre Malblockade mittlerweile überwunden?«

Erik fasste sich kurz an den Kopf. »Gut, dass du mich darauf ansprichst, ich muss dir etwas zeigen.«

Er holte sein Handy hervor. Als er das Foto des Gemäldes gefunden hatte, das er in Monas Atelier aufgenommen hatte, hielt er es ihr entgegen. Ines beugte sich etwas nach vorn, um es zu betrachten. Ihre Miene hellte sich auf. »Warte einen Moment.« Sie verließ die Küche und kehrte kurz darauf mit ihrer Brille zurück. »Das ist aber noch nicht vollendet, oder?« Ines' Kunstverstand überraschte Erik immer wieder aufs Neue. »Nein, das stimmt.« Er kratzte sich am Kinn. »Wie findest du es?«

Ines antwortete nicht, sondern bewegte ihre Finger auf dem Display, um das Foto zu vergrößern. Nur das leise Brummen des Edelstahlkühlschrankes durchdrang die Stille. Schließlich richtete sie sich im Stuhl auf, zog die Brille wieder von der Nase und legte das Gestell auf die Tischplatte. »Fotorealismus ist sehr gefragt«, sagte sie, und Erik hatte das Gefühl, gleich vor Ungeduld in die Luft zu gehen. »Frau Linau hat durch das Spiel mit Licht und Schatten eine besondere Atmosphäre geschaffen.« Ines hielt einen Moment inne. Sie runzelte die Stirn, als müsse sie im Kopf erst einmal die Sätze zusammenfügen. »Es wirkt so, als ob jemand durch Zufall auf den Auslöser eines Fotoapparates gedrückt habe.«

»Dir gefällt es also?«

Ines' rechter Mundwinkel zuckte. »Es ist fantastisch«, sagte sie dann endlich. Erstaunt beobachtete Erik, wie sie sich erhob, den Stuhl wegschob und aufgeregt in der Küche hin und her lief. »Das Motiv ist ebenfalls wunderbar. Wir planen eine Ausstellung zum Thema Mensch und Tier, das Bild würde perfekt dazu passen.« Sie machte auf dem Absatz kehrt, dann sprudelten die Sätze weiter aus ihr heraus. »Die Kunststiftung hat mich als Kuratorin benannt. Ich habe schon einige Künstler und Künstlerinnen verpflichtet. Die Ausstellung wird Anfang März in den Räumen des Sparkassen- und Giroverbandes eröffnet.« Sie drehte sich zu ihm um. »Meinst du, dass deine Künstlerin ihr Werk bis dahin vollenden könnte?«

Als Erik etwas später im Schritttempo in Kiel von der Moltkestraße in die Beselerallee abbog, musste er noch immer über Ines' Reaktion schmunzeln. Wenn sie von irgendetwas begeistert war, gab es für sie kein Halten. Wahrscheinlich telefonierte sie bereits mit dem Vorstand der Kunststiftung, um die Mitglieder von ihrer Idee zu überzeugen.

Ines hatte erzählt, dass im kommenden Jahr Projekte und Initiativen aus dem Natur- und Umweltschutz besonders gefördert würden. Im Fokus stünden erstmalig nicht nur staatliche Organisationen, sondern auch private Initiativen. »Die Natur liegt uns doch allen am Herzen«, hatte Ines ihm noch mit auf den Weg gegeben, als sie sich vor der Tür verabschiedet hatten.

Erik fuhr nun auf der Holtenauer Straße, rechts und links sah er Boutiquen, Bäckereien, Cafés und Schuhgeschäfte, die bereits geschlossen hatten. Die Schaufenster waren festlich erleuchtet, aber nur wenige Spaziergänger waren noch unterwegs. Schließlich bog er auf die Schauenburger Straße ab. Schneeflocken rieselten vom Himmel, und er schaltete die Scheibenwischer ein. Er konnte sich überhaupt nicht erinnern, wann es das letzte Mal über so einen langen Zeitraum geschneit hatte. Es würde wohl tatsächlich weiße Weihnachten geben. Als die Ampel an der Kreuzung in Richtung Autobahn auf Rot sprang, checkte er kurz sein Handy. Die Nachricht, die er Mona geschickt hatte, wurde jetzt mit zwei blauen Häkchen angezeigt. Sie hatte seine Worte also gelesen, ihm aber nicht geantwortet. Augenblicklich verschlechterte sich Eriks Stimmung. Er überlegte, ob er bei der nächsten Möglichkeit auf einen Parkplatz fahren sollte, um sie anzurufen. Messenger waren zwar praktisch, aber letztlich konnten sie ein Gespräch zwischen zwei Menschen nicht ersetzen.

Als Erik eine gute Stunde später den Schlüssel ins Schloss seiner Haustür steckte, war er froh. Er hatte wirklich ewig gebraucht, um nach Eckernförde zu kommen. Auf der Autobahn war er noch gut vorangekommen, aber die Landstraße war stellenweise sehr glatt gewesen. Im Flur nahm er sein Handy aus der Tasche. Sein Herz flatterte, als er bemerkte, dass sich Mona doch noch gemeldet hatte:

»Das wünsche ich dir auch!«

29

Die weiße Kugel war noch immer nicht groß genug. Schnee war in Hülle und Fülle vorhanden, deshalb rollte Mona den Rumpf des Schneemannes am Gemüsebeet entlang. Ihre Mutter und Omi erledigten gerade im Wohnzimmer die letzten Vorbereitungen vor dem Heiligen Abend und hatten einhellig bekundet, dass sie nur im Weg sei.

Mona platzierte die erste Kugel auf dem zugeschneiten Rasen vor dem Fenster. So würden sie später einen schönen Blick auf ihr Werk haben. Sie formte eine weitere, etwas kleinere Kugel und dann noch einen Kopf. Als sie die drei Teile zusammengesetzt hatte, war sie schon sehr zufrieden mit ihrer Arbeit. Sie trug eine Skihose, einen dicken Wollpulli unter der Winterjacke und hatte sich die gefütterten Schuhe ihrer Mutter geliehen, deshalb konnte ihr die eisige Kälte nichts anhaben. Mona presste etwas Schnee in die Zwischenräume der Kugeln, um dem Ganzen mehr Halt zu geben. Dann drückte sie eine Möhre und zwei runde Steine in den Kopf, stülpte ihm einen alten Filzhut über und steckte ein Bund Reisig jeweils rechts und links in den Körper. Schließlich wickelte sie noch einen alten Schal um seinen Hals. Da hörte sie ein Klopfen hinter sich, und als sie sich umdrehte, sah sie ihre Mutter am Fenster, die ihren Daumen in die Luft streckte. Sie winkte ihr zu.

Später machten sich die drei Frauen auf den Weg zum Weihnachtsgottesdienst in die St.-Marien-Kirche im benachbarten Grundhof. Normalerweise waren sie immer erst nach der Bescherung dort hingegangen, aber mittlerweile hatte ihre Omi keine Lust mehr, so lange aufzubleiben. Mona war das alles recht. Sie liebte das imposante Feldsteingebäude, das in der Mitte des 12. Jahrhunderts errichtet worden war. Als sie das Gotteshaus betrat, wurde sie wie immer von einer stillen Demut erfasst. Rechts und links des Ganges standen Holzbänke, die in einem schönen Graublau gestrichen waren, und an der hinteren Wand erhob sich über dem Altar die Orgel, die wunderbar klang. Sie war hier konfirmiert worden, deshalb wusste sie einiges über die Geschichte dieser Kirche, die Mitte des 18. Jahrhunderts nach einem Blitzschlag abbrannte, wobei auch das wertvolle Instrument zerstört worden war. Teile davon wurden jedoch gerettet, und später wurde sie neu errichtet und sogar vergoldet. Der Künstler, der diesen Auftrag erledigte, malte auch die fünfundsechzig Tafeln an den Emporen aus, die immer noch sehr gut erhalten waren und die Zehn Gebote darstellten, die Übergabe der Gesetzestafeln an Moses und weitere Szenen aus dem Alten und Neuen Testament.

Wie jedes Jahr war der Weihnachtsgottesdienst gut besucht. Am besten gefiel es ihr, wenn die Gemeinde Weihnachtslieder sang. Vor allem liebte sie *Vom Himmel hoch, da komm ich her* von Martin Luther. Die Melodie und der Text, die der Initiator der Reformation vor 500 Jahren erschaffen hatte, berührten sie jedes Jahr aufs Neue.

Als sie wieder zu Hause waren, sollte Mona bis zur Eröffnung des Weihnachtszimmers in ihrem Zimmer bleiben. Sie würde zwar im März kommenden Jahres einunddreißig Jahre alt, aber hier in Dollerup war sie eben immer noch das Kind.

Sie nutzte die Zeit, um noch einmal kurz zu duschen und sich umzuziehen. Als sie das Klingeln der Weihnachtsglocke hörte, strich sie das dunkelrote Kleid glatt, das sie für diesen Abend ausgesucht hatte, und stieg die Treppe hinunter. Ihre Mutter öffnete die Tür zum Wohnzimmer, und ein erwartungsvolles Kribbeln durchströmte sie. Esther hatte sich mal wieder selbst übertroffen. In der Ecke neben dem Fenster stand der deckenhohe Weihnachtsbaum, dessen Zweige mit cremefarbenen Kerzen geschmückt waren, die in silbernen Haltern steckten. Außerdem sah Mona Strohsterne, Herzen aus Holz und rote Christbaumkugeln. Gemeinsam stimmten sie *O Tannenbaum* an und wünschten sich schöne Weihnachten. Ihre Mutter freute sich sehr über das geschnitzte Reh und den Hirsch, die sie auf dem Weihnachtsmarkt von Gut Schwansee gekauft hatte, und ihre Omi probierte freudestrahlend die selbst gestrickten Handschuhe an. »Die passen wie angegossen.«

»Eigentlich wollten wir uns ja nichts mehr schenken«, sagte ihre Mutter mit einem verschmitzten Lächeln und überreichte ihr ein Paket, das ein Set mit Pinseln und einen Gutschein für den Kunstbedarfsladen in Hamburg enthielt, in dem sie ihre Farben und Leinwände erwarb. Sie fiel den beiden Frauen um den Hals. »Danke, ihr seid echt lieb.«

Zum Essen gab es anschließend traditionell den selbst gemachten Kartoffelsalat ihrer Omi, den niemand so unglaublich gut wie sie zubereiten konnte, und dazu Wiener Würstchen. Erst für den nächsten Tag war der klassische Gänsebraten geplant. Nach dem Essen unterhielten sie sich noch eine Weile, bis sich ihre Omi verabschiedete. »Seid mir nicht böse, aber ich bin hundemüde.«

Mona half ihrer Mutter beim Abräumen, und als beide nebeneinander in der Küche standen, hatte sie das untrügliche Gefühl, dass etwas Unausgesprochenes zwischen ihnen stand. So überraschte es sie auch nicht, als ihre Mutter sich, nachdem sie den letzten Teller in die Spülmaschine gestellt hatte, zu ihr umdrehte. »Ich muss dir etwas erzählen.«

Monas Herz klopfte bis zum Hals, als sie sich ein paar Minuten später mit einem Glas Sekt in der Hand im Wohnzimmer gegenübersaßen.

»Du sollst endlich die Wahrheit über deinen Vater erfahren«, begann ihre Mutter und ließ für einen Moment den Blick nach draußen in den Garten wandern. Mona hatte, nachdem sie ihren Schneemann fertiggestellt hatte, Windlichter in den Schnee gesteckt, dadurch waren die Umrisse gut zu erkennen.

»Das alles ist ja nun schon über dreißig Jahr her«, fuhr ihre Mutter fort. »Damals war ich froh, dass ich nach meiner Ausbildung gleich eine Anstellung bei der Familie von Bardelow fand.« Zunächst habe sie sich dort auch sehr wohlgefühlt, besonders der Hausherr Hektor Graf von Bardelow sei immer sehr freundlich und zuvorkommend zu ihr gewesen. Wahrscheinlich sei die Hausherrin zunehmend eifersüchtig geworden, zumal das Gerücht im Hause kursierte, dass sie keine Kinder bekommen könne und sie ohnehin jedes weibliche Wesen, das für die Familie tätig war, mit Argusaugen beobachtete.

Ihre Mutter unterbrach ihre Rede und nippte an ihrem Glas.

»Und was geschah dann?« Mona hatte ihrer Mutter atemlos zugehört.

»Beatrice Gräfin von Bardelow sorgte schließlich dafür, dass ich gefeuert wurde.« Danach habe sie erst einmal nicht gewusst, was sie machen sollte, aber schließlich einen Job auf dem Nachbargut bekommen. »Ja, genau, aber nur zur Probe. Als ich feststellte, dass ich schwanger war, bin ich von selbst gegangen und schließlich hier in Dollerup gelandet.«

Mona fühlte, wie sich eine schmerzhafte Enttäuschung in ihr ausbreitete. »Dann ist Hektor also tatsächlich mein Vater?« Am liebsten hätte sie gleich losgeheult.

Ihre Mutter riss jedoch erschrocken die Augen auf: »Nein! Wie kommst du denn darauf?« Sie machte eine kurze Pause. »Bernhard Cornelius ist dein Vater.«

Für einen Moment war es mucksmäuschenstill im Zimmer. Es dauerte ein paar Sekunden, bis Monas Verstand die Bedeutung des Satzes realisierte. »Was?«, flüsterte sie schließlich. »Das ist nicht dein Ernst, oder?«

Ihre Mutter seufzte. »Ich habe mich Hals über Kopf in ihn verliebt. Sein Humor und Charme hatten mich umgehauen. Wir hatten eine kurze und leidenschaftliche Affäre. Als ich merkte, dass ich schwanger war, habe ich sofort gekündigt, denn mir war klar, dass er seine Frau nie verlassen würde.«

Mona nickte mitfühlend. »Du hast ihm also nie von seiner Vaterschaft erzählt?«

Ihre Mutter nickte. »Nein, bis gestern. Ich habe ihn angerufen, und natürlich ist er aus allen Wolken gefallen. Wir haben lange miteinander gesprochen, und mittlerweile hat er es auch seiner Frau erzählt.« Sie hielt einen Moment inne, dann fuhr sie fort. »Ich musste das unbedingt vor deinem Weihnachtsbesuch klären.«

»Und warum hast du es mir nicht als Erste erzählt?«

»Ich wollte erst einmal wissen, wie Bernhard reagiert.«

»Das verstehe ich nicht.« Mona verschränkte die Arme vor der Brust, denn das Verhalten ihrer Mutter war für sie nicht nachvollziehbar. »Du hast doch gar keine Verbindung mehr zu ihm, oder?«

Ihre Mutter seufzte. »Das alles klingt für dich bestimmt komisch, aber es steckt schon ein Plan dahinter.«

»Wie meinst du das?«

Ihre Mutter lächelte schwach. »Na ja, es war kein Zufall, dass ich dir die Wohnung auf Gut Schwansee vermittelt habe.«

Plötzlich ging Mona ein Licht auf.

»Du wolltest, dass ich Bernhard erst einmal kennenlerne?«

Ihre Mutter nickte. »Seit Gustavs Tod war ich mir sicher, dass du erfahren sollst, wer dein Vater ist.«

Mona presste die Lippen aufeinander. »Bernhards Frau Susanne wird darüber sicher nicht begeistert sein. Bestimmt kann ich, wenn ich nach Hause komme, gleich meine Sachen packen.«

»Nein, das musst du nicht.« Ihre Mutter wirkte überrascht. »Das ist doch alles schon so lange her, und du bist mittlerweile erwachsen. Bernhard hat sich heute Morgen ganz früh noch einmal bei mir gemeldet und mir erzählt, dass Susanne das Ganze relativ entspannt aufgenommen hat.«

Mona runzelte die Stirn, als ihr eine Ungereimtheit in den Sinn kam. »Eigentlich hätte Bernhard doch hellhörig werden müssen, als er meinen Familiennamen erfahren hat?«

Ein kleines Lächeln breitete sich auf dem fast faltenlosen Gesicht ihrer Mutter aus. »Damals hieß ich noch anders«, entgegnete sie. Sie erzählte Mona, dass sie sich während der Ausbildung Hals über Kopf in einen gleichaltrigen jungen Mann verliebt hatte, den sie dann aus einer Laune heraus geheiratet hatte. »Die Ehe hielt nur so lange, bis er auf eine Reise nach Neuseeland aufbrach und sich dort unsterblich in eine Frau aus Köln verliebte.« Sie machte eine Pause und trank noch einen Schluck Sekt. »Wir ließen uns scheiden, und danach habe ich meinen Mädchennamen wieder angenommen.«

Mona kräuselte die Stirn. »Warum hast du mir nie davon erzählt?«

»Ach, das war doch nur eine Jugendsünde.« Sie ließ die Schultern hängen. »Es tut mir leid, Mona, aber ich hielt es nicht für wichtig.«

Als Mona im Bett lag, konnte sie nicht einschlafen. Das letzte Puzzleteil hatte sich am Ende des Gespräches mit ihrer Mutter ebenfalls noch eingefügt. Gräfin von Bardelow hatte von der Schwangerschaft durch Zufall erfahren und geglaubt, dass Hektor der Vater sei. Daraufhin hatte sie mit den Unterhaltszahlungen begonnen, da sie nicht gewollt hatte, dass ihr Ehemann davon erfuhr. Ihre Mutter hatte den Irrtum nie aufgeklärt, weil sie keine schlafenden Hunde habe wecken wollen, das Geld aber auch bis heute nicht angerührt. Mittlerweile hatte sich ein hübsches Sümmchen angesammelt, und ihre Mutter hatte Mona aufgefordert, sich darüber Gedanken zu machen, was mit dem Guthaben geschehen solle. Am besten wäre es, das Geld einfach zurückzuüberweisen, dachte Mona. Dann wäre die Angelegenheit endlich aus der Welt.

Mona nahm ihr Handy in die Hand. Es war weit nach Mitternacht, und durch das Dachfenster sah sie die Sterne am Himmel leuchten. Nachdem sie sich wieder etwas beruhigt hatte, konnte sie das Verhalten ihrer Mutter langsam verstehen. Sie war als junge Frau ungewollt schwanger geworden, noch dazu von ihrem Arbeitgeber, und es hatte für sie mit Bernhard keine gemeinsame Zukunft gegeben. Hier in Dollerup hatte sie schließlich die Vergangenheit hinter sich gelassen und zusammen mit Omi Birte ein neues Leben begonnen. Mona hatte eine schöne Kindheit verlebt, hatte sich immer geliebt gefühlt. Vermutlich hätte sie sich in der Situation, in der sich ihre Mutter befunden hatte, ganz ähnlich verhalten.

Mona wälzte sich hin und her, schüttelte das Kissen auf und presste den Kopf hinein. Sie überlegte, wo sich Erik wohl gerade aufhielt. Seit sie ihm per WhatsApp ebenfalls schöne Weihnachten gewünscht hatte, herrschte Funkstille. Als sie sich den Kuss in ihrem Atelier vergegenwärtigte, beschleunigte sich ihr Herzschlag. Seine Nähe hatte sich so gut angefühlt. Sie griff noch einmal nach ihrem Handy und ließ die Finger über das Display gleiten. Er hatte ihre Nachricht gelesen, war aber nicht online. Wahrscheinlich feierte er ebenfalls mit seiner Familie, und sie würde ihn frühestens auf dem Neujahrsfest sehen, zu dem Hektor sie eingeladen hatte. Bis dahin war noch eine

Woche Zeit. Am liebsten würde sie sich schon vorher mit ihm treffen. Eine Sorge hatte sich jedenfalls nach dem Gespräch mit ihrer Mutter in Luft aufgelöst: Sie war mit Erik Graf von Bardelow nicht verwandt. Nein, er war definitiv nicht ihr Halbbruder.

30

Der Schimmel hob den edlen Kopf und blähte die Nüstern. Viky presste die Schenkel an seine Flanken. »Alles gut, Dicker!« Der imposante Wallach tänzelte auf der Stelle, während Eriks Pferd Wotan fast teilnahmslos die etwas zu lang geratenen Ohren hängen ließ. Wotan war auch eigentlich schon Rentner, aber seine Schwester hatte darauf bestanden, dass ein Ausritt durch den Schnee ihm guttun würde. Sie deutete mit der Hand auf eine Baumgruppe am Ende des Feldes. »Dort reiten wir hin, okay?«

Kaum hatte sie den Satz ausgesprochen, da preschte Artus auch schon los, und Erik musste sich beeilen, dass er nicht den Anschluss verlor.

Er war schon lange nicht mehr geritten, aber Wotan hätte wahrscheinlich selbst einen Anfänger sicher ans Ziel gebracht. Er nahm die Zügel etwas kürzer, beugte sich nach vorn in den leichten Sitz und presste die Waden an den Bauch des Pferdes. Viky war schon einige Meter von ihm entfernt, aber nach einiger Zeit gelang es ihm, den Abstand wieder zu verringern. Der Schnee wirbelte unter den Hufen der Pferde auf und bildete eine Wolke über dem Feld, das direkt an das Anwesen seiner Familie angrenzte.

Außer Atem erreichten sie kurz nacheinander das Ziel. Viky nickte ihm anerkennend zu. »Gar nicht so schlecht, Bruderherz.« Sie ritten in gemächlichem Tempo nebeneinander weiter.

»Was macht die Liebe?«, fragte Erik, denn sie hatten sich längere Zeit nicht miteinander unterhalten. Vor zwei Jahren war Viky noch mit Lukas verlobt gewesen, aber der hatte sich dann in ihre beste Freundin Lara verliebt. Inzwischen waren die beiden sogar verheiratet. Viky hatte monatelang unter Liebeskummer gelitten, aber mittlerweile schien es ihr besser zu gehen.

»Es gibt da jemanden«, antwortete sie und rückte die Reitkappe zurecht. »Ich möchte aber noch nicht darüber reden«, fuhr sie fort. »Es fühlt sich auf jeden Fall sehr schön an.«

»Das freut mich«, erwiderte Erik. Er tippte sein Pferd leicht mit der Gerte an, um wieder auf die gleiche Höhe mit ihr zu gelangen. »Wenn der Kerl Ärger macht, sag mir Bescheid.«

Viky kicherte. »Ich komme schon alleine klar, okay?« Sie tätschelte den Hals ihres Pferdes, das zufrieden schnaubte.

»Aber seinen Namen könntest du mir schon sagen, oder?«

Sie zögerte einen Moment, aber dann antwortete sie ihm doch. »Er heißt Anton. Anton Willmer, um genau zu sein. Wie sieht es denn bei dir aus? Ich habe gehört, dass du dich mit der neuen Mieterin aus dem Theater unserer Nachbarn triffst?«

»Wer hat dir das denn gesteckt?«

»Ich schreibe hin und wieder mit Leni.« Erik grinste in sich hinein. Die Freundin von Nathan war einmal sehr eifersüchtig auf seine Schwester gewesen. Sie hatte Bernhards ältesten Sohn mit Viky beim Reitunterricht beobachtet und geglaubt, dass die beiden ein Liebespaar seien. Danach hatte Viky Leni zu sich nach Hause eingeladen und das Missverständnis aufgeklärt. Seitdem waren sie zwar keine engen Freundinnen geworden, hielten aber regelmäßig Kontakt.

Erik erzählte seiner Schwester, wie es um ihn und Mona stand. »Es stimmt, wir haben uns ein paar Mal gesehen, aber ich glaube, sie nimmt es mir übel, dass ich die Familie Adomeit in dem Nachlassprozess gegen sie vertreten habe.«

»Aber du hast mir doch erzählt, dass sie sich mit Judith und den Kindern geeinigt hat.«

»Trotzdem.«

Viky warf ihm einen vorwurfsvollen Blick zu. »Warum rufst du sie nicht einfach an?« Sie brachte ihr Pferd zum Stehen. »Oder du fährst auf dem Rückweg nach Hause einfach mal bei ihr vorbei.«

Erik holte hörbar Luft, erwiderte aber dann doch nichts.

Seine Schwester zwinkerte ihm triumphierend zu. »Dann ist das also geklärt.«

Sie nahm die Zügel wieder auf. »Wer als Erster zu Hause ist, darf sich nachher einen Film aussuchen.«

Natürlich gewann seine Schwester haushoch, deshalb musste er an diesem Abend wahrscheinlich irgendeine Liebesschnulze ertragen. Sie ritten bis vor den Eingang des Stalles und saßen ab. Nachdem Viky ihren Schimmel schnell abgesattelt, ihm eine Decke über den Rücken gelegt und ihn in der Gasse kurz angebunden hatte, half sie ihm routiniert beim Versorgen von Wotan. Der Wallach hatte zum Schluss doch noch einmal gezeigt, was eigentlich in ihm steckte, und war ziemlich nass geschwitzt.

»Am besten, du stellst ihn unters Solarium«, sagte Viky. Erik hatte sich immer gefragt, welchen Sinn dieses doch recht teure Gerät machte, das seine Eltern für seine Schwester gekauft hatten. Vor zwei Jahren war sie sehr erfolgreich auf Turnieren geritten, und für Pferde, die im Sport gingen, war die Wärme von oben nach dem Training offensichtlich sehr förderlich für ihre Leistung und Fitness. Auf dem Rückweg fiel ihm noch etwas ein. »Sag mal, hast du eigentlich unsere Eltern irgendwann mal etwas von einem Unglücksfall in der Familie erzählen hören? Vielleicht auch etwas, was schon länger zurückliegt?«

»Nicht dass ich wüsste.« Sie schaute ihn aus ihren großen Augen fragend an. »Wie kommst du darauf?«

»Ach nur so.« Er wollte Viky nicht damit behelligen, solange sein Verdacht so vage war.

Plötzlich blieb sie stehen und drehte sich zu ihm um.

»Ich glaube, ich habe mal etwas aufgeschnappt, als bei uns das große Familientreffen war, erinnerst du dich?«

Erik nickte. »Das ist aber bestimmt schon zehn Jahre her.«

»Aber da haben sich ein paar der Gäste über einen Onkel zweiten Grades unterhalten, der wohl Selbstmord begangen haben soll.«

Als sie schließlich wieder das Herrenhaus betraten, empfing die Geschwister der Duft nach Entenbraten mit Rotkohl und Semmelknödeln. Ihre Mutter hatte wieder ein köstliches Essen gezaubert, das sie sich gemütlich in der Küche schmecken ließen. Dazu gab es einen sehr guten Rotwein, sodass Erik sich entschloss, doch noch bis zum zweiten Weihnachtstag zu bleiben.

Nach dem Essen zog er sich kurz in sein altes Zimmer zurück, in dem noch sein Bett und Schreibtisch standen. Ansonsten wirkte der Raum etwas karg, da seine Eltern noch keine Idee hatten, was sie damit machen wollten. Er nahm seinen Laptop aus der Tasche, checkte die Mails und klickte sich kurz durch ein paar Nachrichtenportale. Die Worte seiner Schwester spukten in seinem Kopf herum. War es möglich, dass er der Sohn des ominösen Onkels war, der Selbstmord begangen hatte? Das würde seine Theorie untermauern, dass er unter Umständen innerhalb der Familie adoptiert worden war. Erik stöhnte auf. Es war sinnlos, er würde die Wahrheit wahrscheinlich niemals erfahren, wenn er sie nicht einforderte.

Schließlich ging er zum ehemaligen Kontor des Herrenhauses und klopfte an die Tür. Sein Vater saß am Schreibtisch vor einem Berg von Unterlagen. »Diese verdammte Steuererklärung macht mich noch wahnsinnig«, stöhnte er, als er seinen Sohn erblickte.

»Warum suchst du dir keinen Steuerberater?«

Sein Vater machte eine abwehrende Handbewegung. »Weißt du, was so etwas kosten würde? Das sind doch alles Blutsauger. Nein danke, da mache ich mir lieber selber die Mühe.«

»Das musst du selber wissen«, erwiderte Erik in einem neutralen Tonfall, denn er wusste, dass er seinen Vater ohnehin nicht überzeugen konnte. »Ich würde gern noch einmal mit dir über Herman Lüdecke sprechen.«

Sein Vater runzelte die Stirn. »Du meinst diesen heruntergekommenen Adelsexperten?«

»Ja, genau. Ich habe mich mit ihm getroffen.«

Erik ließ die Worte ein paar Sekunden in der Luft hängen, aber Hektors Miene war unergründlich, deshalb fuhr er einfach fort. »Er ist wohl nicht mehr ganz auf der Höhe, hat mir Judith erzählt, wahrscheinlich ist er sogar an Alzheimer erkrankt, aber er hat seine Aussage, dass es ein schlimmes Ereignis in meiner Kindheit gegeben haben soll, wiederholt.«

Noch immer hatte sein Vater keinen Ton gesagt, er saß weiterhin regungslos hinter dem Schreibtisch und wirkte, als sei er gerade in eine andere Welt abgedriftet. Erik holte tief Luft, dann platzte es aus ihm heraus: »Kann es sein, dass ich gar nicht euer Sohn bin?« Kaum hatte er das letzte Wort ausgesprochen, kam auf einmal Bewegung in den massigen Körper seines Vaters. Er sprang hoch, lief auf ihn zu und umarmte ihn so heftig, dass ihm fast die Luft wegblieb. »O mein Gott«, presste er schließlich hervor. Er hielt ihn eine Armeslänge von sich entfernt, und Erik bemerkte tiefen Kummer in seinem Blick, aber auch so etwas wie Erleichterung. Sein Vater umfasste seine beiden Schultern und drückte sie fest. »Warte hier!«, sagte er schließlich. »Ich hole deine Mutter. Es ist Zeit, dass du endlich die Wahrheit erfährst.«

Als sie schließlich alle vier, denn Viky sollte auch dabei sein, im Salon zusammentrafen, war die Spannung, die in der Luft lag, fast mit den Händen greifbar. Der fast hundert Quadratmeter große Raum, dessen hohe, halbrunde Sprossenfenster einen Ausblick in den Park boten, wurde normalerweise nur noch für Feiern und geschäftliche Anlässe genutzt. Die Wände waren mit vergoldetem Stuck verziert, es gab einen mit weißem Marmor verkleideten Kamin, und an den Wänden hingen große Gemälde, die Jagdszenen und Porträts von Ahnen der Familien von Bardelow darstellten. Früher hatten er und Viky sich einen Spaß daraus gemacht, mit ihren Filzpantoffeln über das Parkett zu schlittern.

In der Ecke schräg gegenüber der Eingangstür gab es eine Sitzgarnitur aus dem 16. Jahrhundert. Seine Eltern nahmen auf dem Sofa Platz, Viky und Erik saßen auf den beiden Sesseln gegenüber. In der Mitte stand ein rundes Tischchen aus Mahagoni, auf dem Design-Magazine drapiert waren.

Seine Mutter Beatrice, die kerzengerade saß, hatte Tränen in den Augen, wirkte aber gefasst. »Lieber Erik«, begann sie, und ihre warme Stimme erfüllte den Raum, der für seine hervorragende Akustik bekannt war. »Papa hat mir gerade erzählt, auf was für abstruse Ideen du gekommen bist.« Sie wandte sich zu ihrem Ehemann, der sie mit einem kurzen Nicken ermunterte weiterzureden. »Du bist unser Sohn, und du, Viktoria, bist unsere Tochter. Wir lieben euch beide von ganzem Herzen!« Ihre Stimme zitterte. »Ihr sollt wissen, dass wir immer nur das Beste für euch wollten. Natürlich waren wir nicht immer perfekt.« Sie warf seinem Vater erneut einen kurzen Seitenblick zu. »Wir hatten auch schwierige Phasen in unserem Leben, daraus will ich keinen Hehl machen, aber darüber will ich jetzt nicht sprechen.«

Sie sah Erik nun direkt in die Augen, und für einen Moment hielt er die Luft an. »Es stimmt, mit dir ist wirklich etwas sehr Schlimmes passiert, als wir gerade deinen ersten Geburtstag gefeiert hatten. Es war kurz vor der Wende, 1989, als wir deinen Onkel, Tibor von Bardelow, auf seinem Jagdschloss am Schulzensee besucht haben.«

»Das ist in Mecklenburg-Vorpommern«, fügte sein Vater hinzu. Seine Mutter erzählte, dass sie dort ein paar Tage verbracht hatten. Tibor habe sich als eloquenter Gastgeber erwiesen und zudem als besonders kinderfreundlich. »Wir wollten noch einen anderen Verwandten in Waren an der Müritz besuchen, und er bot uns an, sich derweil um dich zu kümmern.« Erik bemerkte, dass seine Mutter mit den Tränen kämpfte. »Wir haben dich also bei ihm gelassen, nur für zwei Nächte, aber das war der größte Fehler, den wir je begangen haben.«

Seine Mutter schluchzte auf und vergrub den Kopf in den Händen. Erik konnte nicht anders, er sprang auf, kniete sich vor sie und legte seinen Arm um ihre schmalen Schultern. »Mama, ich lebe noch, und mir geht es gut«, flüsterte er. »Ich bin froh, dass ich endlich die Wahrheit erfahre.« Nachdem sie sich etwas beruhigt hatte, erfuhr Erik endlich, was während der Abwesenheit seiner Eltern passiert war. Sein Onkel hatte unter schlimmen Depressionen gelitten, die noch heftiger geworden waren, als ihn seine Geliebte, eine russische Gräfin, von einem Tag auf den anderen verlassen hatte. Zunächst hatte er sich noch mit Erik beschäftigt, das jedenfalls berichtete die Haushälterin, die allerdings nur alle zwei Tage ins Jagdschloss kam. »Dein Onkel hat dich dann ins Bett gelegt. Das Zimmer hatte ein großes Fenster mit Blick auf den See. In dieser Nacht ist er mit seinem Boot hinausgefahren, und erst viele Tage später hat man seinen Leichnam aus dem Wasser gefischt.«

»Er hat also Selbstmord begangen?«

Seine Eltern nickten. »Die Polizei hat es so in die Akte geschrieben.«

Als Erik gegen Mitternacht ins Bett ging, lag er noch stundenlang wach. Er war einfach zu aufgewühlt. Seine Eltern hatten ihm nie von diesem Ereignis erzählt, weil sie ihn schützen wollten. Er war damals wahrscheinlich durch die Räume gewandert und hatte seine Mutter und seinen Vater gesucht. Wenigstens hatte er wohl in der Küche etwas zu trinken und zu essen gefunden. Als seine Eltern von ihrer Reise zurückkehrten, hatten sie alle Türen verschlossen vorgefunden und waren fast durchgedreht. Sie riefen die Polizei, die gleich die Haushälterin mit dem Schlüssel mitbrachte, und fanden ihren Sohn vollkommen verängstigt in der Ecke des Arbeitszimmers. Jetzt erhielt sein Albtraum einen Sinn. Noch einmal vergegenwärtigte er sich die Bilder, die ihn immer wieder heimsuchten: ein See, über dem dichter Nebel lag, und ein Boot, das langsam in der Ferne verschwand.

Erik hoffte, dass es diesmal das letzte Mal sein würde, dass ihn diese Erinnerungen quälten.

31

In Monas Auto duftete es himmlisch. Ihre Mutter hatte ihr zwei Schachteln mit selbst gebackenen Zimtsternen und Vanillekipferln mit auf den Weg gegeben und außerdem noch jede Menge Reste von der Weihnachtsgans, die sie sich in den Tagen bis Neujahr aufwärmen konnte. Sie hatte noch einen schönen ersten Weihnachtstag mit ihrer Mutter und Omi verbracht. Das Thema Vergangenheit war fürs Erste abgehakt gewesen, zumal sie die Tatsache, dass Bernhard Cornelius ihr leiblicher Vater war, erst einmal verdauen musste. Es war schon ein komisches Gefühl, mit diesem Wissen nach Waabs zu fahren. Was, bitte, sollte sie denn sagen, wenn sie Bernhard begegnete? »Hallo Papa«?

Mona presste die Lippen aufeinander. Sie fragte sich auch, wie sie sich nun Nathan und Hendrik gegenüber verhalten sollte, denn die beiden waren ihre Halbbrüder. Daran gab es nichts zu rütteln.

Seit dem Vortag hatte es nicht mehr geschneit, die Straßen waren gut geräumt, und so erreichte sie ohne Probleme nach einer Stunde Gut Schwansee. Sie parkte das Auto und trug erst einmal das Gepäck und die Vorräte ins

Haus. Als sie fertig war, stand plötzlich Bernhard vor ihr. »Man goot, dat ik di drepen dot, Mona.« Er zwinkerte ihr zu. »We mutt mal snacken.«

Kurze Zeit später saßen sie sich am Küchentisch gegenüber. Mona hatte einen Tee aufgebrüht und füllte die beiden Becher, die sie auf den Tisch gestellt hatte. Einen davon schob sie Bernhard hin. »Das ist ein Ding«, sagte er und nahm einen Schluck.

Mona lehnte sich seufzend zurück. »Das kann man wohl sagen.«

»Ich hatte wirklich keine Ahnung.«

Mona kniff die Augen zusammen. »Ich auch nicht, das kannst du mir glauben.«

Bernhard schüttelte den Kopf. »Verrückt.« Er blickte aus dem Fenster. »Ich kann mich noch sehr gut an deine Mutter erinnern.« Er wandte sich Mona wieder zu, und sie bemerkte, wie seine Gesichtszüge weich wurden. »Wir waren jung und auf einer Wellenlänge, und als wir eines Abends …«

Mona hob die Hand. »Ich glaube, das will ich so genau gar nicht wissen.«

Bernhard grinste. Dann rückte er den Stuhl beiseite, stellte sich vor sie und öffnete die Arme. »Min söte Deern, scheun, dat du dor büst.«

Als Mona sich nach fast zwei Stunden von ihrem Vater verabschiedete, schneite es schon wieder. Es war wirklich gut, dass sie sich bereits vorher ganz unvoreingenommen kennengelernt hatten, stellte Mona fest, als sie ihm nachblickte. Dadurch war diese erste Begegnung »von Tochter zu Vater« gar nicht so schlimm gewesen, wie sie befürchtet hatte. Sie war glücklich darüber, dass er sich sehr gut an die kurze Zeit mit ihrer Mutter erinnern konnte und ihr versicherte, dass er sich damals wirklich in sie verliebt hatte. Leider hatte er nicht den Mut gehabt, sich von Susanne zu trennen. Kurz nachdem sie ihre Haustür hinter sich zugezogen hatte, klingelte es, und ihr erster Gedanke war, dass Bernhard etwas vergessen haben könnte.

Doch stattdessen stand Erik vor ihr. Sein plötzliches Erscheinen nahm ihr fast den Atem, aber nach dem ersten Schock kribbelte es angenehm in ihrem ganzen Körper.

»Hi, darf ich reinkommen?«

Mona blinzelte irritiert, und auf einmal wurde ihr bewusst, dass sie bislang kein einziges Wort herausgebracht, sondern ihn nur unverhohlen angestarrt hatte. Er sah einfach unverschämt gut aus in seinem schwarzen Mantel. In seinen dunklen Haaren glitzerten Schneekristalle, und sein Mund war zu einem kleinen Lächeln verzogen. Ihr Blick streifte seine kräftigen Hände, und plötzlich fühlte sich ihr Mund ganz trocken an. Sie trat einen Schritt zur Seite, und als er an ihr vorbeiging, nahm sie ein Knistern wahr, als ob sich die Luft zwischen ihnen elektrisch aufgeladen hatte. Wortlos nahm sie seinen Mantel entgegen, hängte ihn auf einen Haken in der Garderobe, und dann folgte er ihr in die Küche. »Du hattest Besuch?«

Sie bemerkte ein Glimmen in seinen dunklen Augen, die jede ihrer Bewegungen verfolgten, deshalb hob sie beschwichtigend die Hände. »Bernhard war hier, er ist gerade gegangen. Du wirst nicht glauben, was ich in Dollerup erfahren habe.«

Er ging einen Schritt auf sie zu, und sie spürte seine Nähe als ein Prickeln auf ihrer Haut. »Erzähl!«

Mona machte eine bedeutungsvolle Pause, aber dann hielt sie es nicht mehr aus: »Bernhard ist mein Vater.«

»Waaas?« Erik fuhr sich irritiert durchs Haar. »Das ist ja vollkommen verrückt.«

Nachdem Mona ihm die Kurzfassung erzählt hatte, gingen sie mit einem Glas Wein in der Hand ins Wohnzimmer. Erik kümmerte sich wie selbstverständlich um das Feuer in ihrem Kachelofen, und sie ließ es seufzend und in eine Decke eingehüllt auf dem Sofa sitzend geschehen. Während er damit beschäftigt war, die Holzscheite zu schichten, hatte er ihr den Rücken zugewandt. Seine breiten Schultern füllten den engen Pulli komplett aus, und unter dem Stoff zeichneten sich die Muskeln seines Rückens deutlich ab. Sie stellte sich vor, dass sie mit ihrer Hand darüberfuhr, und hielt für einen Moment den Atem an. Als er sich umdrehte, musterte er sie vielsagend, sagte aber nichts. Sie ließ die Decke von den Schultern fallen, auf einmal war ihr schrecklich warm.

Erik setzte sich gegenüber von Mona auf einen Sessel. »Dass Bernhard dein Vater ist, bedeutet auch, dass wir nicht miteinander verwandt sind.«

»Das stimmt, und darüber bin ich ehrlich gesagt sehr froh«, erwiderte sie lächelnd. Sie schob das Kinn nach vorne. »Ich hatte auch keine geschwisterlichen Gefühle, was dich betrifft.«

Ihr Herz flatterte in der Brust, als ihr bewusst wurde, dass sie mit Erik Graf von Bardelow gerade heftig flirtete.

»Ich auch nicht.« Seine Augen waren auf sie gerichtet, und Mona hatte das Gefühl, als wolle er sie verschlingen. Erik nahm sein Glas in die Hand. »Es passt zu meiner Mutter, dass sie all die Jahre Geld an euch überwiesen hat, um einen Skandal zu vermeiden.«

»Ja, das ist jedenfalls eine plausible Erklärung.« Sie schlug die Beine übereinander. »Auf jeden Fall ist das ganze Geld noch da, es ist mittlerweile eine schöne Summe zusammengekommen, meine Mutter hat nie etwas davon abgehoben.« Sie hielt einen Moment inne. »Es steht uns ja auch nicht zu.«

Erik zog die Augenbrauen hoch. »Das ist aber nicht euer Problem. Meine Mutter hat das Geld freiwillig gezahlt, auch wenn sie einem Irrtum unterlegen war.« Er sprang auf, öffnete die Tür des Kachelofens und legte noch etwas Holz nach. »Ich denke, wir werden dafür eine Lösung finden.«

Schließlich setzten sie ihr Gespräch fort, und Erik erzählte ihr, was er während der Weihnachtstage erlebt hatte. Als sie hörte, was ihm als Kind bei seinem Onkel widerfahren war, spürte sie, wie sich ihre Kehle zuschnürte. Vielleicht war es gut, dass er sich nicht mehr an die Einzelheiten erinnern konnte. Sie hatte einmal gelesen, dass sich die Seele eines Menschen auf diese Weise schützte. Trotzdem war es ein traumatisches Erlebnis gewesen, denn Kinder hatten noch kein Zeitgefühl, das heißt, ihm waren die Stunden bis zum Wiedersehen mit seinen Eltern wie eine Ewigkeit erschienen. Sie freute sich über das Vertrauen, das er ihr damit erwies, ihr seine Geschichte zu erzählen, zumal ihr bewusst war, dass es für Männer oft nicht leicht war, über ihre Gefühle zu reden.

»Ich hatte oft so eine unglaubliche Wut in mir, obwohl es eigentlich meine Angst war, die mich quälte. Das ist jedenfalls meine Interpretation, aber ich bin natürlich kein Psychologe.« Er nippte an seinem Glas. »Ich musste dieses grässliche Gefühl, das ich seitdem immer mit mir trug, irgendwie loswerden …«

»Und dann hast du dich geprügelt?«

Er fuhr sich mit der Hand durchs Haar. »Hin und wieder schon«, erwiderte er leise, und Mona gewann den Eindruck, dass er nicht gerade stolz auf diese Seite von sich war. Plötzlich hellte sich seine Miene auf. »Seit ich boxe, hat sich das gebessert.« Er grinste schief. »Ich bin zwar nicht die Ruhe in Person, aber ich brause nicht mehr ganz so schnell auf, und mein Kontrollzwang hat sich auch gelegt.«

Mona richtete sich auf. »Gut, dass du dieses Thema ansprichst. Sag mal, was denkst du dir eigentlich dabei, mich von deinem Trainingspartner beschatten zu lassen?«

Er legte den Kopf schief. »*So* würde ich das Ganze nicht bezeichnen. Dietmar sollte nur auf dich aufpassen.«

Mona funkelte ihn an, obwohl sie eigentlich nicht so sauer war, wie sie sich gab, aber das musste Erik nicht unbedingt wissen. »Ich kann sehr gut auf mich selbst aufpassen! Außerdem hat sich das Ganze ohnehin erledigt. David hat tatsächlich um seine Versetzung gebeten. Im kommenden Jahr wird er bereits seinen neuen Job an einem Gymnasium in München antreten.«

»Dietmar hat es mir erzählt.«

»Du bist ein verdammter Stalker, weißt du das?«

Ein Lächeln deutete sich in seinen Mundwinkeln an. »David war der Stalker. Ich habe mir Sorgen um dich gemacht. Er ist doch nicht ganz koscher, solche Typen können gefährlich werden.« Er presste die Lippen aufeinander. »Ich bin jedenfalls froh, dass er bald weg ist.«

Mona seufzte. »Und ich erst.« Sie stand auf. »Ich hole mal ein Flasche Wasser.« Als sie an ihm vorbeiging, packte er sie am Handgelenk und zog sie sanft auf seinen Schoß. Mona gab einen erschrockenen Laut von sich, hob den Kopf und drückte die Ellenbogen gegen seine Brust, aber er hielt dagegen. Er ließ seine Finger unter ihre Haare gleiten, vorsichtig, als wäre sie eine kostbare Puppe. Die Hitze seines Körpers sprang auf sie über und nahm ihr fast den Atem. Erik neigte den Kopf leicht hinunter, dann berührte er mit seinem Mund ihre Lippen. Das alles geschah wie in Zeitlupe. Mona schloss die Augen, als er zärtlich über ihre Wange strich. Sie spürte seine Hände auf ihrem Bauch, als er sie endlich sanft küsste. Atemlos griff sie in sein dichtes Haar und kam ihm entgegen. Ihr dicker Wollpullover störte sie, und als habe er ihre Gedanken erraten, zog er ihr das Teil über den Kopf. Sie streckte die Arme nach oben, und als der Rollkragen sich in ihrem Nacken verfing, stöhnte sie frustriert auf. Für einen Moment ging es nicht weiter, sie war gefesselt, deshalb rutschte sie ungeduldig auf ihm hin und her und wusste nicht, was sie damit bei ihm auslöste.

»Nicht zappeln!« Seine Stimme klang heiser. Er richtete sich auf, um sie zu befreien, dann schob er ihr linkes Bein zur Seite, sodass sie rittlings auf seinem Schoß saß. Ihr wirres Haar fiel ihr ins Gesicht. Erik streckte die Hand nach ihr aus, schob ihre eine Strähne hinters Ohr und küsste Mona diesmal voller Leidenschaft.

Mona hatte noch immer den Arm um ihn geschlungen, als er mit dem Ellenbogen die Tür aufstieß. Ihr Duft stieg in seine Nase, und ihr weiches, seidiges Haar kitzelte seine Wange. Das Zimmer, in dem sie schlief, war klein, aber unglaublich gemütlich. Behutsam ging er mit ihr in die Knie, als er die Kante des Bettes an seinen Beinen spürte. Sie lagen sich jetzt gegenüber, und er ließ seinen Blick über ihre weiblichen Kurven gleiten. Sein ganzer Körper vibrierte, als er ihr T-Shirt hochzog und ihre helle Haut küsste. Sie rückten noch enger zusammen, und Erik ließ seine Finger über ihren Rücken wandern. Ihr Hintern fühlte sich unter dem Stoff rund und fest an, doch als er an dem Bund ihrer Hose zog, zuckte sie kaum merklich zusammen. Er hielt inne und warf ihr einen fragenden Blick zu. »Es ist schon so lange her …«, wisperte sie. Mona drehte sich auf den Rücken und starrte in die Luft. »Es tut mir leid.«

Erik rang mit seiner Fassung. »Hey, Süße.« Er strich ihr zärtlich eine Strähne aus dem Gesicht. »Alles ist gut!«

Mona drehte sich zu ihm und lehnte den Kopf an seine Schulter. »Wirklich?« Sie suchte seinen Blick. »Ich nehme auch nicht mehr die Pille, seit …«

Eriks Kehle brannte. Was war er nur für ein unsensibler Idiot. »Auf diese Idee hätte ich auch selber kommen können.« Er reichte ihr die Hand. »Was hältst du von einem Spaziergang?« Als er sie lächeln sah, löste sich der Knoten in seiner Brust. »Eigentlich bin ich sowieso wegen etwas ganz anderem gekommen.«

»Ach ja?«

»Ich würde dich gern zu etwas einladen.«

32

Zwischen den Jahren war es angenehm ruhig in seinem Büro. Regine Schuhmacher hatte sich bis kommende Woche freigenommen, denn Neujahr fiel in diesem Jahr auf einen Freitag, sodass sich Arbeitnehmer mit wenigen Brückentagen einen Kurzurlaub nehmen konnten.

Noch einmal ließ er den Blick über das Bild seines Onkels Tibor gleiten. Er war ein stattlicher Mann gewesen. Als er die feinen Züge seines Verwandten zweiten Grades genauer betrachtete, fiel ihm der dunkle Fleck unterhalb des rechten Ohres auf, und automatisch berührte er sich an derselben Stelle. Er drückte den Rücken gegen die Lehne des Drehstuhles. Deshalb hatte Herman Lüdecke wahrscheinlich eine Verbindung zwischen ihm und Graf Tibor von Bardelow hergestellt, als sie sich bei Judith begegnet waren. Sein Vater hatte ihm erzählt, dass in den Zeitungen damals ausführlich über den Selbstmord des »traurigen Grafen« berichtet wurde, und vielleicht war der Adelsexperte sogar einer der Autoren gewesen. Menschen, die an Alzheimer erkrankt waren, hatten durchaus noch lichte Momente, und oftmals erlebten sie Erinnerungsblitze, wenn sie durch ein bestimmtes Erlebnis zurück in die Vergangenheit katapultiert wurden. Plötzlich tat ihm Herman Lüdecke unendlich leid. Er nahm sich vor, ihn im kommenden Jahr noch einmal zu kontaktieren und ihm das Foto seines Onkels zu zeigen.

Erik massierte sich die Schläfen. Noch immer lastete die Beichte seiner Eltern über das tragische Ereignis auf seiner Seele. Wäre es nicht besser gewesen, wenn er davon schon sehr viel früher erfahren hätte? Seitdem er davon wusste, forschte er in seinem Inneren nach Bruchstücken einer Erinnerung. Er hatte einmal in einer Zeitschrift für Psychologie gelesen, dass die ersten drei Jahre eines Kindes aus dem Gedächtnis verschwinden. Dies solle, so hatten Forscher herausgefunden, mit dem Erlernen der Sprache zusammenhängen, denn ab diesem Zeitpunkt verändere sich das Gehirn eines jungen Menschen. Was bis dahin in Form von Bildern, Gefühlen und Handlungen abgespeichert wurde, werde ab dem vierten Lebensjahr von Worten und Sätzen ersetzt. Das würde jedenfalls erklären, warum ihn dieses Erlebnis bis heute verfolgte. Die Angst und Verzweiflung, die er damals empfunden haben musste, als er hilflos in dem Jagdschloss umherirrte, waren ein Teil von ihm geblieben, und auch die Bilder hatten ihn weiterhin begleitet.

Er war froh, dass er endlich die Wahrheit erfahren hatte. Eine unbekannte Ruhe hatte sich seither in ihm ausgebreitet, und außerdem schien sich offenbar seine Frustrationsgrenze deutlich erhöht zu haben. Normalerweise hätte ihn Monas Zurückweisung tief gekränkt, musste er sich eingestehen, aber er hatte in diesem Moment nur Mitgefühl mir ihr gehabt. Ihr Verhalten war mehr als verständlich, schließlich war der Mann, mit dem sie zuletzt eine Beziehung gehabt hatte, nicht mehr am Leben. Er nahm sich vor, sie auf gar keinen Fall zu irgendetwas zu drängen.

Die Idee, mit ihr Silvester an einem ganz besonderen Ort zu feiern, war ihm spontan gekommen. Er hatte sich gewundert, dass eine Buchung überhaupt noch möglich war, aber tatsächlich hatte ein Pärchen kurzfristig abgesagt, sodass ihrer gemeinsamen Reise nichts im Wege stand. Als sie zugesagt hatte, wäre er vor Freude am liebsten in die Luft gesprungen.

Erik checkte noch schnell seinen Maileingang, speicherte einige Dateien ab und schnappte sich seine Jacke. Er hatte seine Mutter spontan ins Café Heldt eingeladen, und wenn er sich jetzt beeilte, würde er sogar einigermaßen pünktlich sein.

In wenigen Minuten erreichte er den Altbau in der Innenstadt, in dem sich das Traditionshaus befand. Als er die Tür öffnete, fiel sein Blick auf die leckeren Kuchen und Torten, die in der gläsernen Auslage präsentiert wurden: Marzipan-, Schwarzwälder Kirsch- und Mokkatorte, aber auch Bienenstich und Butterkuchen und anderes Kleingebäck. Erik war normalerweise nicht für Süßes zu haben, aber hier, in dem mit Holztischen und gepolsterten Stühlen ausgestatteten Café, an dessen Wänden gerahmte Stadtansichten und Fotografien hingen, machte er gern eine Ausnahme. Er entdeckte seine Mutter, die kerzengerade an einem kleinen Tisch in einer Ecke hinter dem Tresen saß. Die roten Teppichläufer dämpften seine Schritte, und als er sein Ziel erreicht hatte, erhob sie sich und hauchte ihm einen Kuss auf die Wange. »Erik, wie schön!«

Ihre ausdrucksvollen blauen Augen waren auf ihn gerichtet, während er seinen dicken Wintermantel ablegte.

Er setzte sich seiner Mutter gegenüber, die sich bereits einen Tee bestellt hatte und an einem Plätzchen knabberte. Der cremefarbene Kaschmirpullover schmiegte sich wie eine zweite Haut an ihren schmalen Oberkörper, und Erik stellte erneut fest, dass sie in den vergangenen Monaten einige Kilogramm abgenommen haben musste. Ihr Gesicht mit den schönen, klassischen Zügen wirkte schmaler als sonst, und um ihren Mund hatten sich kleine Falten gebildet. Er schob den Gedanken, dass sie vielleicht krank sein könnte, beiseite, denn seine Mutter achtete so penibel auf ihre Gesundheit wie auf ihre Figur – weshalb sie es wahrscheinlich auch bei dem Plätzchen, das sie erst zur Hälfte aufgegessen hatte, belassen würde.

Erik hob die Hand, rief die Kellnerin herbei und bestellte, nachdem seine Mutter erwartungsgemäß keinen weiteren Bedarf signalisiert hatte, ein Stück Marzipantorte und eine große Kanne Kaffee.

Sie tauschten ein paar Höflichkeitsfloskeln aus, während Erik den Blick durch den Raum schweifen ließ. An den Tischen saßen überwiegend ältere Menschen, einige von ihnen in Rollstühlen, andere hatten ihre Rollatoren dabei, die sie neben sich abgestellt hatten. Kurz blitzte in Eriks Kopf der Gedanke auf, dass bei dem Ausbruch eines Feuers möglicherweise der Fluchtweg nach draußen versperrt sein könnte. Hin und wieder machte sich in bestimmten Situationen gern mal der Jurist in ihm bemerkbar. Es war aber alles in bester Ordnung, weit und breit war keine Gefahr zu erkennen. »Hast du die Feiertage gut überstanden?«

»Ja, schon«, erwiderte seine Mutter. »Viky ist kurz nach dir auch zurück nach Hamburg gefahren.« Sie warf ihm einen flehentlichen Blick zu. »Wir hatten doch trotz allem ein paar schöne Stunden zusammen, oder?«

»Mach dir keine Gedanken, mir geht's gut.«

Die Bedienung kam und servierte ihm seine Bestellung. Er bedankte sich bei der jungen Frau und schenkte sich eine Tasse Kaffee ein. »Ich bin froh, dass ihr mir erzählt habt, was damals passiert ist.«

Seine Mutter nickte. »Das alles ist natürlich schon über dreißig Jahre her, und dein Vater und ich haben dieses Erlebnis irgendwie verdrängt.« Ihre Stimme klang auf einmal brüchig. »Wir haben uns damals solche Vorwürfe gemacht.« Sie schlug die Hände vor das Gesicht. »Es hätte ja sonst was passieren können.«

Erik warf ihr einen verständnisvollen Blick zu. »Es ist aber nichts passiert«, erwiderte er sanft.

Er trank einen Schluck Kaffee und probierte die Torte, die wirklich super schmeckte. Seine Mutter beobachtete ihn mit Argusaugen, als ob sie aus seinem Verhalten etwas ablesen wollte. Schließlich seufzte sie und lehnte sich in ihrem Stuhl zurück. Erik nutzte den Moment, um sie auf ein anderes Thema anzusprechen, das ihm auf der Seele brannte. Er nahm die Serviette und tupfte sich den Mund ab. »Ich werde vor unserem Neujahrsfest noch einmal wegfahren.«

In knappen Worten erzählte er ihr von seinem Plan. »Mona wird mich begleiten.«

Seine Mutter runzelte die Stirn. »Die junge Frau, die in das Theater eingezogen ist?«

»Ja, genau.« Er machte eine bedeutungsvolle Pause. »Ihre Mutter hat übrigens einmal für euch als Hauswirtschafterin gearbeitet.«

»Ach ja? Wie heißt die junge Dame denn mit Nachnamen?«

»Linau.«

Seine Mutter wiegte den Kopf bedächtig hin und her. »Ich kann mich nicht erinnern.« Erik hatte den Eindruck, dass sie erleichtert über ihre Schlussfolgerung war.

»Sie hat in der Zwischenzeit wieder ihren Mädchennamen angenommen. Damals war sie noch verheiratet und hieß Steffens.«

»Esther Steffens?« Röte schoss in die Wangen seiner Mutter, und fast bereute er es, ihr auf diese Art und Weise zuzusetzen, aber er wollte die Wahrheit wissen. »Du hast ihr achtzehn Jahre lang Geld überwiesen«, fügte er daher mit einem sachlichen Tonfall hinzu.

»O mein Gott!«

Erik hob beschwichtigend die Hände. »Die Dinge liegen ganz anders, als du damals geglaubt hast.«

»Wie meinst du das?« In ihrer Stimme klang Hoffnung mit, und Erik wollte sie auch nicht länger auf die Folter spannen. »Papa ist nicht der Vater ihres Kindes, sondern Bernhard.«

Er wartete einen Moment, bis die Botschaft bei ihr angekommen war.

»Das kann nicht sein.« Sie legte den Rest vom Keks beiseite. »Dann habe ich ja die ganzen Jahre …« Ihr Blick schweifte in die Ferne.

»… umsonst Geld bezahlt.«

Mona blickte auf die Zeitanzeige ihres Smartphones, das neben ihr auf einem kleinen Tisch lag. Es war schon fast Mitternacht, das heißt, sie hatte fast fünf Stunden durchgemalt. Sie legte die Pinsel beiseite und massierte ihre Nackenmuskulatur. Dann ließ sie sich auf einen der Korbstühle vor ihrer Staffelei fallen und streckte beide Beine von sich. *Die Eulenfrau* war vollendet. Ein Gefühl der Erleichterung breitete sich in ihrer Brust aus, die Malblockade war Vergangenheit. Am liebsten hätte sie gleich mit dem nächsten Werk begonnen. Sie hatte mittlerweile so viele Skizzen in ihrem Block, dass sie Jahre brauchen würde, um das alles abzuarbeiten. Sie betrachtete ihre Hände, die komplett mit Ölfarbe beschmiert waren, zum Schluss hatte sie mit den Fingern gearbeitet, um dem Porträt von Solveig noch weitere Akzente zu geben.

Mona verschränkte die Arme vor der Brust. Wie von selbst wanderten ihre Gedanken zurück zu dem Tag, als Gustav in ihrer gemeinsamen Küche zusammengebrochen war. So viel Zeit war seitdem vergangen. Sie war noch immer sehr traurig, aber es tat nicht mehr so weh. Sie fotografierte das Ergebnis ihrer Arbeit und schickte es per WhatsApp an Leni und Sina, die sofort Herz-Emojis zurücksendeten. Danach erinnerten die beiden sie an das Treffen zur Klärung der Frage, was sie Neujahr auf dem legendären Fest der Familie von Bardelow anziehen würden, und Mona schrieb ein »Na klar, bis morgen!« zurück. Eigentlich hatte sie überhaupt keine Klamotten, die für ein solches Ereignis geeignet waren. Musste man dort nicht in einem Kleid mit Schleppe und mit einem Diadem aus Perlen erscheinen? Sie hoffte sehr, dass ihre Freundinnen ihr helfen würden. Übermorgen war schon Silvester, und sie würde mit Erik nach Dagebüll fahren, um dort zu übernachten! Himmel, sie hatte manchmal das Gefühl, in einem Hollywood-Film gelandet zu sein. Er hatte ihr versichert, dass sie dort einfach nur ein paar schöne Stunden verleben würden. Welche Location er sich dafür ausgedacht hatte, wusste sie nicht, aber sie ließ sich gern von ihm überraschen.

Wenn sie an die Gefühle dachte, die sie in ihrem Bett mit ihm empfunden hatte, war sie allerdings nicht sicher, wie das funktionieren sollte. Seine Hände hatten sich so unglaublich gut auf ihrer Haut angefühlt, und als er gegangen war, hätte sie ihn am liebsten wieder zurückgeholt. Andererseits hatten sie wirklich alle Zeit der Welt.

Mona wickelte eine Haarsträhne um ihren Finger. Verrückt, wie sich ihre Beziehung in den vergangenen zwei Monaten entwickelt hatte. Als sie ihm das erste Mal auf dem Friedhof in Hamburg-Ohlsdorf begegnet war, hatte sie ihn sehr attraktiv gefunden. Noch jetzt jagte ihr die Erinnerung an diesen Moment einen Schauder über den Rücken. Dann sein unverschämtes Verhalten auf dem Wirtschaftsweg, als er sie rüde angeschnauzt hatte und sie ihn am liebsten dorthin gewünscht hätte, wo der Pfeffer wächst. Sie überlegte, wann sich zwischen ihnen etwas verändert hatte, und konnte den entscheidenden Moment nicht genau benennen. Nur eins fühlte sie ganz genau: Sie war kurz davor, ihr Herz zu verlieren.

33

Die Kerzen in den Windlichtern, die Sina überall in ihrem Wohnzimmer verteilt hatte, verbreiteten eine heimelige Atmosphäre. Draußen schneite es wieder, und der Wind trieb die dicken Flocken gegen die Fensterscheibe.

Das Anprobieren der verschiedenen Outfits war sehr lustig gewesen, aber jetzt hatten sie sich erst einmal eine Pause verdient. Mona saß neben Leni auf dem Sofa, und sie beobachteten ihre Freundin, die ihre ausgewählten Kombinationen auf einem Kleiderständer auf Rollen arrangierte. Noch hatte keine von ihnen sich für ein bestimmtes Outfit entscheiden können.

»Ich bin ja echt gespannt, wer alles kommen wird«, sagte Leni, die sich wieder ihre gemütliche Jogginghose angezogen hatte. Sie nahm sich einen von Sinas Weihnachtskeksen, die in einer großen Schale auf dem niedrigen Tisch standen. Auf Alkohol hatten sie an diesem Abend einvernehmlich verzichtet, denn bald würde der Champagner bestimmt in Strömen fließen. Leni löste die Haarklemme und schüttelte die schulterlangen Locken aus. Ihre Wangen waren gerötet, und sie wirkte auf Mona rundum glücklich. Von Sina wusste sie, dass es auch andere Zeiten in ihrem Leben gegeben hatte. Sie hatte lange Zeit in Berlin gelebt und mit ihrem damaligen Freund Jannik einen Laden für Vintage-Möbel betrieben. Als sie dann einmal auf der Suche nach neuen Objekten hier gelandet war, hatte sie sich Hals über Kopf in Nathan verliebt, aber auch erfahren, dass Jannik sie nicht nur mit anderen Frauen, sondern auch finanziell betrogen hatte. Nun hatte sie ihr Glück gefunden. Leni und Nathan waren mittlerweile verheiratet, und Sina und Hendrik waren ihre Trauzeugen gewesen.

Sina, die ehemalige Jungköchin, war in der Zwischenzeit Chefin des Hofcafés auf Gut Schwansee geworden und hatte dafür gesorgt, dass mittlerweile Gäste aus ganz Schleswig-Holstein und sogar Hamburg nach Waabs kamen, um in den Genuss ihrer kreativen Koch- und Backkünste zu kommen. Auch sie hatte Pech mit einem Mann gehabt, bevor sie hier gelandet war. Ihr Bräutigam Konrad hatte sie am Tag der Hochzeit einfach sitzen lassen, war spurlos verschwunden, und sie war ihm erst auf einer Veranstaltung auf Gut Schwansee wieder begegnet. Die beiden hatten sich aber mittlerweile ausgesprochen. Der Grund für Konrads Flucht war wohl gewesen, dass er sich zu sehr unter Druck gesetzt gefühlt hatte. Mona konnte immer noch nicht glauben, dass einer Frau so etwas tatsächlich passieren konnte. Als sich Sina und Hendrik schließlich nähergekommen waren, hatte er bereits eine lange Weltreise geplant, die er aber aus Liebe zu ihr schließlich deutlich verkürzt hatte. Nathans Bruder hatte lange Zeit keinen richtigen Plan für sein Leben gehabt, war herumgereist, hatte im Sommer in der Surfschule seines Freundes Unterricht gegeben und in einem Wohnwagen auf dem Campingplatz am Strand von Waabs gelebt. Mittlerweile war er als Partner in die Surfschule mit eingestiegen, und inzwischen gab es sogar eine weitere Außenstelle in Eckernförde, die nicht nur bei den Gästen, sondern auch bei den Einheimischen des Ostseebades unheimlich gut ankam.

Sina brachte einen frischen Krug mit Eistee, der mit Minze aromatisiert war. »Du bist wie eine Mutter zu uns«, sagte Leni und streckte sich. Mona hatte den Eindruck, dass sie etwas rundlicher geworden war, aber vielleicht täuschte sie sich auch.

Sina, die noch immer ein kurzes rotes Cocktailkleid trug, das ihre weiblichen Kurven perfekt betonte, füllte die Gläser auf. »Du bist also wirklich Bernhards Tochter?«

Mona nickte. »Meine Mutter hat mir alles gebeichtet. Die beiden waren wohl damals wirklich schrecklich ineinander verliebt, sehr kurz nur, aber immerhin.« Sie deutete mit einer theatralischen Geste auf sich selbst. »Ich bin das Ergebnis dieser *Amour fou.*«

Ihre Freundinnen lächelten vielsagend. »Ich frage mich, wie Susanne darauf reagiert hat.«

Mona griff nach ihrem Glas. »Bernhard, also mein

Vater, hat mir erzählt, dass sie sich gar nicht *so sehr* aufgeregt hat.« Sie zuckte mit den Schultern. »Wahrscheinlich hat sie irgendwie schon mit so was gerechnet.«

Sina fuhr sich mit den Händen durchs blonde Haar. »Wie geht es jetzt eigentlich mit dir und Erik weiter?« Sie machte eine theatralische Geste. »Euch steht nun nichts mehr im Wege!«

Mona warf ihr ein Kissen entgegen, das Sina mit einer Hand auffing. »Wir sind nicht zusammen.«

»Was noch nicht ist, kann ja noch werden.«

Mona schmunzelte und erzählte den beiden von Eriks Ausflugsplänen.

Leni stieß sie mit dem Ellenbogen an. »Da bin ich ja gespannt, wohin er dich entführt.«

»Ja genau!« Mona verschränkte die Arme vor der Brust. »Es ist jedenfalls nicht so, wie es sich vielleicht anhört.« Sie fixierte erst Leni und dann Sina mit ihrem Blick. »Es gibt dort nämlich zwei Schlafzimmer. So viel hat er mir schon verraten.«

Erik fuhr über die Bundesstraße 5 in Richtung Dagebüll. Am Morgen hatte er Mona abgeholt und ihre kleine Reisetasche im Kofferraum verstaut. Auf den Straßen war wenig los, sogar auf der Autobahn in Richtung Flensburg hatte es kaum Verkehr gegeben. Sie erreichten einen Kreisverkehr, und Erik bog links in den Halligweg ab. Es war natürlich nicht möglich, direkt vor dem Leuchtturm zu parken, deshalb stellte er das Auto bei der Schranke ab. Das gut fünfzehn Meter hohe Backsteingebäude mit dem spitzen Kupferdach befand sich im Süden von Dagebüll am Außendeich und in der Nähe des Bahnhofs für die Loren, mit denen man über Schienen durch das nordfriesische Wattenmeer zu den Halligen Oland und Langeneß gelangte.

»Wow, wie cool ist das denn?« Monas Augen leuchteten, und Erik war glücklich, dass er ihr eine Freude bereiten konnte.

Er nahm ihr das Gebäck ab, und gemeinsam machten sie sich auf den Weg. Normalerweise wäre es üblich gewesen, jetzt den Vermieter anzurufen, damit er den Schlüssel vorbeibringen konnte, aber netterweise hatte Erik den bereits vor zwei Tagen per Post erhalten, sodass er die dunkelblau gestrichene Tür mit dem rautenförmigen kleinen Fenster sofort aufschließen konnte. »Das ist ja eine richtige Klöntür«, sagte Mona und strich mit der Hand über die obere Hälfte, die sich unabhängig von der unteren öffnen ließ. Das war praktisch, wenn jemand vorbeikam, mit dem man sich unterhalten – eben *klönen* – wollte. Erik nickte. »Wir sind eindeutig in Nordfriesland.«

Er ließ sie als Erste eintreten. »Huch, was ist das denn?«

Erik grinste über das Ungetüm. »Ein Whirlpool im Eingangsbereich, das ist mal etwas ganz Neues.«

Ein Freund hatte ihm diese außergewöhnliche Unterkunft empfohlen, es war für ihn ebenfalls der erste Besuch. Erik ergriff Monas Hand. »Komm, wir schauen uns erst einmal alles an.«

Im Inneren des Leuchtturms befanden sich drei Ebenen, die durch eine Stahlkonstruktion miteinander verbunden waren: unten das Badezimmer, in der Mitte die Schlafebene mit einem schmalen Bett für zwei Personen, und ganz oben – in der ehemaligen Laterne – gab es den Wohnbereich, der eigentlich nur aus einem Sofa, einem Tisch und zwei Stühlen bestand. Im Sommer konnte man bestimmt auf der mit einer Balustrade gesicherten Aussichtsplattform, die einmal um den ganzen Leuchtturm führte, herrlich frühstücken und dabei die Schafe auf dem Deich beobachten. Jetzt im Dezember war es natürlich sehr kalt dort draußen.

Vielleicht würden sie trotzdem um Mitternacht hinausgehen, um sich das Feuerwerk anzuschauen, das über Dagebüll abgefeuert werden würde. Von hier oben hatte man natürlich einen einmaligen 360-Grad-Panoramablick.

»Das ist wirklich unglaublich schön«, sagte Mona, die dicht neben ihm stand und ebenfalls durch die kleinen quadratischen Fenster auf die Schneelandschaft und das Wattenmeer blickte. Dann drehte sie sich zu ihm um und legte den Kopf schief. »Du hattest etwas von einem zweiten Schlafzimmer gesagt?«

Erik zuckte mit den Schultern. »Das stimmt, aber ich glaube, ich muss etwas falsch verstanden haben.«

»Nee, ist klar.« Sie blinzelte ihn herausfordernd an.

Erik zupfte einen unsichtbaren Fussel von ihrem Pulli ab. »Ich kann auch auf dem Sofa schlafen.« Sie folgte seinem Blick zu dem kleinen Sitzmöbel, auf dem zwei Personen allenfalls dicht nebeneinandersitzend Platz hatten. Als Schlafstätte war es denkbar ungeeignet, es sei denn, man hatte keine Probleme damit, beide Beine über die Kante hängen zu lassen.

»Wir werden sehen«, erwiderte sie schließlich, und ein Lächeln huschte über ihr Gesicht.

Erik rieb die Hände aneinander. »Was hältst du von einem kleinen Imbiss?«

In dem Leuchtturm gab es keine Küche, sondern nur eine Minibar, in der die Getränke gekühlt werden konnten. Erik hatte deshalb Baguette, verschiedene Käsesorten, Trauben, eine Quiche sowie einen Salat mitgebracht, den er in einer verschließbaren Schüssel transportiert hatte. Morgen früh würde eine Frau aus dem Dorf ein Frühstück vorbeibringen, das hatte er mit dem Vermieter so vereinbart.

Mona half ihm, den Proviant aus dem Auto zu holen und ganz nach oben zu tragen. Gemeinsam deckten sie den Tisch und verteilten die Leckereien. »Hast du schon Lust auf einen Sekt?«, fragte er, als alles angerichtet war. Mona nickte, deshalb öffnete er eine Flasche und füllte die Gläser. Sie setzten sich an den Tisch und prosteten sich zu.

Mona griff ordentlich zu, und Erik hatte das Gefühl, dass sie sich von Minute zu Minute mehr entspannte. Sie erzählte ihm von ihrem »Mädelsabend«: »Wir sind alle sehr gespannt auf das Neujahrsfest bei euch«, schloss sie, nachdem sie die Kurzfassung der Kleideranprobe beendet hatte.

Erik machte eine abwehrende Handbewegung. »Das ist eigentlich jedes Jahr das Gleiche. Es kommen Freunde, Familie und ein paar ausgewählte Gäste, es werden Reden gehalten, dann gibt es etwas zu essen und zu trinken, und wenn die Stimmung gut ist, wird auch noch getanzt.«

»Und wo findet das Ganze statt?«

»In unserem Gartensaal.«

»Oh, wie romantisch.« Mona brach ein Stück Baguette ab und bestrich es mit Butter. »Das hört sich wirklich an wie im Märchen.« Ihr Gesicht bekam einen verträumten Ausdruck. »Ich bin jedenfalls schon sehr gespannt und freue mich, dass Sina und Leni mit dabei sein werden.«

»Zusammen mit Hendrik und Nathan«, fügte Erik hinzu. Sie zeigte mit dem Finger auf ihn. »Aber bitte keine Prügelei anfangen!«

Erik warf ihr einen gespielt vorwurfsvollen Blick zu. »Wie kommst du denn auf die Idee?« Er strich ihr mit dem Daumen über den Handrücken. »Nein, diese Zeiten sind endgültig vorbei.« Als er den Satz ausgesprochen hatte, wurde ihm auf einmal bewusst, dass es genauso war. Etwas in seinem Leben hatte sich verändert, seit er die Wahrheit über sein traumatisches Erlebnis erfahren hatte. Er konnte sich zwar immer noch nicht daran erinnern, aber das war bestimmt auch gut so. Jedenfalls war der unterdrückte Zorn, den er immer gespürt hatte, wie weggewischt. Vielleicht würde er auch in Zukunft irgendwann mal wieder aus der Haut fahren, aber nicht so, wie es ihm früher ständig passiert war.

Der Tag neigte sich langsam dem Ende zu, und sie gingen noch ein wenig am Deich entlang spazieren. Der Weg war wohl vor Kurzem noch einmal geräumt worden, denn rechts und links davon türmte sich der Schnee. Es war nicht viel los, die meisten Menschen waren bei diesem Wetter bestimmt zu Hause, und er hoffte, dass Silvester ruhig verlaufen würde, denn er war kein großer Fan der alljährlichen Knallerei. In der Ferne hörte man immer mal wieder das zischende Geräusch einer Rakete, die abgefeuert wurde, oder lautes Knallen – kein Vergleich zu dem, was um diese Zeit in Kiel oder auch in Eckernförde abging.

Es war bereits stockdunkel, als sie wieder den Leuchtturm erreichten. Eigentlich wäre jetzt ein gemeinsames Bad im Whirlpool genau das Richtige, dachte Erik, denn sie waren ganz schön durchgefroren. Doch er wollte Mona zu nichts drängen. Stattdessen würden sie sich weiter unterhalten, aus dem Fenster gucken, Sekt trinken und dann den Jahreswechsel gemeinsam erleben, beschloss Erik im Stillen. Etwas Schöneres hätte er sich ohnehin für diesen Abend nicht wünschen können.

34

Die Zeit war wie im Fluge vergangen. Nun standen sie dicht nebeneinander auf der Aussichtsplattform, hielten die Sektgläser in den Händen und warteten, dass es Mitternacht wurde. Mona blickte in den klaren Sternenhimmel und ließ in Gedanken das Jahr im Schnelldurchlauf Revue passieren, und sie vermutete, dass Erik, dessen Nähe sie mit jeder Faser ihres Körpers wahrnahm, ähnlichen Gedanken nachhing. Es gab ein Radio im Leuchtturm, und soeben kündigte eine überdrehte Moderatorin den Countdown an: »Noch zwanzig Sekunden!« Sie tauschte mit Erik einen vielsagenden Blick. »Zehn, neun, acht …« Endlich war es so weit. »Frohes neues Jahr!« Er küsste sie sanft und sah ihr dann tief in die Augen.

»Das wünsche ich dir auch«, erwiderte Mona leise.

Erik nahm ihr das Glas aus der Hand, stellte es ab und legte die Hände auf ihre Hüfte. Obwohl sie ihren dicken Wintermantel trug, hatte sie das Gefühl, als ob er ihre Haut berührte. In der Ferne explodierten Raketen, und der Himmel war von bunten Farben erfüllt. »Lass uns reingehen«, sagte er leise.

Er umfasste ihre Hand, zog sie hinter sich her, und als er die Tür verschlossen hatte, drehte sie sich zu ihm, und er umschlang sie. »Mona«, murmelte er, und sie spürte seinen Atem auf ihrer Wange. Hitze wallte in ihr hoch, deshalb war sie froh, als er sich an ihrem Mantel zu schaffen machte und begann, einen Knopf nach dem anderen zu öffnen, ohne sie einen Moment aus den Augen zu lassen. Ihr Mantel und seine Jacke landeten auf dem Sofa. Die Feuerwerkskörper, die vor dem Panoramafenster explodierten, warfen helle Flecken auf sein Gesicht. Erik strich sanft über ihre Wange, während seine andere Hand ihren Nacken umschloss. Im Licht der Raketen bemerkte sie silberne Sprenkel in seinen Augen, und ein erwartungsvolles Ziehen breitete sich in ihrem Körper aus. Sie hob die Arme, und er zog ihr den Winterpulli über den Kopf, wobei sich ihre Haare elektrisch aufluden und knisterten. Lächelnd strich er über die nach allen Seiten abstehenden Strähnen und zog sie dann fest an sich heran. Mona schloss die Augen, als sich ihre Lippen berührten, und ließ sich seufzend in seine Arme fallen. Er wartete, bis sie seinen Kuss erwiderte, dann hob er sie auf den Tisch und schob sich zwischen ihre Beine. Mona stützte sich mit den Armen nach hinten ab. Sie nahm alles unglaublich intensiv wahr: seine Hand, die sich langsam unter ihr T-Shirt schob, die harten Muskeln seiner Oberschenkel zwischen ihren Beinen und seinen Mund, der sich immer fordernder seinen Weg bahnte. Sie richtete sich auf, zerrte an seinem T-Shirt und gab ein ungeduldiges Knurren von sich.

In seinen Augen blitzte es leidenschaftlich. Er kreuzte die Arme vor der Brust, und Sekundenbruchteile später durfte sie seinen nackten, durchtrainierten Oberkörper bewundern. Langsam strich sie mit den Fingerspitzen über seinen Bauch bis zum Bund der Jeans. Sie spürte, dass er die Luft anhielt, als sie die Hand darunter gleiten ließ, bis er ein keuchendes Geräusch von sich gab. Er umfasste ihr Handgelenk. »Lass uns nach oben gehen!«

Eriks Augen waren auf Monas wiegende Hüften gerichtet, als er ihr auf der Wendeltreppe in den ersten Stock des Leuchtturms folgte. Eine an der Decke angebrachte Lampe, die aus mehreren dekorativen Glühbirnen bestand, die an unterschiedlich langen Stahlseilen befestigt waren, tauchten das Innere des Leuchtturms in ein weiches Licht. Nachdem das letzte Knallen des Feuerwerks verklungen war, hatte sich eine angenehme Stille ausgebreitet, die nur vom leisen Brummen der Klimaanlage durchdrungen wurde. Er ließ seine Hand kurz in die Seitentasche der Jeans gleiten. Zum Glück hatte er an den Schutz gedacht, denn das war für ihn eine Selbstverständlichkeit.

Als sie oben angekommen waren, drehte Mona sich in seine Richtung und empfing ihn mit einem fast scheuen Lächeln, das seine Sinne erneut entfachte. Sie sah so unheimlich sexy aus in der schwarzen engen Hose und dem weißen T-Shirt, unter dem sich ihre Brüste abzeichneten. Er nahm ihre ausgestreckten Hände entgegen, drehte sich etwas, und nach zwei Schritten rückwärts stieß er bereits mit den Kniekehlen an die Bettkante. Er ließ sie wieder los, schob die ordentlich gefalteten Decken zur Seite und ließ sich auf die Matratze fallen. Mona blieb stehen und musterte ihn aufmerksam, sodass sich die Haare auf seinem Unterarm aufrichteten. Ihre Blicke verfingen sich, als sie betont langsam ihre Hose öffnete und den Stoff mit einer geschmeidigen Bewegung über die Hüften schob. Sie stupste das Kleidungsstück mit dem Fuß zur Seite und richtete sich dann vor ihm auf. Ihr Anblick warf ihn um: Sie trug schwarze, halterlose Strümpfe und einen seidig glänzenden Slip in derselben Farbe. Ihre helle Haut bildete dazu einen unglaublich schönen Kontrast. Als sie ebenfalls ihr T-Shirt ausgezogen hatte, bemerkte Erik, dass er fast die ganze Zeit die Luft angehalten hatte. Langsam ließ sie sich auf seinen ausgestreckten Körper gleiten. Er mahnte sich innerlich zur Geduld, denn ihm gefiel die passive Rolle, die Mona ihm zugewiesen hatte. Sie richtete sich halb auf und führte seine Hände zu ihren wohlgeformten Brüsten. Sie ließen sich beide zur Seite fallen, und er strich sanft über ihren Bauch. Mona rekelte sich wohlig unter seinen Händen und schaute ihn dabei unverwandt an. Schwer atmend entledigten sie sich ihrer restlichen Kleidung. Diskret drehte er sich noch einmal zur Seite, und als er sich ihr wieder zuwandte, waren ihre Lippen erwartungsvoll geöffnet. Sein Herz schlug wild, als er sich zwischen ihre Beine schob und sie ihn mit einem wohligen Seufzer empfing. Sie folgte seinen Bewegungen, umklammerte ihn mit ihren langen Beinen, und als sie schließlich den gleichen Rhythmus fanden, ließ Mona sich auf den Rücken fallen. Ihre langen Haare breiteten sich auf dem weißen Laken aus, und er küsste sie noch einmal voller Leidenschaft, bis sie fast gemeinsam den Höhepunkt erreichten.

Danach lagen sie Hand in Hand nebeneinander und unterhielten sich leise, bis Mona zu frösteln begann. Erik stand auf, holte die Decken, die auf den Holzfußboden gefallen waren, und sie kuschelten sich darunter. Irgendwann schlief Mona in seinen Armen ein, aber Erik lag noch lange wach. Er hatte sich ein Kissen in den Nacken gelegt und lauschte dem Wind, der um die Mauern des Leuchtturms strich. Er fragte sich, womit er eine Frau wie Mona verdient hatte. Früher hatte er sich Frauen gegenüber, wenn er ehrlich war, immer wie der letzte Idiot verhalten, weshalb auch jede Beziehung, die er bislang gehabt hatte, höchstens ein Jahr gehalten hatte. Er hatte sich eine Schutzmauer aus Coolness aufgebaut. Jeden Versuch einer Frau, sie in irgendeiner Weise zu durchbrechen, hatte er im Keim erstickt. Natürlich wusste er mittlerweile, dass die Angst vor einer festen Bindung der Grund dafür war. Warum das so war, hatte er sich nie richtig erklären können. Viele seiner Bekanntschaften hatten versucht, ihn umzuerziehen, was ihn natürlich jedes Mal sofort in die Flucht geschlagen hatte. Vielleicht war er aber auch einfach nie von ganzem Herzen verliebt gewesen. Vorsichtig streckte er die Beine aus, denn er wollte Mona auf gar keinen Fall wecken. Er presste die Lippen aufeinander. Okay, er war etwas zu weit gegangen, als er Dietmar damit beauftragt hatte, ihr diesen David vom Hals zu halten, aber der Drang, sie zu beschützen, war einfach übermächtig gewesen. Er drehte sich zu ihr, stützte den Kopf auf der Hand ab und betrachtete sie. Ihre Gesichtszüge wirkten entspannt, und sie atmete gleichmäßig. Er rieb sich die Augen und unterdrückte ein Gähnen. Morgen war geplant, nach dem Frühstück zurück nach Waabs zu fahren, aber das Fest bei seinen Eltern begann erst am Abend. Plötzlich hatte er eine Idee. Es gab noch etwas, das sie unbedingt erledigen sollten.

Mona blinzelte und leckte sich mit der Zunge über die Lippen. Dann öffnete sie die Augen und sah ein Croissant vor ihrer Nase, das einen herrlichen Duft verströmte.

»Guten Morgen!«

Sie drehte sich um und lächelte. Dann griff sie beherzt nach dem knusprigen Gebäck und biss hinein. Erik, der mit feuchten Haaren im Bademantel auf der Bettkante saß, reichte ihr einen Teller. Mona richtete sich auf und lehnte sich an das Kopfende. Den Becher mit Kaffee nahm sie ebenfalls mit einem Nicken entgegen, und als sie den ersten Schluck getrunken hatte, erwiderte sie seinen Gruß. »Guten Morgen.« Sie blinzelte ihm zu. »Wie spät ist es denn?«

Er sprang auf, wobei sich der Bademantel öffnete. Der Anblick seiner nackten Brust ließ die Erinnerung an die vergangene Nacht aufflackern, und ein wohliger Schauder lief ihr über den Rücken.

»Es ist noch früh, aber wir haben etwas vor.«

»Dann erzähl mal«, forderte sie ihn auf und hoffte im Stillen, dass es nichts mit Sport zu tun haben würde. Joggen am Deich wäre ungefähr das Letzte, wozu sie jetzt Lust hätte.

»Ich würde gern mit dir nach Sylt fahren.«

Damit hatte Mona nun gar nicht gerechnet. »Was wollen wir denn auf Sylt?«, fragte sie stirnrunzelnd.

»Ich dachte, wir gucken uns mal dein Haus an.« Er verschränkte die Arme vor der Brust. »Es steht doch in Hörnum, oder?«

Mona nickte stirnrunzelnd. »Mhm.« Mehr fiel ihr in diesem Moment nicht ein, sie fühlte sich etwas überrumpelt.

Erik knotete den Gürtel zusammen und beugte sie zu ihr hinunter. Ein frischer Duft nach Zitrone drang ihr in die Nase, und seine Wärme durchströmte sie. »Danach essen wir noch eine Kleinigkeit oder gehen spazieren – ganz wie du willst.«

Er strich ihr eine Strähne aus dem Gesicht. »Es ist immerhin dein Erbe«, sagte er eindringlich. »Es wäre doch schön, wenn du dort einmal nach dem Rechten schauen würdest, wenigstens von außen, schließlich bist du schon sehr lange nicht mehr dort gewesen, oder?«

Mona hüpfte aus dem Bett, lief nackt zu ihrer Tasche und kramte darin herum. »Wir können auch reingehen«, sagte sie schließlich. »Ich habe nämlich den Schlüssel.«

Zwei Stunden später ließ sich Mona durch den kleinen Spalt des geöffneten Fensters die kalte Nordseeluft um die Nase wehen. Sie spürte das Rattern des Autozuges, der sie nach Sylt brachte, und schloss die Augen. Sie konnte gar nicht zählen, wie oft sie mit Gustav ein Wochenende oder auch länger auf der Nordseeinsel auf diese Weise eingeläutet hatte. Für sie war es immer ein magischer Moment, wenn man das Festland in Dagebüll verließ und langsam über das Wattenmeer getragen wurde. Oft waren sie aber auch mit dem Zug gefahren, denn das war genauso schön und natürlich sehr viel billiger.

Es fühlte sich ungewohnt an, jetzt Erik an ihrer Seite zu haben, aber auch schön, das musste sie sich eingestehen. Wenn sie an die gestrige Nacht zurückdachte, kam ihr alles wie ein Märchen vor. Hatte sie das wirklich alles erlebt? Seine Berührungen brannten noch immer auf ihrer Haut, und als ihr Blick auf seine schönen, kräftigen Hände fiel, schoss ihr Puls in die Höhe. Mona drückte den Rücken in die Ledersitze. Sie beschloss, einfach mal den Kopf auszuschalten und die kommenden Stunden zu genießen.

35

Rechts und links der Straße breitete sich die schneebedeckte Dünenlandschaft aus. Alles war weiß, nur dort, wo der Wind das Gras und den Sand freigeweht hatte, schimmerte etwas Braunes und Grünes hindurch. Sie fuhren an Bushaltestellen und Parkplätzen vorbei, bis sie das Ortsschild von Rantum passierten. Ein reetgedecktes Haus reihte sich an das andere. In den vergangenen Jahren war wirklich jede Baulücke gefüllt worden. Der Ort befand sich an der schmalsten Stelle von Sylt, an der die Insel nur fünfhundertfünfzig Meter breit war.

Es waren nicht viele Autos unterwegs. Mona vermutete, dass die meisten Silvesterurlauber entweder schon morgens zurück aufs Festland gefahren waren oder noch schliefen.

Als sie schließlich Hörnum erreichten, kam Mona von einem Moment auf den anderen in Urlaubsstimmung. Die Südspitze der Insel war für sie etwas ganz Besonderes. Im Gegensatz zu dem Trubel, der in Westerland, List und Wenningstedt herrschte, war hier selbst in den Sommermonaten nicht viel los, dabei war der Strand, der sich gleich hinter dem Hafenbecken ausbreitete, wunderschön. Von dort aus konnte man die Dünen- und Heidelandschaft am südlichen Zipfel, die Hörnum-Odde, zu Fuß in anderthalb Stunden umrunden und sich danach am Crêpe-Stand am Hafen eine Leckerei gönnen – am besten an einem der verwitterten Holztische mit Blick auf die Nordsee. Bilder von Erlebnissen mit Gustav aus ihren gemeinsamen drei Jahren liefen wie ein kurzer, verwackelter Urlaubsfilm vor ihrem inneren Auge ab, und Wehmut erfasste ihr Herz. Diese Zeit war endgültig vorbei. Erik lenkte den Mercedes in ruhigem Tempo die Straße zum Hafen entlang und bog schließlich in die Kleine Straße ein, in der sich das Reihenhaus befand, das Gustav ihr vererbt hatte. Er fand einen geräumten Parkplatz fast direkt vor dem Eingang und warf ihr von der Seite einen fragenden Blick zu. Mona holte ihren Schlüsselbund aus der Tasche. »Dann lass uns mal reingehen.«

Als sie die Tür des dreistöckigen Hauses öffnete, beschleunigte sich ihr Puls. Über ein Jahr war sie nicht mehr hier gewesen. Eine Nachbarin hatte sich um die Immobilie gekümmert, hatte gelüftet und hin und wieder zumindest alles oberflächlich gereinigt. Diese Arbeiten hatte sie für einen kleinen Betrag zuvor auch immer erledigt, und der Dauerauftrag war einfach weitergelaufen. Mona hatte ein paarmal mit ihr telefoniert, zum Beispiel als die Heizung ausgefallen war, und sie auch heute telefonisch über ihr Kommen informiert. Frau Kluge verbrachte den

Jahreswechsel allerdings bei Verwandten auf dem Festland, worüber Mona ganz froh war.

Sie würde Erik kurz die Räume zeigen, mit ihm noch einen Kaffee irgendwo trinken, und dann würden sie auch wieder zurück nach Dagebüll fahren. Alles andere würde sich später ergeben, wenn das Juristische mit Judith, Elena und Frederik geklärt war.

Mona zeigte Erik die im friesischen Stil eingerichtete Küche, die sich direkt neben dem Eingangsbereich befand und einen Eichenholzboden hatte, genau wie alle anderen Räume. Als sie die Tür zum Wohnzimmer öffnete, spürte sie eine innere Anspannung. Hier stand der Kachelofen, vor dem sie und Gustav nach langen Spaziergängen am Meer gesessen oder auf einer kuscheligen Decke gelegen hatten. Auf dem graublauen Sofa hatte Frau Kluge alle Kissen in Reih und Glied aufgestellt. Sie ging ein Stück auf den niedrigen Holztisch zu und spürte, wie Erik ihr langsam folgte. Ein Gedichtband von Rainer Maria Rilke lag dort – aufgeschlagen – und daneben Gustavs Lesebrille.

Sie nahm das schmale Buch in die Hand und las:

Der Panther

Sein Blick ist vom Vorübergehn der Stäbe
so müd geworden, dass er nichts mehr hält.
Ihm ist, als ob es tausend Stäbe gäbe
und hinter tausend Stäben keine Welt.

Der weiche Gang geschmeidig starker Schritte,
der sich im allerkleinsten Kreise dreht,
ist wie ein Tanz von Kraft um eine Mitte,
in der betäubt ein großer Wille steht.

Nur manchmal schiebt der Vorhang der Pupille
sich lautlos auf –. Dann geht ein Bild hinein,
geht durch der Glieder angespannte Stille –
und hört im Herzen auf zu sein.

Nachdem sie den letzten Satz gelesen hatte, erfüllte sie ein tiefer Schmerz. Eine Welle der Trauer erfüllte sie, und Tränen liefen ihre Wangen hinab. Schluchzend drehte sie sich zu Erik, der sie mit beiden Armen umschlang und sie fest an sich drückte. »Das war sein Lieblingsgedicht«, wimmerte sie.

Erik schob sie behutsam zum Sofa. »Setz dich.«

Er holte eine Packung Papiertaschentücher aus der Jackentasche, zog eines heraus und reichte es ihr. Mona schniefte, schluchzte und putzte sich die Nase. Sie fühlte, wie Erik einfach nur still an ihrer Seite saß, bis sie sich einigermaßen wieder beruhigt hatte. Schließlich nahm er ihre Hand und drückte sie fest. »Ist doch gut, dass jetzt mal alles rauskommt.«

Sie lehnte sich an seine Schulter. »Kann sein.« Mona legte das Buch zurück auf den Tisch und die Brille genau daneben. Eine ganze Weile blieben sie dort sitzen.

Dann führte sie Erik durch die restlichen Räume. Als

sie wieder im Flur angekommen waren, schrieb Mona Frau Kluge eine kurze Nachricht und legte den Zettel auf die Küchenablage. »Ich rufe Sie die nächsten Tage einmal an.«

Der Duft von frisch gemahlenem Kaffee empfing sie, als er die Tür zum Café Lund öffnete. Er ließ Mona eintreten und deutete mit dem Kopf auf einen kleinen Tisch in der Ecke. »Dort hinten sind zwei Plätze frei.«

Zehn Minuten später servierte ein bärtiger junger Mann zwei hohe Tassen heiße Schokolade und dazu Kirsch-Streuselkuchen mit Sahne. Erik spürte, wie hungrig er war, seit dem kleinen Frühstück im Leuchtturm hatten sie nichts mehr gegessen. Mona nahm mit einem glücklichen Gesichtsausdruck den ersten Schluck Schokolade und wischte sich mit dem Handrücken die Sahne von ihren Lippen.

Er war spontan auf die Idee gekommen, sie zu einem Besuch des Hauses zu überreden, damit sie sich ihrer Trauer stellen konnte. Er war selbst darüber erstaunt, dass sie noch so viel davon in sich trug. Natürlich hatte er nichts von dem Gedichtband und der Brille ihres ehemaligen Lebensgefährten gewusst. Doch die Erleichterung, die sich seit ihrem Gefühlsausbruch in ihrem Gesicht spiegelte, gab ihm recht. Vielleicht hatte sie gerade einen weiteren Schritt auf dem Weg gemacht, mit der Vergangenheit abzuschließen. Erik wusste, dass die ganze Aktion auch ein wenig eigennützig war, aber diesen Gedanken hatte er erst einmal beiseitegeschoben.

Die Fahrt mit dem Autozug zurück nach Dagebüll verlief ohne Probleme. Auf dem Weg nach Waabs unterhielten sie sich über ihre Pläne für das kommende Jahr. Mona erzählte ihm, dass sie sich auf die Schule freue, vor allem auf ihre Schülerin Amelie. »Sie ist wirklich begabt«, schwärmte sie. »Ich kann mir vorstellen, dass sie irgendwann Kunst studieren wird, genau wie ich.«

Außerdem wollte Mona an weiteren Qualifizierungsmaßnahmen teilnehmen, um nach zwei Jahren dauerhaft als Kunstlehrerin arbeiten zu können.

Erik streifte sie kurz mit seinem Blick. »Wie weit bist du eigentlich mit deinem Eulenbild?«

»Habe ich dir das noch gar nicht erzählt?« Sie rutschte kurz auf ihrem Sitz hin und her. »Es ist fertig.«

Erik fasste sich mit der Hand an den Kopf. »Mensch, ich habe ganz vergessen, dir etwas wirklich Großartiges zu erzählen.« Er machte eine bedeutungsvolle Pause. »Eine Freundin von mir organisiert eine Kunstausstellung. Ich habe ihr das Foto gezeigt, das ich in deinem Atelier gemacht habe.«

Er spürte ihre Ungeduld, aber er ließ sie einen kleinen Moment zappeln. »Ines hat mich heute Morgen angerufen.«

»Nun mach es mal nicht so spannend.«

»Dein Bild wird auf jeden Fall dabei sein.«

»Waaaas! Das glaube ich nicht, wirklich?« Als er nickte, leuchteten ihre Augen. Sie küsste ihn überschwänglich auf die Wange. »Du bist wirklich ein Schatz, das ist ja echt der Wahnsinn.« Sie drückte ihn noch einmal ganz fest. »Ich danke dir so sehr, wow!«

Kurze Zeit später lenkte Erik das Auto durch die Hofeinfahrt von Gut Schwansee. Die Buden des Weihnachtsmarktes waren bereits abgebaut, nur der Weihnachtsbaum stand noch in der Mitte der ehemaligen Verkaufsfläche. Allmählich mussten sie sich doch beeilen, deshalb half Erik Mona schnell, ihr Gepäck ins Haus zu tragen, und dann fuhr er auch schon weiter. Er wollte noch einmal in seine Wohnung. Dort würde er seine Tasche auspacken, duschen und sich umziehen. Seinen Anzug hatte er bereits aus der Reinigung geholt. Von seiner Seite aus war also alles so weit geregelt. Er atmete tief durch und versuchte sich zu entspannen, was ihm aber nur ansatzweise gelang, denn er konnte es kaum erwarten, Mona wieder in die Arme zu schließen. Dort, im Gartensaal des Herrenhauses, in dem er aufgewachsen war.

In Sinas Wohnzimmer herrschte das reinste Chaos. Die Kleider, die noch vor einer Stunde ordentlich auf der Stange aufgereiht gewesen waren, lagen überall verstreut auf dem Sofa, den Sesseln, und einige, die allerdings schon aussortiert waren, befanden sich auf dem Boden. Sina und Leni hatten sich die Klamotten für diesen besonderen Abend aus der Boutique von Lenis Freundin Marlis in Eckernförde ausgeliehen. Mona betrachtete wohlwollend ihre beiden Freundinnen, die in ihren knielangen, tief ausgeschnittenen Kleidern wie Prinzessinnen aussahen. Leni stand die Farbe Rot wunderbar, außerdem umschmeichelte der weiche Stoff ihre weibliche Figur. Die dunklen Locken fielen ihr auf die Schultern, und ihre Augen sprühten vor Freude. Sinas blondes Haar glänzte wie Seide, aber das war nach der Behandlung mit Conditioner und Glanzspray auch wirklich zu erwarten. Ihr smaragdgrünes Seidenkleid schmeichelte ihrem hellen Teint, und dazu hatte sie sich eine schwarze Stola um die Schultern gelegt. »Du siehst einfach hammer aus«, sagte Leni, und Mona nickte bestätigend. »Besser hätte ich es auch nicht ausdrücken können.«

Ihre beiden Freundinnen forderten Mona auf, sich um sich selbst zu drehen, um dem Rascheln ihres goldenen Kleides zu lauschen. Mona war sich nicht sicher, ob sie damit nicht overdressed war. Sie hatte es sich einmal secondhand gekauft und bei einer Gala getragen, aber Leni und Sina ließen keine andere Wahl zu. »Es ist perfekt!«, war das einstimmige Votum.

Sina nahm ihr Handy in die Hand. »Mensch, das Taxi müsste doch schon längst hier sein?« Sie hatten sich entschlossen, nicht mit ihren eigenen Autos zu fahren, sondern ein Taxi zu nehmen – trotz der geringen Entfernung.

Leni ging zum Fenster und schaute hinaus. »Ach, herrje.« Sina und Mona stellten sich neben sie. »Was ist denn los?«

Mona konnte kaum glauben, was sie sah. In der vergangenen Stunde musste es heftig geschneit haben, der ganze Innenhof war weiß. Noch immer segelten Tausende Flocken vom Himmel, sodass die Gebäude kaum noch zu erkennen waren. Sina verschränkte die Arme vor der Brust: »Mädels, ich glaube, wir haben ein Problem.«

In diesem Moment klingelte es unten an der Wohnungstür, und sie gingen hinunter, um zu öffnen. Vor ihnen stand Bernhard. Sein Mantel war schneebedeckt, und sein Gesicht war von der Kälte gerötet. »Es ist alles zugeschneit«, sagte er atemlos. »Alle Wege zum Herrenhaus sind mit Autos nicht befahrbar.«

»Oh, nein!« Die drei schlugen die Hände vor den Gesichtern zusammen. »Das darf doch nicht wahr sein.«

Er nickte, und Mona hatte sich schon innerlich damit abgefunden, dass das Neujahrsfest bei Familie von Bardelow wohl ausfallen musste, aber dann huschte ein Lächeln über Bernhards Gesicht. »Das war die schlechte Nachricht«, sagte er augenzwinkernd. »Die gute ist: Wir fahren mit unseren Kutschen rüber.«

36

Eine halbe Stunde später war es so weit. Zwei Kutschen fuhren vor, und die drei Frauen machten sich in ihren Wintermänteln, unter denen sie ihre festlichen Kleider trugen, auf den Weg. Ihre Füße steckten in warmen Winterstiefeln, die High Heels waren in den Handtaschen verstaut.

Nathan und Hendrik kletterten aus einer der Kutschen, auf deren Bock Paul in seiner am Bund eng zugeschnürten Schneehose saß, und halfen Leni und Sina beim Einsteigen. Mona stieg mit klopfendem Herzen zu Susanne in den Wagen, der von Bernhard gefahren wurde. Als sie sich auf der gegenüberliegenden Seite hingesetzt hatte, nickte Mona Bernhards Ehefrau freundlich zu. »Vielen Dank, das ist wirklich supernett.«

Die Kutsche fuhr an, und beide Frauen wurden in die Lehnen der Sitzbänke gedrückt. »Das ist wieder typisch«, sagte Susanne und warf ihr einen vielsagenden Blick zu. »Mit meinem Mann gehen halt immer die Pferde durch.«

Mona wusste nicht so recht, was sie darauf antworten

sollte. Es entstand ein Moment der Stille, aber dann lachten sie beide wie auf Kommando zusammen los, und ein Gefühl der Erleichterung breitete sich in Mona aus.

»Das tut mir wirklich alles sehr leid«, sagte sie schließlich dennoch.

»Das ist alles nun schon so lange her«, erwiderte Susanne Cornelius gedehnt. Mona hatte den Eindruck, als ob sie innerlich mit den Worten rang.

»Mein Mann und ich haben uns ausgesprochen.« Sie zog das Revers ihres dunkelblauen Mantels enger zusammen. »Ich habe ihm verziehen.«

Ihr strenger Gesichtsausdruck wurde auf einmal weich, und sie reichte Mona die Hand: »Ich würde vorschlagen, dass wir uns duzen?«

Erleichtert schlug Mona ein. »Sehr gern!«

»Willkommen in der Familie Cornelius, Mona.«

Es ruckelte, und beide Frauen warfen sich amüsierte Blicke zu. Die Fahrt ging offensichtlich wirklich über Stock und Stein.

Neugierig schob Mona den Vorhang vor dem Fenster der Kutsche etwas zur Seite und blickte hinaus. Sie erkannte den Wirtschaftsweg, an dessen Seiten sich Berge von Schnee türmten, und schloss die Augen. Hier war sie kurz nach ihrer Ankunft Erik begegnet. Was war nur alles in der Zwischenzeit passiert. Ihr Verstand weigerte sich, das alles zu begreifen, vor allem das, was in dem Reihenhaus auf Sylt geschehen war. Beim Anblick des Gedichtbandes von Rilke, der noch dazu bei Gustavs Lieblingsvers aufgeschlagen dalag, hatte sie das Gefühl gehabt, den Boden unter den Füßen zu verlieren. Der Schmerz in ihrer Brust hatte wie Feuer gebrannt, und alle Erinnerungen an ihre gemeinsame Zeit dort hatten sie überrollt. Doch jetzt, im Nachhinein, war sie froh darüber, dass sie ihre Trauer endlich in ihrer ganzen Tiefe gespürt hatte. Sie würde die Liebe zu Gustav immer in ihrem Herzen behalten. Aber das Leben ging weiter, und sie wollte nach vorne schauen.

Hinter der nächsten Biegung tauchten die Umrisse des Herrenhauses auf, und Mona hatte das Gefühl, als ob Paul die Pferde zu noch größerer Eile antrieb. Der Schnee wirbelte an den Seiten der Kutsche bis zu den Fenstern hinauf, und Mona musste sich festhalten, so schnell sausten sie durch die Nacht. Das letzte Stück bis zum Eingang war hell erleuchtet, Fackeln steckten rechts und links vom Weg im Schnee. Mona nickte Susanne, die ebenfalls aus dem Fenster schaute, zu: »Das ist wirklich wie im Märchen.«

Endlich hatten sie ihr Ziel erreicht. Die dampfenden Pferde der beiden Kutschen wurden von zwei Stallburschen in Empfang genommen. Erik erschien vor dem Eingang zum Gartensaal, als habe er nur auf ihre Ankunft gewartet. Monas Herz machte einen kleinen Sprung, als sich ihre Blicke trafen. Er half erst Susanne die kleine Treppe der Kutsche hinunter und wartete, bis sie bei Bernhard angelangt war. Dann reichte er Mona die Hand, die in der Zwischenzeit die Schuhe getauscht hatte. Seine Augen leuchteten. »Du siehst fantastisch aus.«

Sie bedankte sich mit einem angedeuteten Nicken. Mona ließ den Blick über seine hochgewachsene Gestalt und seine markanten Gesichtszüge gleiten. »Du aber auch.«

Dann folgte sie ihm in den mit vergoldetem Stuck verzierten Saal, an dessen Wänden große Gemälde mit historischen Motiven hingen. Leise Klaviermusik war zu hören, und sie durchschritten den fast leeren Raum, bis sie schließlich vor Hektor und Beatrice standen, die sie mit einem festen Händedruck begrüßten. »Sie müssen Mona sein«, sagte Eriks Mutter lächelnd. »Ich freue mich, Sie endlich kennenzulernen.« Sie deutete auf die Tanzfläche. »Leider ist keiner unserer Gäste durch den Schnee gekommen«, sagte sie mit einem Seitenblick auf ihren Ehemann. »Wir bleiben heute also unter uns.«

Mona lächelte. »Das wird bestimmt trotzdem sehr schön.«

Mona und Erik gingen weiter zur Bar und ließen sich zwei Gläser Sekt einschenken.

Sina, Leni, Hendrik und Nathan gesellten sich zu ihnen und orderten ebenfalls Getränke. Hendrik, der einen Arm um Sinas Schulter gelegt hatte, hielt den Kellner mit den Häppchen an und nahm ihm gleich das ganze Tablett ab, das er auf dem Tresen der Bar abstellte. Alle nahmen ihr Sektglas, nur Leni fragte nach einem Orangensaft. Mona hatte plötzlich einen ganz bestimmten Verdacht, sagte aber nichts.

Leni und Nathan tauschten einen verliebten Blick aus. Dann straffte Leni die Schultern.

»Ihr sollt es endlich wissen«, begann sie, und ein Lächeln huschte über ihr Gesicht. »Wir erwarten ein Baby.«

»Mensch, Leni, das ist ja wunderbar!« Sina drückte Hendrik ihr Glas in die Hand und umarmte ihre Freundin so heftig, dass Leni fast die Luft wegblieb. Dann wandte sie sich wieder zur Runde. »Wenn das nicht ein Grund mehr zum Feiern ist. Bald wird es das erste Gut-Schwansee-Baby geben!«

Die Band hatte sich in der Zwischenzeit sortiert, und als die ersten Takte erklangen, forderte Erik mit einer angedeuteten Verbeugung Mona zum Tanzen auf. Schon nach wenigen Schritten spürte sie, dass sie auch hierbei auf wunderbare Weise miteinander harmonierten. Sie flogen geradezu über das Parkett und ließen einander dabei nicht aus den Augen. Alle anderen bildeten am Rand der Tanzfläche einen Kreis und hielten sich an den Händen.

Später gingen Mona und Erik vor die Tür und blickten in den Sternenhimmel. Nach einer Weile zog Erik sie sanft an seine Brust. Sie küssten sich innig und bemerkten gar nicht, dass ihre Freunde ebenfalls nach draußen getreten waren. Nathan und Hendrik gesellten sich lächelnd zu ihnen. Sie unterhielten sich eine Weile zu viert, bis Nathan Mona schließlich in den Arm nahm.

»Ich freue mich für euch beide und wünsche euch viel Glück!« Hendrik schob ihn augenzwinkernd beiseite und drückte seine Halbschwester ebenfalls kurz an sich. Dann wandte er sich an Erik. »Ich hoffe doch, dass du Mona gut behandelst?« Er ballte spielerisch die Fäuste: »Sonst bekommst du es mit ihren Brüdern zu tun!«

Kurz danach verkündigte Viky ihre Verlobung mit Anton Willmer. Der hochgewachsene Mann mit dem ernsten Gesichtsausdruck wich Viky nicht von der Seite. Mona bemerkte, dass sie ständig verliebte Blicke tauschten, und drückte im Stillen die Daumen für das zukünftige Glück der beiden.

»Champagner für alle«, rief Hektor Graf von Bardelow, und Mona bemerkte noch, wie er ihren Vater Bernhard umarmte. Dann setzte die Musik wieder ein, und alle strömten auf die Tanzfläche. Die Stimmung war ausgelassen, Mona sah überall nur fröhliche Gesichter und glänzende Augen. Kurz nach Mitternacht bewies die Band, dass sie nicht nur Tanzmusik und Schlager in ihrem Portfolio hatte, sondern auch die Bühne rocken konnte. Mona allerdings hatte nur Augen für Erik, der ihr nicht von der Seite wich. Irgendwann verließen sie eng umschlungen das Fest und schlichen sich in sein ehemaliges Zimmer im Herrenhaus. Mona schlief in den frühen Morgenstunden in Eriks Armen mit dem Gedanken ein, dass sie die vergangenen Stunden wohl bis zu ihrem Lebensende nicht vergessen würde.

Aber diese Nacht blieb auch vielen anderen Menschen lange in Erinnerung – weil so viel Schnee fiel wie das letzte Mal vor über fünfundzwanzig Jahren.

ENDE

Danksagung

Mein Dank gilt von ganzem Herzen zunächst einmal den Leser*innen, die meine ersten beiden Teile der Gut-Schwansee-Serie *Deine Liebe in meinem Herzen* und *Du bist mein ganzes Leben* gelesen, auf verschiedenen Online-Portalen und auch Social-Media-Kanälen bewertet und weiterempfohlen haben. Vielen Dank an die Buchhändler*innen, die meine beiden Romane bestellt und in den Verkaufsräumen so ansprechend platziert haben. Viele Freunde, Familienmitglieder und Bekannte schickten mir Fotos davon, die ich sehr, sehr gern auf meinem Instagram-Kanal geteilt habe. Toll! ☺

Meine Lektorin und Agentin Dr. Dorothee Schmidt ist weiterhin immer an meiner Seite, worüber ich sehr glücklich bin. Ein riesiges Dankeschön an das engagierte, wunderbare Team des Penguin Verlags in München. Ihr seid großartig und immer so unglaublich motiviert! Vor allem möchte ich mich bei meiner Lektorin Laura Lichtenwalter bedanken, die mich stets mit sehr viel Fingerspitzengefühl unterstützt. Leider war in diesem Jahr aufgrund der

Corona-Lage kein Treffen möglich, aber ich freue mich wie eine Schneekönigin auf ein baldiges Wiedersehen!

Vielen, vielen Dank auch an meine externe Lektorin Hanne Reinhardt für ihre einfühlsame Arbeit und die wertvollen Hinweise und Anregungen.

Stephan Ditschke möchte ich ebenfalls nennen. In einem Seminar zum Thema Unterhaltungsliteratur hatte ich ihm die Idee der Gut-Schwansee-Serie zum ersten Mal öffentlich vorgestellt. Du warst gleich begeistert und hast dich für das Exposé eingesetzt – herzlichen Dank dafür!

Meine Schreibgruppe, die Roten Heringe, begleitet mich nun schon seit über zwanzig Jahren. Ich danke euch für die vielen Gespräche und wunderbaren Stunden in Rendsburg, Lübeck und Berlin. Felix Huby – danke, dass du uns immer motiviert hast, weiterzumachen, ganz nach deinem Motto: »Wer schreibt, der bleibt!«

Meine Familie und meine Freunde haben mit viel Verständnis erneut meinen »Schreibmarathon« ertragen und mich immer unterstützt. Ich danke euch und hab euch lieb!

Lesen Sie weiter >>

Leseprobe

Mattie backt die köstlichsten Weihnachtsplätzchen, doch das Rezept für ihren Traummann hat sie noch nicht gefunden …

Die himmlischen selbstgebackenen Köstlichkeiten, die Mattie im Tearoom der kleinen Buchhandlung in Bloomsbury serviert, sind weit über die Grenzen des Londoner Stadtteils bekannt. Eigentlich müsste der Dezember mit seinen leuchtend geschmückten Straßen und duftenden Weihnachtsplätzchen für Mattie die schönste Zeit des Jahres sein – wenn ihr vor Jahren nicht ausgerechnet an Heiligabend das Herz gebrochen worden wäre. Es gibt nur eins, was Mattie noch schlimmer findet als die Feiertage: ihren unverschämten, aber gleichzeitig ziemlich attraktiven Kollegen Tom. Doch als mitten im Weihnachtstrubel die gesamte Belegschaft ausfällt, müssen Mattie und Tom den Laden plötzlich ganz allein führen …

Kapitel 1

30 Tage bis Weihnachten

»Auf Wiedersehen! Beehren Sie uns bald wieder!«

Mit einem strahlenden Lächeln begleitete Matilda Smith die letzten Gäste des Tages zur Tür der Teestube neben dem Happy Ends und beeilte sich, hinter ihnen abzuschließen. Das Handy in ihrer Taschenschürze hatte die gesamten letzten fünf Minuten vor eingehenden Nachrichten gesummt wie eine wutentbrannte Biene.

Mattie zog ihr immer noch vibrierendes und blinkendes Smartphone hervor. Der Absender war immer derselbe.

KRISENSITZUNG!!!!!

Die dringlichen Großbuchstaben ließen Mattie kalt. Sie war seit sieben Uhr früh auf den Beinen, und ihre Füße standen kurz davor, den Dienst zu quittieren, also würde diese sogenannte Krisensitzung auf sie verzichten müssen.

»Ich dachte, Mr. Beiger Anorak würde niemals gehen«, beklagte Mattie sich über ihren treuesten Stammkunden. »Ich hätte große Lust, ihm zu sagen, dass er einen Vierertisch maximal eine Stunde in Beschlag nehmen darf.«

»Wenigstens hat er den Tisch dieses Mal geteilt«, merkte Cuthbert an, während er Jezebel, die kapriziöse Kaffeemaschine, sorgsam und liebevoll auf Hochglanz polierte. Nachdem Matties ehemalige Barista, Paloma, gekündigt hatte, um auf Weltreise zu gehen, hatte Mattie zunächst starke Zweifel gehegt, ob sie je wieder jemanden finden würde, der mit der äußerst temperamentvollen Jezebel umzugehen wusste – bis sie den zweiundsiebzigjährigen Cuthbert Lewis traf.

Matties Handy vibrierte erneut. Noch eine Nachricht von der jungen Frau, die dringend damit aufhören sollte, Nachrichten in Großbuchstaben zu tippen. Wieso schrieb sie nicht einfach, worum es eigentlich ging?

DAS IST KEIN PROBEALARM, SONDERN EIN ECHTER NOTFALL!!!!!

»Wetten, dass es *kein* Notfall ist«, entfuhr es Mattie laut.

»Na, gibt es Ärger?«, erkundigte sich Cuthbert.

»Nur die übliche Panikmache von nebenan.«

Cuthbert neigte wissend den Kopf zu den gläsernen Flügeltüren linkerhand der Theke. »Stimmt schon, sie haben durchaus einen Hang zur Panikmache. Wohingegen du und ich mehr von der ruhigen Sorte sind.«

Nun, da Mr. Beiger Anorak endlich fort war, konnte Mattie damit beginnen, den Boden zu wischen. Sie tauchte den Mopp in den Eimer mit heißem Seifenwasser, den sie gerade aufgefüllt hatte. »Ja, bei uns hier ist panikfreie Zone. Nicht wie bei *denen drüben*.«

Mattie und Cuthbert hatten ihren eigenen kleinen Herrschaftsbereich innerhalb der weitläufigen Räumlichkeiten des Happy Ends, der Buchhandlung, die hinter den verglasten Flügeltüren lag. Die Teestube verfügte über ihre eigenen Traditionen, ihre eigene Art, die Dinge anzugehen, ihre eigenen Regeln und Gesetze, aber sie koexistierte recht friedlich mit dem Buchladen nebenan. So sorgten sie dafür, dass sich keine Gäste mit unbezahlten Büchern in die Teestube verirrten und sie mit Essen und Trinken vollkleckerten. Sie vergewisserten sich tagtäglich, dass Strumpet – der korpulente, gefräßige Kater, der Verity, der Managerin des Happy Ends, gehörte – sicher in der Wohnung über dem Laden eingeschlossen blieb. (Es hatte schon mehrere Zwischenfälle gegeben, bei denen Strumpet ausgebrochen war und sich schnurstracks auf den Weg zur Teestube gemacht hatte, wo er gezielt jeden Schoß ansteuerte, auf dem er ein Stückchen Kuchen abstauben konnte.)

KRISENSITZUNG IM MIDNIGHT BELL. JETZT!!!!!
WARUM IGNORIERST DU MEINE NACHRICHTEN?
HABE ICH SCHON ERWÄHNT, DASS ES SICH UM
EINEN NOTFALL HANDELT?

»Warum sie sich nicht dazu bequemen kann, die fünfzig Meter rüberzuspazieren und es mir persönlich zu sagen, bleibt mir ein Rätsel«, murmelte Mattie, die beim Wischen innegehalten hatte, um die nächste panische Nachricht zu lesen.

»Eine Frau in ihrem Zustand kann nun mal nicht durch die Gegend spazieren, wie es ihr beliebt«, gab Cuthbert zu bedenken, während er Jezebel eine letzte liebevolle Politur verpasste.

Cuthbert hatte recht. Cuthbert hatte für gewöhnlich bei allem recht.

Mattie stocherte mit dem Mopp in einer schwer zugänglichen Ecke herum. »Ja, schon … aber … sie schafft es doch auch, für diese sogenannten Krisensitzungen bis zum Midnight Bell zu laufen«, wandte sie ein. »Soll ich dich entschuldigen?«

»Ja, sei so gut. Die Liebe meines Lebens hat sicher schon das Abendessen vorbereitet.« Mit der Liebe seines Lebens meinte Cuthbert Cynthia, seine Ehefrau. »Und du, du hältst so lange deinen wohlverdienten Schönheitsschlaf, mein Schatz«, wies er seine heimliche Gespielin an, während er eine Spezialschutzhülle über Jezebel zog. »Morgen ist wieder ein arbeitsreicher Tag, also brauchst du deine Ruhe.«

Es wäre zu verlockend gewesen, Cuthbert zu fragen, ob er und Jezebel gerne ein wenig allein sein wollten. Doch Mattie schüttelte nur den Kopf und klopfte Cuthbert auf die Schulter, als sie sich an ihm vorbeiquetschte (hinter der Theke war es ziemlich eng), um den Eimer auszuleeren und die restlichen Sachen aufzuräumen. »Wir sehen uns morgen wieder, Cuthbert.«

»Allerdings, das werden wir«, bestätigte Cuthbert, während er sich für den fünfminütigen Fußweg zu seiner Mietwohnung in dem wunderschönen Art-déco-Genossenschaftsgebäude ums Eck seinen Mantel überzog und einen eleganten Filzhut aufsetzte.

Und wieder meldete sich Matties Telefon.

HÖRST DU WOHL AUF, MICH ZU IGNORIEREN, MATTIE! WARUM TUST DU DAS?

Wahrscheinlich wäre es sinnvoll, auf wenigstens eine dieser ach so dringenden Nachrichten zu antworten, beschloss Mattie.

> Ich ignoriere dich nicht. Ich erledige nur meine Vorbereitungen für morgen und komme zu euch ins Midnight Bell, sobald ich fertig bin. Ich hoffe, dass dann ein großes Glas Weißwein und eine Schüssel Käsepommes auf mich warten. Kuss, Mattie

Sie musste nicht einmal einen ganzen Schritt machen, um die winzige Arbeitsküche zu betreten, die lediglich durch einen mit kleinen Teekännchen bedruckten Vorhang von den Augen der Öffentlichkeit abgeschirmt wurde. Tatsächlich war die Küche so winzig, dass Mattie, wenn sie ihre Arme ausstreckte, beide Wände berühren konnte.

Doch sie streckte die Arme nicht aus. Stattdessen wusch sie sich die Hände und machte sich an die Zubereitung des Blätterteigs für das französische Frühstücksgebäck: Croissants, Pains au chocolat, Pains aux raisins und diverse andere buttrige Köstlichkeiten. Der Teig musste über Nacht ruhen, deshalb konnte Mattie auch noch nicht mit den anderen im Pub hocken und sich einen Chenin Blanc hinter die Binde kippen.

Bevor sie die Schürze ablegte und ihre Handtasche aus dem einzigen Schrank holte, der in der Küche Platz fand, zog Mattie ihre Puderdose hervor, um das bestätigt zu sehen, was sie ohnehin schon wusste: Ihr Gesicht – mit dem Teint heller, zarter Karamellsauce und einigen vereinzelten Sommersprossen auf der Nase – benötigte eine großzügige Schicht matten Puders, um die sichtbaren

Spuren eines langen, mühsamen Arbeitstags über einem heißen Backofen verschwinden zu lassen. Nachdem sie einen Hauch von ihrem matten roséfarbenen Lippenstift aufgetragen, die Wimperntusche aufgefrischt und rasch überprüft hatte, ob der Eyeliner vom Morgen noch an Ort und Stelle war, musste sie sich nur noch vergewissern, dass sie keine Mehl- und Fettflecken auf ihrer schwarzen Hose und dem schwarzen Pulli hatte – und schon war Mattie ausgehbereit.

Hilfreich war, dass Mattie ihren Stil gefunden hatte, an den sie sich strikt hielt. Den Film *Ein süßer Fratz* hatte sie in einem Alter gesehen, in dem man noch leicht zu beeindrucken gewesen war, und obwohl sie mittlerweile eine überaus erwachsene Frau von achtundzwanzig Jahren war, wünschte sie sich immer noch, Audrey Hepburn zu sein – die Buchhändlerin, die mit Fred Astaire nach Paris jettete und für ein Modemagazin modelte, wenn sie nicht gerade in zwielichtigen Jazz-Bars tanzte.

Dabei war es so, dass Mattie nicht nur *direkt neben* einem Buchladen arbeitete, sie war auch schon in Paris gewesen. Tatsächlich hatte sie zwei ganze Jahre dort gelebt und mehrfach in zwielichtigen Jazz-Bars getanzt. Aber das war lange her, und Paris war mittlerweile für sie gestorben. Trotzdem kleidete sie sich immer noch wie Audrey Hepburn in *Ein süßer Fratz*: das lange dunkelbraune Haar zu einem Pferdeschwanz zusammengebunden, während der dichte, stumpfe Pony den perfekten Rahmen für ihre geschwungenen Brauen abgab, die sich über ihren Augen wölbten, die exakt den Farbton des Nerzmantels hatten, den ihre Großmutter einst besessen hatte.

Und ganz wie Audrey kleidete auch Mattie sich fast ausschließlich schwarz. Bereits vor Paris hatte sie das oft getan, seit sie zurück war, trug sie jedoch kaum eine andere Farbe mehr. Im Sommer eine schwarze Baumwollbluse mit hochgekrempelten Ärmeln, eine schwarze knöchellange Röhrenhose und dazu ein und dasselbe Paar Birkenstock-Sandalen. An Wintertagen, so wie heute, tauschte sie die Bluse gegen einen Pulli, die knöchellange Hose gegen eine längere Variante und die Birkenstock-Sandalen gegen ein Paar schwarzer Chucks.

Jeden Tag das gleiche Outfit zu tragen (Mattie besaß zahlreiche schwarze Hemden, Pullis und Hosen, sowohl kürzere als auch lange – war ja nicht so, als ob sie tagtäglich dieselben zwei Kleidungsstücke tragen würde, bis sie von sich aus Richtung Wäschekorb krochen) war praktisch und zeitsparend. So musste sie sich nicht den Kopf zerbrechen angesichts eines Kleiderschrankes voller unterschiedlicher Farben und Schnitte. Was nur gut war, denn als Mattie endlich auf die kopfsteingepflasterte Rochester Mews hinaustrat und die Tür hinter sich abschloss, war klar, dass sie dieselbe Tür am nächsten Morgen um halb acht auch schon wieder aufschließen würde. Das war eben das Los einer Frau, die höllisch viel Frühstücksgebäck in den Ofen schieben musste, bevor die Teestube um neun Uhr öffnete.

Matties Handy vibrierte beharrlich.

WO STECKST DU? WIE LANGE KANN ES SCHON DAUERN, EINEN BLÄTTERTEIG ZUSAMMENZUPAMPEN?

Aber das war morgen. Und Mattie wollte nicht an morgen denken, vor allem nicht an jenen Teil, der vorsah, dass sie um sechs aufstand, wenn es draußen noch dunkel war. Stattdessen würde sie an das große, kühle Glas Weißwein denken, das hoffentlich schon auf sie wartete.

Mattie wurde nicht enttäuscht. Kaum dass sie die schwere Holztür zum Pub aufschob, der sich gleich um die Ecke zum Happy Ends befand, und den Geruch nach Fisch and Chips vom Imbiss gegenüber gegen den Bierdunst eintauschte, winkte ihr jemand hektisch zu.

»Mattie! Hier drüben!«, schrie Posy – Besitzerin des Happy Ends und Verfasserin etlicher unnötig dramatischer Kurznachrichten –, ganz so, als hätten sie sich nicht ihren üblichen Ecktisch unter den Nagel gerissen und Mattie wüsste womöglich nicht, wo sie saßen. »Dein Wein steht auch schon bereit!«

Mattie ließ sich dankbar auf einen leeren Hocker fallen und schnappte sich das Glas Chenin Blanc. »Danke!«, stieß sie inbrünstig aus. »Und Prost.«

Während sie miteinander anstießen, suchte Mattie die Augen ihrer Kollegen nach Spuren von Panik ab. Posy, der man die Schwangerschaft mittlerweile deutlich ansah und die sich dementsprechend an Holunderblütenlimonade hielt, das Glas auf ihrem Babybauch ruhend, wirkte eigentlich ganz gelassen. Verity, die Managerin der Buchhandlung, nippte an einem Gin Tonic und hatte einen leicht gehetzten Gesichtsausdruck – andererseits wirkte Verity immer leicht gehetzt. Und dann war da noch Tom, doch Mattie kümmerte es nicht wirklich, in welchem Gemütszustand Tom sich befand, denn Tom stand auf ihrer Liste.

Matties Liste war, wie Tom durchaus wusste, keine

Liste, auf der man sich wiederfinden wollte, und das war auch der Grund, warum sie ihn ignorierte.

»Wie geht's euch?«, fragte sie an Posy und Verity gewandt. »Wie lief es heute in der Welt des Bücherverkaufens?«

»Sehr, *sehr* geschäftig«, erwiderte Posy mit leiser Befriedigung. Sie rieb sich über den Kugelbauch und ließ einen ganz sanften, vornehmen Rülpser los. »Na endlich. Habe ich schon erwähnt, dass ich furchtbare Verdauungsprobleme habe?«

Das hatte sie allerdings erzählt. Und zwar mehrmals pro Tag, nachdem sie die drei ersten kritischen Monate hinter sich gelassen hatte und endlich hinausposaunen konnte, dass sie schwanger war. Nun war es bis zur Geburt nicht mehr lange hin, und sie konnte Tomaten nicht einmal mehr ansehen, geschweige denn eine essen.

»Also, ich habe mal irgendwo gelesen, dass, wenn man in der Schwangerschaft Verdauungsbeschwerden hat, man ein Baby mit ungewöhnlich vollem Haar bekommt«, verkündete Verity, was wenig zu Posys Aufmunterung beitrug.

»Sebastian hat extrem viele Haare, also ist es ganz klar seine Schuld«, erwiderte sie bekümmert. »Ich wünschte, ich hätte mich stattdessen in einen Glatzkopf verliebt.«

So faszinierend dieses Gespräch auch sein mochte, es erklärt nicht, warum Mattie so eilig herbeizitiert worden war. »Was sollten denn jetzt die ganzen Notfall-Nachrichten?«, fragte sie daher. »Wird die Rochester Mews etwa abgerissen?«

»Was? Nein! Die Sache ist viel ernster.« Posy holte tief Luft und wandte sich mit plötzlich verängstigter Miene zu Mattie um. »Weißt du, welches Datum wir heute haben?«

War das so eine Art Fangfrage, oder hatte es mit den Schwangerschaftshormonen zu tun? Mattie sah zu Verity, die den Kopf schüttelte, wie um zu sagen, dass Posy sie bereits etwas Ähnliches gefragt hatte. Erst da überwand Mattie sich, Toms Blick zu kreuzen. Unwillkürlich zuckte sie zusammen, und Toms Oberlippe verzog sich spöttisch, was bedeutete, dass er im Begriff war, einen nervigen Kommentar fallen zu lassen. Doch bevor er das tun konnte, klatschte Posy in die Hände.

»Es ist der 25. November!«, rief sie. »Der 25.! Ist dir klar, was das bedeutet, Mattie?«

»Ist das einer dieser sinnlosen Feiertage, die von irgendwelchen Werbefuzzis oder PR-Leuten erfunden wurde? Nationaler Tortentag? Nein, das wüsste ich. Nationaler Knuddel-einen-Welpen-Tag?«

»Also, ich glaube, es muss sich um den Nationalen Mach's-der-Schwangeren-recht-Tag handeln«, murmelte Tom mit einem kleinen feixenden Grinsen – irgendwer sollte ihm mal sagen, dass ihn das nicht unbedingt attraktiver machte.

»Nein! Wohl eher der Nationale Nerv-die-Schwangere-Frau-Tag«, blaffte Posy und stieß Tom den Ellbogen in die Rippen, was ihm das dämliche Grinsen umgehend aus dem Gesicht wischte. »Es ist nur noch ein Monat bis Weihnachten! Nein, schlimmer! Der November hat bloß dreißig Tage, also sind es eigentlich nur noch dreißig Tage bis Weihnachten. *Dreißig Tage!*«

Für ihr panische Feststellung erntete sie ratlose Blicke.

»Und was bitte überrascht dich daran genau?«, erdreistete sich Tom zu fragen; er rückte seine Hornbrille zurecht, um Posys rot geflecktes Gesicht zu mustern. »Man kann den Fernseher nicht anmachen, ohne über eine gefühlsduselige, kitschige Weihnachtsreklame mit winterlichen Waldbewohnern zu stolpern, und die Supermärkte verhökern schon seit August Mince Pies und anderes Weihnachtsgebäck.«

Da hatte Tom nicht unrecht. »Dir muss doch auch aufgefallen sein, dass sämtliche Straßen in London schon weihnachtlich geschmückt sind?«, hakte Mattie nach.

Posy legte die Hände seitlich an den Babybauch. »Oh, tut mir leid, dass ich zurzeit etwas zerstreut bin«, sagte sie beleidigt.

»Ich habe das Thema Weihnachtsaktionen und verlängerte Ladenöffnungszeiten bereits *mehrfach* angesprochen«, übernahm Verity in versöhnlicherem Tonfall. »Außerdem haben wir uns ausführlich darüber unterhalten, neue Lichterketten für die Bäume vor dem Laden zu besorgen.«

»Nein. Nö. Daran kann ich mich nicht erinnern«, beharrte Posy, deren Stimme gefährlich zu zittern begann, was bedeutete, dass sie jeden Moment losweinen würde. Denn wenn sie nicht gerade versuchte, zu rülpsen, versuchte Posy, nicht zu weinen – die Schwangerschaft setzte ihr wirklich zu. »Und jetzt habe ich eine E-Mail von der Einzelhändlervereinigung der Rochester Street bekommen, in der sie mich bitten, meinen Anteil für die gemeinsame Weihnachtsdeko zu zahlen, und alle anderen Läden verlängern ihre Öffnungszeiten …«

»Ja, auch das habe ich schon erwähnt«, murmelte Verity, woraufhin Mattie ihr einen mitfühlenden Blick zuwarf. »Tatsächlich schon mehrfach.«

»Dann hättest du es eben energischer tun sollen«, erwiderte Posy, wobei sie auf der Bank hin und her rutschte, um eine bequemere Sitzposition zu finden. »Es ist noch so viel zu tun. Wir haben noch nicht mal Lametta aufgehängt oder einen Büchertisch mit Geschenkempfehlungen gemacht.« Sie rang die Hände. »Mattie! Warum verkaufst du immer noch keine Mince Pies? Du bist doch sonst so organisiert.«

Mattie bildete sich durchaus etwas auf ihr Organisationstalent ein, hatte aber nicht vor, den Köder zu schlucken. Sie würde jetzt nicht ausflippen. »Mein Weihnachtsbackplan steht, und er tritt exakt am 1. Dezember in Kraft, keinen Tag früher. Nicht jeder ist scharf auf Weihnachten, sobald die Uhren zurückgestellt werden.«

»Bei Pret-A-Manger gibt es schon seit Wochen Weihnachtssandwiches, genauso wie bei Marks & Spencer«, sagte Tom. Tja, er musste es ja wissen, schließlich holte er sich sein Mittagessen überall, nur *nie* in der Teestube. Hätte er das getan, müsste er nun nämlich auch keine Käsepommes in sich reinstopfen.

Mattie presste die Lippen zusammen. Sie würde nicht ausflippen. O nein. Auch wenn Tom in ihr immer den Drang weckte, auszurasten und wie eine wütende Katze loszufauchen. »Tja, die großen Buchhandelsketten haben ihre Weihnachtsaktionen schon vor *Wochen* angeleiert«, konterte sie ruhig.

Tom hob sein Weinglas, wie um »Touché« zu sagen, doch auf Posy hatte es den gegenteiligen Effekt; sie stöhnte wie unter großen Schmerzen und umklammerte ihren Bauch, als könnte jeden Moment ein Alien herausplatzen.

»Wir müssen ein Weihnachts-Brainstorming abhalten. Und zwar JETZT!«, verkündete sie schrill.

»Ich dachte, das hier *wäre* ein Weihnachts-Brainstorming?«, erwiderte Mattie, denn Posy liebte Brainstormings beinahe genauso sehr wie ihren Mann Sebastian, Tragetaschen mit Bücherzitaten und Liebesromane.

»Es ist mehr so ein Art Vorweihnachts-Brainstorming-Brainstorming«, erklärte Tom überflüssigerweise, während er den Griff nicht von der Schüssel Käsepommes löste und sie aus Matties Reichweite schob, als sie danach griff. »He, bestell dir deine eigenen.«

»Bis zum 1. Dezember ist noch jede Menge Zeit, um unsere Weihnachtspläne umzusetzen«, erklärte Verity nachdrücklich, wobei sie die Schüssel aus Toms Griff befreite und zu Mattie zurückschob.

Das Weihnachtsangebot der Teestube steht und ist startbereit«, sagte Mattie etwas verzweifelt – sie war nun mal kein großer Weihnachtsfan, und das ganze Theater im Vorfeld des 25. Dezembers bescherte ihr ein bleiernes Gefühl im Magen. »Ich meine, wie lange kann es schon dauern, ein bisschen Lametta aufzuhängen?«